Francesco Gungui

Si estuvieras aquí

Traducción de **César Palma Hunt**

Montena

El papel utilizado para la impresión de este libro ha sido fabricado a partir de madera procedente de bosques y plantaciones gestionadas con los más altos estándares ambientales, garantizando una explotación de los recursos sostenible con el medio ambiente y beneficiosa para las personas.

Por este motivo, Greenpeace acredita que este libro cumple los requisitos ambientales y sociales necesarios para ser considerado un libro «amigo de los bosques». El proyecto «Libros amigos de los bosques» promueve la conservación y el uso sostenible de los bosques, en especial de los Bosques Primarios, los últimos bosques vírgenes del planeta.

Título original: *Mi piaci ancora così*
Diseño de la cubierta: Random House Mondadori / Judith Sendra
Foto de la portada © Jamie Grill / Getty Images

Primera edición: febrero de 2012

Printed in Spain – Impreso en España

ISBN: 978-84-8441-870-2
Depósito legal: NA-31-2012

Compuesto en Fotocomposición 2000, S. A.

Impreso y encuadernado en Rodesa
Pol. Ind. San Miguel
Parcela E-7 y E-8
31132 Villatuerta

GT 1 8 7 0 2

Para Silvia

1

Luca

¿Y si estuviese a punto de llegar el fin del mundo? ¿Y si nos encontráramos ante una nueva glaciación? Esta sería la primera escena de la película: un chico y una chica que pasean tranquilamente por un parque, de la mano, hablando de ellos, del futuro, sin saber que el tiempo del que disponen está a punto de acabar…, aunque normalmente en las películas los personajes intuyen que el fin del mundo se está acercando, de modo que pueden hacer, en veinticuatro o cuarenta y ocho horas, todo cuanto nunca se han atrevido a hacer.

—Luca, ¿se puede saber en qué estás pensando? —me pregunta Alice—. ¿Y por qué me has traído al parque?

—Ya sabes que no me gusta hablar sentado.

—Pues habla, aquí me tienes.

—¿Tú qué harías si te dijera que el mundo está a punto de terminar?

Alice eleva los ojos hacia el cielo y sonríe. Luego me mira, moviendo la cabeza. Sabe que no daré mi brazo a torcer hasta que haya obtenido una respuesta.

—Vale... Supongo que procuraría pasar el tiempo que me quede con las personas a las que quiero; es lo que dicen todos, ¿no? Pero ¿qué tiene que ver eso con lo que quieres contarme?

—Nada, nada, solo estaba divagando.

—De acuerdo... Y bien, ¿cuál es la novedad?

—Ali, me he decidido. Quiero intentarlo.

Estamos dando vueltas por el estanque del parque Sempione, uno de mis lugares preferidos de Milán. Los árboles ya han empezado a perder las hojas, y yo ya he empezado a preguntarme cómo demonios hacen los patos para no pasar frío si se pasan todo el día en remojo.

Alice no dice nada, tampoco me mira a los ojos. Se limita a seguir andando, pero afloja un poco la mano que tiene entrelazada con la mía.

—Lo siento, pero es lo que quiero hacer...

Alice permanece en silencio, contemplando el estanque, donde un niño da de comer a unos patitos.

—Así que ¿te has decidido? —me pregunta, aunque se nota que otros pensamientos se le agolpan en la cabeza.

—Sí, creo que sí. Todavía no se lo he dicho a nadie. Tú eres la primera en saberlo.

—¿Y cuándo te dirán si te han admitido?

—Puede que en febrero... Entonces, si puedo matricularme, tendré que regresar allí en verano.

—¿Y cómo vas a hacer con los papeles, el visado, todo ese rollo...? ¿Y dónde vas a vivir? —me pregunta, pero es evidente que esto no es lo que querría preguntarme.

—Alquilaré un piso, ya he visto una página web que tiene mogollón de anuncios. Para los papeles, sacaré el visado de turista, que dura tres meses; después, si me aceptan en la universidad, me darán el permiso de estudiante.

Alice sonríe con amargura y mueve la cabeza, como hace cada vez que un pensamiento triste cobra forma en su cabeza.

—¿Qué pasa? —le pregunto.

—¿Y si no te aceptan?

—Si no me aceptan, pues vuelvo aquí y me matriculo en algo. Pero quiero intentarlo. Ali, sé que después va a ser más difícil, aunque tú también terminarás el instituto, y entonces todo será más fácil, podrás venir a verme, o quizá podrías estudiar allí. Lo que quiero decir es que al final tú también tendrás que decidir qué es lo que quieres hacer.

—Sí, pero yo no tengo intención de marcharme, ni siquiera sé qué quiero hacer.

—Justo por eso no tiene sentido que ahora nos cerremos el paso. Es mejor que cada uno siga su camino, y después... después ya se nos ocurrirá algo.

—Luca, ahora el problema no soy yo, nosotros no somos el problema. Lo que pasa es que no entiendo qué te ha hecho cambiar de opinión. ¿Por qué quieres irte tan lejos? ¿Qué necesidad hay? Aquí, en Milán, podrías hacer lo mismo, ¿no?

—No quiero estar en Milán, tampoco en Italia. Aquí... todo me da asco, los políticos, la gente, todo.

—¿Qué quieres decir? ¿De qué hablas? —me pregunta Alice con una voz chillona que delata sus nervios.

—Los fachas, las trivialidades, tanta palabrería... Ali, te juro que estoy empezando a odiar a la gente... Sé que hago mal, pero no puedo evitarlo.

Inexplicablemente, ella sonríe tras mis palabras, con lo que me demuestra que nunca la entenderé.

—Luca, yo estoy de acuerdo contigo en muchas de esas cosas, y además... además, me gusta cómo te explicas..., pero ¿por qué tienes que huir? ¿Por qué no te quedas aquí e intentas cambiar las cosas?

—No huyo, lo que quiero es hacer algo en la vida, algo diferente, así que, como primer paso, quiero largarme de aquí.

—¿Y para ti la solución a todo es ir a Estados Unidos? ¿A estudiar Economía? No te entiendo. Decías que querías... Me hablabas de cine, de literatura, había un montón de cosas que te entusiasmaban. ¿Qué es lo que te ha hecho cambiar de opinión? Tú no eres así.

Alice se detiene y esta vez me suelta la mano. Mira hacia el estanque como si hubiese un horizonte infinito. Un nuevo grupo de patos avanza hacia el niño, que sigue lanzando trozos de pan seco desde la orilla. Pero hay también un patito que permanece apartado, ajeno a la comida.

—Fíjate, ese eres tú —dice Alice señalando el patito con un gesto de la cabeza—. Siempre te has quedado así, apartado. Siempre has mirado el mundo desde un lado, y por eso me gustabas, por eso me enamoré de ti. Estaba segura de que, cuando hubieras decidido hacer algo... No sé, estaba segura de que te inventarías algo increíble, estaba segura de que me asombrarías. Y ahora resulta que de repente ves a un niño tirando pan seco al agua y lo mandas todo al traste y te vas corriendo a coger tu trozo con los demás...

—Ali, si es justo para evitar todo eso por lo que me marcho. Si me quedara aquí significaría que... Vale, es inútil, tú tampoco me comprendes.

—No, Luca, yo procuro entenderte, de verdad que me esfuerzo, pero lo que estás haciendo me parece absurdo. Quieres irte, dices que quieres largarte, y luego resulta que te vas a matricular en Economía en Estados Unidos. ¿Eso qué significa? ¿Quieres convertirte en un empresario? ¿Desde cuándo?

Alice deja de hablar y baja la cabeza. Le suena el móvil en el bolso, pero no le hace caso.

—Lo increíble —prosigue— es que hasta tus padres te respaldan, te dicen que hagas lo que más te guste, lo que más vaya contigo, y en cambio tú…

—¿No comprendes que lo malo es justo eso? ¿No comprendes que esa es la vida que no quiero? Mis padres tomaron sus propias decisiones, yo quiero tomar las mías.

—¿Y huir sería una decisión?

—Ali, te niegas a entenderme, y si aún fueras mi amiga estoy convencido de que ahora estarías de mi parte.

—Luca, soy tu amiga… pero también tu novia, y si decides marcharte e irte a vivir a otro continente, tendré que aceptarlo. Pero te pregunto una cosa, ¿cómo crees que podremos seguir juntos?

2

Alice

—¿Y te comes tanto el tarro por una historia a distancia? ¡Cariño, despierta, estamos en el siglo XXI!

—Precisamente. Todavía no han inventado el teletransporte.

—Alice, hay Skype y Facebook, hay tarifas para el extranjero...

—Qué bien, entonces no pasa nada, me has convencido, qué tonta soy, hay Facebook, uau... Venga, Mary...

El capuchino con Mary en el bar de enfrente del instituto es uno de mis rituales preferidos. Todos los miércoles, cuando tengo Religión a primera hora, nos encontramos en el bar a las ocho y media para desayunar juntas. Ella me pone al día sobre sus historias con sus novios y yo le cuento mis líos.

—Además, están los vuelos low cost, no vais a dejar de veros.

—Si no fuera porque tengo que ir al instituto y porque no puedo coger un avión cuando me dé la gana.

—¿Conque se ha decidido? —me pregunta, abandonando por un instante su labor de persuasión del estilo «las relaciones a distancia son la cosa más bonita del mundo».

—Sí, hoy iba a hablar con su padre. Lo que no consigo entender es qué le ha hecho cambiar de idea. Tiene que haber pasado algo.

—Uno puede cambiar de idea aunque no haya pasado nada, ¿no?

—Sí, claro que puede, pero si de un día para otro decide hacer lo contrario de lo que quería hacer, te da que pensar...

—Cielo, mira que Luca y tú sois complicados.

Permanezco unos segundos en silencio mientras dos hombres con chaqueta y corbata entran en el bar y avanzan raudos hacia la barra. Visten igual, traje gris oscuro, zapatos marrones, ambos con unos kilos de más, y cuando cierran el pequeño paraguas me parece presenciar un espectáculo de natación sincronizada. Trato de imaginarme a Luca, con algún kilo de más y un poco menos de pelo, y con chaqueta y corbata. No, la idea es decididamente inadmisible.

—¿Qué te pasa? —me pregunta Mary—. Debo de haber puesto cara rara.

—No quiero que Luca se vuelva como esos —digo señalando con un gesto de la cabeza a los dos tipejos.

Mary se vuelve para mirarlos, pero ellos ya están mirando hacia donde estamos nosotras. Lo hacen con el rabillo del ojo, y siguen hablando como si tal cosa... La verdad es que Mary nunca pasa inadvertida. Esta mañana lleva un suéter blanco muy escotado, y luce un collar de perlas, mientras que debajo de la mesa se ven perfectamente sus piernas envueltas en medias negras. Teóricamente, lleva también una especie de minifalda, pero casi no se ve. Cada uno de sus parpadeos hace que diez chicos se vuelvan. Para que diez chicos se vuelvan a mirarme en un bar, yo tendría que caer de bruces desde la barra.

—¡Y tampoco me veo en una relación a distancia! —exclamo en ese momento, para aclarar bien la situación.

—Pues yo sí... —contesta Mary con una sonrisa maliciosa—, una relación por webcam... ¿Sabes la de cosas que pueden hacerse?

—¿Como cuáles?

Mary no responde, se limita a lanzarme una mirada cómplice.

—¿No estarás pensando lo que me imagino...? —suelto, pese a que sé que en su cabeza no cabe otra cosa.

—¡Ay, Alice, mira que eres mojigata! —me suelta con tono de burla.

—Claro, en tu opinión debería darme por el striptease.

—¿Por qué no?

—¿Cómo que por qué no? Pues porque no soy como tú, si fuese tú lo haría, pero como no soy tú...

—Te pondrás a decirle cuánto le echas de menos y cuánto le quieres...

—Pues sí, sazonándolo todo con algún lloriqueo y alguna escenita de celos.

Mary se termina el capuchino. Luego me mira tranquila, momento en el que hay que empezar a temerle.

—¿De qué tienes miedo? —me pregunta.

Ya, ¿de qué tengo miedo?

Tengo miedo de que Luca conozca a una monada extranjera y se acueste con ella, tengo miedo de que descubra una vida más divertida y plena, que recuerde con hastío su antigua vida en Milán, tengo miedo de que se olvide de mí, tengo miedo de perder nuestra intimidad, tengo miedo de que nuestros caminos se separen, tengo miedo de que ese distanciamiento nos aleje para siempre.

—Tengo miedo de perderlo —admito.

—Ali, Luca está enamorado de ti, ¿cuántos años lleváis juntos?

—Dos.

—¿Dos? —repite Mary casi con incredulidad.

—Empezamos a salir hace dos veranos, de modo que sí, un poco más de dos años.

—¿Y sigues teniendo dudas?

—No tengo dudas sobre nosotros, pero me asusta que pase algo. Me da miedo que salga mal; además, ya lo sabes, entre nosotros todo ha sido siempre complicado…

—¡Porque vosotros sois complicados! Por eso os queréis…

3

Luca

Cuando llego al restaurante, la puerta principal sigue cerrada, así que voy a la parte de atrás para entrar por la cocina. En el patio me encuentro a Ahmed, el pinche de cocina marroquí, que está fumándose un cigarrillo. Me mira intrigado.

—¿Mi padre está dentro? —pregunto, aunque sé la respuesta.

Asiente y me señala la cocina con un gesto de la cabeza.

Tan pronto como abro la puerta de servicio me acomete el aroma de la carne dorada en la sartén. El mismo que huelo en casa cuando mi padre cocina para toda la familia.

Mi padre está en los fuegos, muy atareado. Sonríe contento empuñando las asas de dos sartenes grandes de aluminio en las que hay varios trozos de carne. La radio rechina de fondo.

—¡Hijo! —exclama al verme en la puerta—, ¿qué haces aquí?

—Tengo que hablar contigo —digo, y me prometo mentalmente mantener un tono sereno y limitarme a comunicarle mi decisión.

Mi padre deja lo que está haciendo, se seca las manos con un paño y me mira, frunciendo el entrecejo con aire preocupado.

—¿Qué ha pasado?

—No, nada —respondo, aunque sé que no se trata precisamente de nada—. He decidido que voy a intentarlo.

En ese instante una llamarada se eleva de los fuegos, mi padre se percata y, con un ademán seco, remueve la sartén y baja la llama. Cuando se vuelve de nuevo hacia mí, la decepción es más que evidente en su rostro. Y lamentablemente me recuerda la expresión de Alice cuando le hablé de mis propósitos.

—Creía que te lo habías repensado —me dice—. Lo habíamos considerado durante mucho tiempo… también habías hablado con ese amigo mío de la editorial…

—Tú lo habías considerado —lo interrumpo bruscamente—. Por otro lado, ¿qué tiene que ver con esto tu amigo?

—No, vale, perdona, sabes que no quiero condicionarte. Solo digo que en tu lugar yo me lo habría pensado un poco más.

—Me lo he pensado. Y está decidido.

—No sé si te lo has pensado bastante —rebate, mientras saca los trozos de carne de las sartenes y luego los pasa a una cacerola. En las sartenes ha quedado un archipiélago de restos pegados.

—Papá, sé que no es lo que habrías hecho tú, pero es lo que yo quiero hacer.

—Yo no quiero nada, Luca, lo que yo quiero es que hagas lo que te parezca bien.

Ya estamos otra vez: ¿está bien hacer lo que te gusta sin pensar en las consecuencias?, ¿o lo que está bien es pensar antes en las consecuencias a costa de sacrificar tus sueños?

—No me gustaría que después te arrepintieras —prosigue, regando con abundante vino tinto las sartenes pegadas. A continuación, con un cucharón de palo, comienza a rascar los fondos. Le he visto hacer la misma operación mil veces, y nunca recuerdo para qué sirve.

—Siempre eres de gran ayuda —le digo con un tono al que sé que no está acostumbrado.

En efecto, me mira desconcertado.

—¿Qué quieres decir con eso? —me pregunta, interrumpiendo lo que estaba haciendo.

—Quiero decir que me he hartado de las palabras, de las reflexiones, de todas las cosas razonables que dices, porque al final nada es cierto.

—Luca, ahora no entiendo ese tono, ni por qué tienes que decirme todo esto.

—No es el tono lo que no entiendes. No entiendes que esté tomando una decisión, y lo único que sabes decirme es que me estoy equivocando.

—No te he dicho que te estés equivocando.

—¡Pero es lo que piensas!

—Caray, Luca, ¿qué quieres que haga si no estoy de acuerdo contigo? ¿Si creo que estás renunciando a tus sueños…?

—¡Me importan un carajo mis sueños! —replico alzando la voz y abandonando definitivamente mis buenos propósitos—. Estoy hasta los mismísimos de tus charlas…

—Luca, habla como quieras, yo tengo mi manera de expresarme. Ahora, procuremos tranquilizarnos.

Tras decir eso, apaga el fuego.

—Luca —continúa, midiendo cuidadosamente las palabras—, lo único que creo es que tengo unos años más que tú y un poco más de experiencia. El momento por el que estás pasando lo he vivido yo también, hace muchos años. Tomé mis decisiones y por eso creo que puedo darte algún consejo.

—¿Y cuáles fueron tus decisiones? Estudiaste Filosofía, recorriste el mundo, hiciste lo que querías, hasta escribiste dos libros cuando tenías treinta años, ¿y después? Nada. Y ahora eres pinche de cocina, y el dinero nunca llega. ¿Has alcanzado tus sueños? Vale, si este es el resultado, yo no lo quiero. Yo no quiero esta vida. ¡Yo no quiero tu vida!

Mi padre permanece en silencio unos segundos. La mirada baja, los labios crispados. No consigo interpretar su expresión. No sé decir si es de rabia o solo de decepción, pero de golpe me arrepiento de mis palabras. Me he pasado.

—Oye, papá, espera, lo que quiero decir…

—Haz lo que quieras —me interrumpe con voz alterada—. Pero no vuelvas a preguntarme nada. Decide tú solo. Yo no quiero saber nada.

4

Alice

—Luca, ¿has guardado el gorro de lana? Oye, que en San Francisco hace frío.

—Lo he guardado, lo he guardado.

—Cuando llegues, envíame un mensaje para decirme que has llegado bien, por favor, recuérdalo.

—En cuanto baje del avión te lo envío.

—¿Y qué vas a comer allí? No puedes alimentarte todos los días de McDonald's.

—¿Por qué no?

—Luca, hablo en serio, ¿qué vas a comer?

—Contando con los atracones que nos damos siempre, pensaba no comer nada hasta que vuelva en Navidad.

El gran día ha llegado. El avión despegará dentro de poco más de una hora y, para evitar confusiones, conviene que se sepa desde ya que la persona que le está dando los últimos consejos antes de salir no soy yo, sino su madre. Pues sí, ella también ha venido, en compañía de la hermanita de Luca, quien sin embargo parece no haber entendido aún qué está pasando. Su padre, en cambio, tenía que trabajar, aunque me temo que el auténtico motivo de su ausencia es otro.

—Mamá, ¿ahora puedes dejarnos solos dos minutos?

Su madre lo mira con los ojos vidriosos y con expresión de absoluto desconsuelo.

—¡Mamá, no me voy a la guerra! También presenté solicitud para entrar en el ejército, pero me han rechazado, así que…

Ella no lo deja terminar la frase y lo abraza con fuerza, mientras su hermanita observa la escena impasible.

Por fin se alejan y nos quedamos solos.

—Adiós, idiota.

—¿Por qué idiota?

—Porque te haces el graciosillo hasta el final.

—Sabes que no me gustan todas estas ceremonias.

—Eres un tocapelotas.

—¿Tienes ganas de insultarme?

—Sí, un poco, quiero anticiparme.

—¿Anticiparte a qué?

—A todas las veces que no vas a llamarme, que no vas a responder enseguida a mis mensajes, que me cabrearás llamándome borracho desde una fiesta para decirme que te lo estás pasando genial…

—Ajá, ¿conque ya lo sabes todo?

—Jura que no vas a divertirte. Júrame que te aburrirás mogollón y que te pasarás las noches en casa llorando y gritando mi nombre.

—Vaya, te parecerá increíble, pero eso es justo lo que pensaba hacer. Ahora mismo iba a decírtelo.

—Tú y yo somos incapaces de hablar en serio, ¿verdad?

Nos quedamos mirándonos, en silencio.

Hemos hecho las paces. No hemos vuelto a hablar de los motivos de su decisión. No quería que nos despidiéramos así. Por eso he intentado olvidar el asunto y me he concentrado solo en que nos queremos, en que somos felices y en que estamos juntos. Además, volverá por Navidad, y puede que entretanto haya cambiado de opinión, o que se haya desencantado… de nada vale preocuparse ahora.

—Adiós, amor mío —me dice por fin.

Me abraza y me besa largamente, sin movernos. Quiero llevarme a casa el peso de sus labios sobre los míos, su sabor. Solo que ahora me parece que de verdad soy la que despide al novio que se marcha a la guerra.

—Envíame un mensaje en cuanto llegues —le digo, conteniendo la emoción—. Y acuérdate del gorro de lana.

Después de una última mirada, Luca se aleja hacia la salida. Lo veo entrar en el laberinto que conduce al detector de metales. Y en ese instante oigo un grito.

—¡Lucaaa! —prorrumpe una vocecita chillona. Es su hermanita—. ¡Lucaaa! —grita de nuevo.

Se zafa de los brazos de su madre y echa a correr. Pasa por debajo de todas las barreras y se lanza sobre él, llorando. Luca se agacha y la abraza, esbozando una sonrisa tranquilizadora. Me fijo primero en él y luego en su madre, que observa la escena desde lejos. Ya, no se está yendo a la guerra, vale, ¡pero eso qué más da! Dejo de lado mi sentido del pudor y me dirijo hacia Luca, primero andando y luego improvisando un ridículo trote, pues no tengo el valor suficiente para ponerme a correr. Yo también lo abrazo y nos quedamos así, unidos, los tres.

—Júrame que no vas a cambiar —le susurro al oído—. No quiero que cambies.

—Alice, seré siempre yo, independientemente de lo que haga.

5

Luca

Las ruedas del avión tocan tierra justo cuando llego a la última palabra del libro que estoy leyendo. Me encantan estas coincidencias. Hacen que todo parezca perfecto y ordenado. Ahora, cuando baje del avión, una gaviota errante se enganchará a mi cazadora y, sobrevolando torpemente la ciudad, me llevará hasta mi piso, donde el silbido de la tetera me avisará de que el té ya está listo.

—*Goodbye* —me dice la azafata cuando paso a su lado para bajar, y me sonríe.

Tan pronto como entro en el vestíbulo principal del aeropuerto, me acomete una mezcla de olores, ruidos, voces y luces que me provoca un despiste instantáneo. Por el altavoz, un individuo anuncia los vuelos y da varias informaciones, que comprendo mejor de lo que esperaba, a pesar de que el acento es completamente diferente del inglés británico que he aprendido durante los veranos.

Miro alrededor, procurando averiguar hacia dónde debo ir, hasta que veo el cartel del metro y decido dirigirme hacia allí.

Subo a un vagón semivacío, dado que el final de línea está precisamente en el aeropuerto, pero en la primera parada el tren se llena de gente. En el trayecto hasta Union Square escribo los dos mensajes, a mi madre y a Alice, y observo la variada composición étnica que me rodea. Pero lo que más me llama la atención es lo jóvenes que son los pasajeros, la edad promedio no debe de superar los treinta años.

Lo primero que veo cuando salgo del metro es a un mendigo que me pide dinero. Es un chico, puede tener mi edad y no parece, cómo decirlo, alguien infeliz, sino alguien que se ha escapado de casa. Solo digo: «No, I'm sorry», y él no insiste. Pero antes de que dé dos pasos la escena se repite con dos chicas un poco hippies, seguidas por varios perros. Vuelvo a decir: «No, I'm sorry», y las chicas se marchan, una hasta sonríe, como si me hubiese preguntado la hora y yo hubiese respondido alegremente: «¡Claro, son las doce y cuarto!».

Levanto la cabeza.

Miro alrededor.

San Francisco se corresponde exactamente con las imágenes que había visto en Google. Están las calles empinadísimas que suben en medio de los edificios, están los rascacielos que perfilan el skyline de la ciudad y, en alguna parte, aunque ahora no lo veo, estará el Golden Gate.

Maldito internet... Si mañana tuviese que ir al desierto del Sahara, estaría pensando lo mismo: «Ah, pues sí, la arena, los camellos..., está todo».

Aunque Google no contaba con que la ciudad está envuelta en niebla, lo que en un primer momento me asombra. No por la niebla en sí (que, como milanés, me resulta sumamente familiar), sino porque estaba convencido de que en California el sol resplandecía constantemente y de que todo el mundo andaba en bañador y con una tabla de surf bajo el brazo.

Estoy mirando adónde van los autobuses en los tablones de las paradas, cuando pasa delante de mí un tranvía anaranjado, igual que los de Milán. Lo observo flipado por la coincidencia, pero flipo más cuando veo que en el costado figura el símbolo del Ayuntamiento de mi ciudad, y que encima de la puerta delantera se lee «bajar», y de la trasera, «subir».

En italiano.

Vale, por lo que parece me he equivocado de avión.

No solamente no me encuentro en San Francisco, sino que, aparentemente, sigo en Milán. En un Milán más luminoso y con muchos menos sintecho de los que recordaba (unos sintecho de lo más amable y especialmente jóvenes, ni que decir tiene), pero este, me digo, no puede ser el mítico San Francisco y, en el supuesto de que lo fuera, lo quiera o no, constato que se parece espantosamente a un barrio del extrarradio de mi ciudad.

Decidido a ignorar tan extrañas primeras coincidencias, cojo un autobús que va a Castro, llevando a cuestas mi enorme maleta. Aquí tampoco nadie parece tener más de treinta años.

El autobús recorre unas paradas de Market Street, luego avanza por una calle llena de curvas en pendiente (aunque no tan en pendiente como aparecen en las fotos de internet). Aquí el paisaje cambia radicalmente. En vez de los altos edificios del centro (mientras tanto he descubierto que me encuentro, efectivamente, en el centro de la ciudad), hay casas bajas y deterioradas, de dos o tres plantas a lo sumo, con tiendas inextricables a pie de calle, repletas de letreros de colores. En las aceras veo corrillos de gente por todas partes.

Llego por fin a mi destino, Clayton Steet, 1421, un edificio destartalado, atestado de antenas parabólicas y cables aéreos. El portal está abierto, así que entro y voy directamente a la tercera planta. Hay una sola puerta, de manera que no me puedo equivocar. Toco el timbre. La puerta se abre al instante, como si alguien hubiese estado esperando expresamente junto al picaporte.

—*Hi, guy!* —exclama un chico de unos treinta años, con un enorme porro colgando de los labios—. *Luca?* —pregunta, señalándome con el índice.

—Encantado —digo, alargando la mano, que él observa como si fuese una serpiente que accidentalmente me ha salido del hombro.

—*Okay, fly in, I'll show you your nest* —me dice, masticando esas pocas palabras como si fuesen un bocado enorme.

Pasa al vuelo, te enseñaré tu... ¿nido? ¿Acaso *nest* no significa «nido»?

Mientras sigo tratando de traducir su lenguaje en clave, él se pone a agitar los brazos como un pájaro en vuelo dando vueltas por el piso, a la vez que ríe sonoramente. Así que he comprendido bien, eso me alivia. Igual que en el aeropuerto, tardo un instante en reelaborar lo que oigo, necesito unos segundos para traducir mentalmente, pero termino entendiendo.

La casa se compone de: una minicocina maloliente con los azulejos rotos y una encimera oxidada, un bañito un poco más grande que un box con ducha y una habitación con vistosas manchas de humedad en las paredes y en la que hay una cama, un armario y una puerta de cristal que da a un balcón con varias macetas llenas de tierra pero sin plantas.

Sin duda, las fotos en internet eran más halagüeñas.

En eso, un gato salta a la cama y nos mira.

—Él es Luca —le dice el muchacho al gato—. Él te cuidará.

El gato dice «miau», pero parece realmente un: «Sí, de acuerdo».

—Y además hay que regar las plantas —prosigue—, dos veces por semana.

—Okay, pero… ¿qué plantas?

El chico me mira y asiente mientras exhala humo por la boca.

—Las plantas —me dice, bajando la voz— crecerán.

El chico me reclama el pago de la primera semana en efectivo, me dice que volveremos a vernos pronto y sale del piso agitando de nuevo los brazos como si fuera un pájaro en vuelo.

Me siento en la cama al lado del gato y miro alrededor intentando reestructurar mentalmente la habitación. A lo mejor pintando las paredes… o prendiendo fuego al armario…

Pero estoy en San Francisco, me digo. ¡Qué más da que el piso sea un asco!

Justo cuando formulo esta reflexión consoladora, siento vibrar el suelo. Es una vibración larga, seguida de un par de toques de tambor y de dos silbidos. Me quedo escuchando unos segundos, hasta que vuelve el silencio. Me levanto de la cama y me asomo a la ventana, pero no veo nada raro, salvo al chico que me ha alquilado el piso: acaba de subirse a una furgoneta pintada de mil colores, que se marcha dejando tras de sí una humareda gris.

De repente el suelo se pone a temblar otra vez, de nuevo suenan los toques de tambor, luego un repiqueteo de platos, al que no tarda en sumarse una guitarra desafinada.

6

Alice

«Seré siempre yo, independientemente de lo que haga.» Luca me ha dejado con este gusanillo en la cabeza. ¿Es así? ¿Es cierto? Un fontanero que escribe un libro será siempre un fontanero, un panadero que lleva a su nieto al parque no se convierte en canguro y un periodista que pinta una pared no se convierte en pintor de paredes. Aunque... Vale, ya es oficial, Luca se fue hace menos de veinticuatro horas y yo ya estoy montando el numerito.

Me ha escrito un mensaje nada más llegar.

Dice que se ha instalado y que esta noche intentará llamarme por el Skype. Debo reconocer que no veo la hora de ver su pisito. Ya me lo he imaginado hasta en los mínimos detalles: un loft grande de ladrillo rojo visto, una columna en el centro, un ventanal con estores que da a una calle en cuesta y, al fondo, la playa. Cocina americana, la luz siempre difusa y un vecino gay.

Estoy sumida en estos pensamientos cuando entro en casa poco antes de las ocho, tal y como está prescrito, pues en mi casa rige una legislación de lo más rigurosa en materia de horario de comidas. Sin embargo, no acabo de abrir la puerta cuando noto que algo va mal. La casa está en silencio y, sobre todo, no hay ningún aroma que pueda hacer pensar en la cena inminente.

Todas las puertas del pasillo están cerradas, y únicamente se oye una voz alterada procedente de la habitación de mis padres. Mi madre está de pie, en medio del pasillo, con los ojos cerrados.

Dejo caer el bolso al suelo y me acerco a ella a toda prisa.

—¿Qué está pasando? —pregunto.

Mientras le hago esa pregunta el volumen de la voz en la habitación de mis padres se eleva de repente. Es mi padre, está gritando, pero no consigo comprender de qué está hablando.

—Mamá, ¿quieres explicarme qué ocurre? ¿Se trata de Federico?

Ella sacude la cabeza en el preciso instante en que la puerta del cuarto de Federico se abre y él aparece en el vano con esa cara gélida que pone cuando no quiere traslucir ninguna emoción.

—Papá se ha quedado sin trabajo —dice mi madre entre dientes.

—¿Qué? ¿Cómo es posible? ¿Así, de repente?

—De repente, no, pero no os habíamos contado nada. Ahora ya es oficial.

—¿Por qué no nos habíais contado nada? Pero no pueden despedirlo así, no pueden...

—Pueden hacer lo que quieran, Alice. La fábrica está a punto de quebrar, y de momento no se sabe qué va a pasar.

En la habitación, mi padre sigue gritando, y ahora ya consigo descifrar algunas palabras: «Despido», «Paro», «Subsidio», «Todo el mundo a casa» y muchos, muchos «Que les den por culo».

—Yo puedo echar una mano —dice Federico en la puerta—. Buscaré trabajo...

Mi madre mueve la cabeza, y en ese gesto, por un instante, veo a la madre de Luca, y me digo que es muy frecuente que el dolor provoque la misma expresión en la cara, aunque los problemas sean diferentes. Me pregunto dónde acabará todo el dolor que no aparece en la cara.

—Tú tienes que estudiar —dice mi madre.

—Tengo catorce años, puedo trabajar.

—¡No, no puedes trabajar! —le contesta mi madre bruscamente—. Papá encontrará otro trabajo, lo encontrará pronto, no hay por qué desesperarse.

Me cuesta creerla, porque la tranquilidad que quisiera infundirnos se reduce a las palabras.

—Mamá, es verdad que va a encontrar otro trabajo... ¿no?

Mi madre no dice nada, y me temo que esta sea su verdadera respuesta.

En ese momento mi padre sale de la habitación. Tiene las facciones tensas y la cara completamente roja.

—Chicos —dice con voz quebrada—, a partir de hoy van a cambiar un poco las cosas, muchas cosas.

—¿Qué te han dicho? —pregunta mi madre.

—Una mierda, eso es lo que me han dicho —responde, levantando de nuevo la voz. Mi padre nunca levanta la voz, y nunca dice tacos.

Federico retrocede hacia su habitación, mientras yo, flipada, observo la escena.

—Cielo, ya verás cómo... —farfulla mi madre, pero él ya no la escucha.

Pasa a mi lado, coge el abrigo del perchero y se dirige hacia la puerta de entrada.

—Voy a la fábrica —dice, casi para sí, sacudiendo la cabeza—. Dios santo…

—Espera, explícamelo —insiste mi madre, tratando de retenerlo, pero sin éxito.

Nos quedamos así, los tres, de pie, inmóviles y en silencio. Ahora Federico parece asustado, mientras en mi cabeza bullen mil pensamientos. Mi padre no es el primero ni será el último que pierde el trabajo. Últimamente le ha pasado a mogollón de personas a las que conozco: amigos de mis padres, parientes, padres de nuestros compañeros de clase. En la tele solo hablan de crisis económica, y se oyen mil historias así. Sé que es tonto, pero siempre pensé que esas historias nunca me afectarían.

Buscaré un trabajo, me digo. Federico no puede trabajar, pero yo sí. Seré una estudiante trabajadora, ¿qué tiene eso de malo? Muchos lo hacen. Se puede trabajar y seguir estudiando. Resulta más duro, es cierto, pero se puede hacer. Como se puede ser escritor y a la vez fontanero, periodista y pintor de brocha gorda, como se puede ser Luca, mi Luca, el que decía que se iba a ir a vivir a una granja, que rodaría una película y que abriría una *trattoria*, y que luego decidió centrar la cabeza y estudiar Economía. ¿O no?

Mientras pienso en todo eso, siento la primera, real e intensa punzada de nostalgia. Entro en mi habitación, enciendo el ordenador y conecto el Skype. Tengo una necesidad urgente de hablar con Luca.

7

Luca

—¡Anda, déjate ver, tonto!

—Espera a que coloque la webcam.

—¡Estás demasiado cerca! Aléjate. Pero… estás distinto.

—Me he puesto un *piercing* en la lengua.

—¿Que te has puesto…? Ah, me estás tomando el pelo, imbécil.

—Y me he tatuado un dragón en la espalda, me he hecho budista y me he enrollado con otra chica.

—Bien hecho, al menos así, cuando yo no estoy, alguien te hace compañía. Pues yo me he hecho lesbiana, ahora salgo con Martina, espero que no te moleste.

—No, al revés, ya sabes que siempre me han gustado los tríos.

—¡Anda, dame una vuelta panorámica por el piso!

Como me imaginaba que Alice iba a pedirme algo así, el primer día de mi estancia estadounidense, con la complicidad del jet lag (estoy casi convencido de que nunca podré volver a dormir), lo he dedicado a arreglar un poco las habitaciones, aunque eso es casi como tratar de que un vertedero se parezca a un salón de té. He barrido y pasado un trapo por todas partes, esmerándome en eliminar manchas que datan casi con toda seguridad de la era mesozoica. He vaciado los armarios de la cocina y tirado docenas de latas de comida caducada, y he descongelado la nevera, logrando así quitar el iceberg que había en el congelador. Luego me he ocupado de las paredes del dormitorio, tapando las muchas grietas y manchas de humedad con las fotos que me dio Alice, «para que no me olvidara de ella». Por último, he colgado nuestro cuadro sobre el cabecero de la cama.

Me aparto del encuadre para dejar que la webcam coja la pared que tengo detrás.

—¡Has colgado nuestro cuadro!

«Nuestro cuadro» es en realidad un póster de Paul Signac, un pintor impresionista; se titula *El tiempo de la armonía* y representa un prado en la orilla de un lago, con hombres, mujeres y niños. Unos comen, otros bailan, algunos aran los campos y otros se bañan. A lo lejos se ven un carro de labranza y un barco con las velas desplegadas.

—Así me acuerdo siempre de ti.

—Muy bien, anda, enséñame el piso.

En ese preciso instante empiezo a sentir el ya inconfundible temblor del suelo que anuncia el comienzo del concierto.

—Luca, ¿qué es ese ruido?

—Ah, eso… Sí… Es… la música.

—Pues bájala un poco.

—No, no, es complicado —suelto para tomarme un tiempo—, olvídalo…

—¡Luca, no oigo nada!

—La red inalámbrica funciona mal, le estoy pinchando la línea al tío de abajo.

Alice me mira por la webcam, con esa mirada que pone cuando sabe que no le estoy contando toda la verdad.

—Vale, debajo de casa hay un local de ensayo.

Me resigno a explicarle la situación. El piso es una pocilga. Todavía no he podido quitar toda la roña de la cocina. Del desagüe de la ducha salen cucarachas como si fueran pasajeros del metro en hora punta. Las zonas comunes del edificio (escaleras y rellanos) son un mundo paralelo: gente que habla, fuma, come, un guirigay. Y, por último, en la planta de abajo está ese local de ensayo.

Solo falta que el vecino de al lado estrelle el cabecero de la cama contra la pared de mi cuarto mientras se lo monta, pero estoy seguro de que es cuestión de tiempo.

—¡No te puedes quedar ahí! —exclama Alice elevando la voz para imponerse a la música—. ¡Tienes que buscarte otro sitio!

—Claro, descuida, es lo que voy a hacer; además, solo he pagado la primera semana. Oye, Alice, lo mío no tiene importancia, ¿quieres contarme cómo estás tú?

—Mi padre se ha quedado sin trabajo, tenemos problemas.

—¿Qué? Me cago en la leche... ¿Y ahora?

Por suerte, en ese instante la música deja de sonar.

—Ahora no se sabe nada... —contesta Alice—. No sé qué va a pasar.

—Lo siento, Ali..., precisamente ahora. ¡Regreso; si quieres, regreso!

—No, no cambiarías nada... Además, he decidido... buscar un trabajo.

—¿Lo dices en serio?

—Pues sí, o sea, no es que estemos arruinados, pero no quiero ser una carga para mi familia.

—¿Y cómo lo harás con el instituto?

—No va a ser un trabajo de jornada completa. Solo un apaño de fin de semana.

—Vale, ¿ya has pensado en algo?

Alice no responde enseguida. Deja pasar unos segundos.

—La verdad es que tengo una idea. Pero… no sé.

—¿Qué quieres decir?

—Luca, tú trabajaste con tu padre en verano. Así que pensaba que a lo mejor…

—No, Ali, con mi padre no.

Las palabras me salen de la boca sin que pueda hacer nada por impedirlo. Es verdad que, en el fondo, sería una solución sensata. Mi padre podría conseguirle trabajo como camarera para los fines de semana, pero… pero todavía me zumban en la cabeza sus palabras: «Haz lo que quieras, yo no quiero saber nada».

Desde aquel día no hemos vuelto a hablar.

Perdido en estas reflexiones, no advierto que Alice me está mirando desde la pantalla. Tiene una expresión estupefacta. No es para menos.

—Ali, no lo sé, si quieres… —digo, pero no consigo terminar la frase.

En ese instante, un redoble de tambor ahoga por completo la voz de Alice. Ya no oigo nada. Cojo el ordenador y trato de alejarme.

—Ali, no te oigo, ¿qué has dicho?

—Nada… No pasa nada… pero…

—No oigo nada…

Ali me mira descorazonada por la webcam y me dice adiós con la mano. Dejo el ordenador, me asomo por el antepecho y veo una cabeza oscura fuera de la ventana del piso de abajo.

—¡Eh! —grito—. *The music! Please, the music!*

La cabeza se vuelve. Entreveo el perfil de la cara desde arriba, la tez clara y la nariz fina con un pequeño *piercing* de plata. Una mano se acerca lentamente a la boca y entonces la chica me mira.

Yo la miro con cara de sorpresa, como si dijera: «Bueno, ¿qué pasa?», pero ella ni se inmuta.

Sonríe y exhala una densa humareda blanca.

8

Alice

—Yo digo que como no aceptemos la regla de las dos eses con la pe no vale la pena seguir.

—Y yo digo que te puedes ir a la mierda.

La primera reunión de la revista acaba de empezar y ya me arrepiento de haber venido. Pero se lo he prometido al profesor Partis. Mejor dicho: él me ha obligado, forzándome a firmar un papel en el que me comprometía a pagar una multa de cien euros si no venía.

Sé que no es muy normal dejarte chantajear por tu profesor de italiano para participar en una actividad extraescolar, pero con Partis las cosas son así.

A las tres en punto estoy sentada en la sala de estudio, junto a algún chico de primaria y la directora indiscutible de la revista, una tal Roberta Prosperi.

Los más estrechos colaboradores llegan poco después, y enseguida se entabla una pequeña discusión sobre el tema de los retrasos. «Hay que llegar con puntualidad.» «No estamos en el instituto.» «Eso qué tiene que ver», y así sucesivamente.

En cambio, el primer punto del orden del día es: análisis de los resultados del curso anterior y nueva línea editorial. O lo que es lo mismo: ¡tenemos que averiguar por qué leches nadie lee la revista y hacer algo!

Cada miembro tiene una teoría propia. Carlo, un pijito del último curso, defiende la teoría de las dos eses con la pe: sangre, sexo y pasta.

—¡Si queremos que alguien nos lea, tenemos que hablar de estas cosas! —declara con vehemencia.

—¡Qué sexo ni qué sangre! —espeta Roberta—. Es una revista estudiantil, no *Panorama.*

—Pero es el modelo que debemos seguir.

Así las cosas, otro chico pierde la paciencia. Un tal Guido, de primero de bachillerato, del tipo intelectual alternativo: suéter de cachemir, vaqueros raídos, gafitas con las que aparenta decir: «Oye, que yo leo un libro al día», y zapatos de cuero que parecen salidos de los años sesenta.

—¿Quieres escribir para *Panorama*? —le pregunta con tono provocador—. Pues ve a verlos, a ver si te cogen.

Sus palabras desatan una oleada de comentarios en la sala. Los de segundo de bachillerato empiezan a hablar en voz alta entre ellos.

—Así no vamos a llegar a ninguna parte —interviene Roberta—. Además, los de primaria han venido a ver, y nosotros damos este espectáculo... Venga, tratemos de pensar. Bien, puede que sea verdad que el curso pasado nos centramos más de la cuenta en los temas políticos, y con artículos demasiado largos...

Carlo asiente, como si dijera «pues eso», el intelectual resopla, y todos finalmente guardan silencio.

—Lo que pasa es que la revista es un coñazo —la interrumpe una chica de pelo largo y rojo que parece salida de un manga japonés.

Dos tíos sentados a su lado asienten de manera perfectamente sincronizada.

—Si tuviese juegos —prosigue la pelirroja—, un concurso de belleza o una sección de sexo…

—Como hagáis un concurso de belleza, yo me largo —dice Carlo, esta vez de acuerdo con el intelectual, que se limita a imprecar entre dientes.

—Oye, ¿tú no eras el de las dos eses con la pe? —lo provoca Roberta.

—Son cosas diferentes, yo quiero hacer una revista sugerente. Estas tres Winx quieren que sea una revista del corazón.

Entonces se desata el tumulto. Los de primaria rompen a reír, las Winx se ofenden, el intelectual se pone de pie y habla con Roberta, alguien enciende un cigarrillo justo cuando entra Nicola, el bedel, que pregunta:

—¿Quién está fumando aquí?

La calma tarda unos minutos en reinstaurarse. Y en ese momento el intelectual me mira y dice:

—Di lo que quieras.

—¿Cómo? —pregunto sorprendida.

—Querías hablar, ¿no? —añade indicando con un gesto mi brazo apoyado sobre el pupitre, que efectivamente podría parecer una mano levantada.

Están esperando que hable, en medio de un silencio sepulcral. De repente, todos los ojos convergen sobre mí. He de decir algo, pienso. Y no algo como: «No, no tengo nada que decir, tenía la mano levantada por error». En el fondo, esta es mi primera oportunidad de hacerme notar, de averiguar si puedo conectar un poco con el grupo.

—Bueno, pensaba que... —balbuceo, sintiéndome como una alumna de primaria abochornada.

El intelectual me mira, como si dijera: «Venga, ánimo, habla», mientras que Roberta se queda en la ventana con los brazos cruzados y la cara ceñuda.

—Pensaba que en realidad... pues que para mí queréis cosas parecidas.

Tras decir eso, miro alrededor para comprobar qué efecto tienen mis palabras.

—¿Qué quieres decir? —pregunta Carlo, el pijito, cogiéndome desprevenida.

—¡Déjala hablar, tío! —exclama el intelectual, encajándose las gafas en la nariz con el índice.

—Creo que en realidad todos queréis hacer una revista un poco más sugerente, pero no queréis hacer una revista para adolescentes. Yo tampoco organizaría un concurso de belleza, pero el sexo es un tema importante, ¿no? En cuanto a los artículos políticos, siempre tratáis temas muy alejados de nosotros, mientras que nunca hay una sola línea sobre lo que pasa en Milán. No lo sé, por ejemplo, ahora los institutos nocturnos están ocupados porque los quieren cerrar, y yo diría que podríamos escribir un artículo interesante acerca de eso, ¿no? O sea, para mí solo se trata de encontrar un equilibrio justo, o sea...

Nadie habla. No sé qué me ha pasado. Siento que me arde toda la cara y estoy segura de que tengo las mejillas rojas.

—O sea, o sea —repite Carlo con la evidente intención de tomarme el pelo. Tanto es así que todos rompen a reír. Y el tumulto se desata de nuevo.

La reunión concluye sin ningún resultado. A las cuatro y media estoy fuera del instituto, más convencida que nunca de que no volveré a pisar esa jaula de locos. A la porra el profesor Partis, a la porra la revista del instituto. Me encamino hacia el metro, pero en cuanto doblo la esquina oigo que alguien me llama.

—¡Alice!

¡Luca!, pienso. El pensamiento dura una fracción de segundo, lo suficiente para hacerme ilusiones y para provocarme una profunda punzada de melancolía. Es evidente que no puede ser Luca.

Me vuelvo. Es el intelectual. Como era de prever, lleva un bolso de cuero en bandolera y un fajo de hojas bajo el brazo.

—Hola —digo.

—Oye, siento lo que ha pasado ahí dentro. Carlo es un idiota, pero ya te habrás dado cuenta. Aunque es inteligente, cuando no se pone borde. De todos modos, me ha gustado lo que has dicho. Coincido contigo. Si quieres, la próxima vez seguiremos hablando.

—No lo sé, creo que no estoy muy convencida de entrar en el grupo.

—¿No? Vale que Carlo te ha tomado el pelo, pero todos los demás te estaban escuchando. Yo haría ese artículo sobre los institutos ocupados; si te apetece, podríamos abordarlo juntos.

—No es por Carlo, es que... no estoy convencida de querer meterme en esto.

Guido parece un poco decepcionado por mis palabras; sin embargo, en vez de marcharse se queda allí, mirándome en silencio.

—Bueno, ¿qué pasa? —le pregunto.

—Te advierto que sé lo que se cuenta de ti por ahí.

—¡Oh, santo Dios!, ¿qué se cuenta? —pregunto un poco asustada, recordando una vieja definición que dieron de mí: guapa no, pero tampoco un adefesio...

—Que eres enrollada, que escribes bien. Partis siempre te pone por las nubes.

—¿Tú también tienes a Partis?

—Claro, es la leche. Si no fuese por él, nunca habría entrado en la revista. Prácticamente me ha obligado; de lo contrario, tendría que haberle dado cien euros.

Sacudo la cabeza y me sale una sonrisa.

—Sí, ya sé que es absurdo —dice él.

—No, no es absurdo. Yo he venido por el mismo motivo.

9

Luca

San Francisco es una ciudad increíble. En una mañana he conseguido descubrir que: pues sí, es verdad, por increíble que parezca, han traído los tranvías de Milán aquí (fuente de la información: un conductor con ganas de cháchara. Le he hecho una pregunta y ya no me ha soltado). Por otro lado, San Francisco es la ciudad de los sintecho (fuente de la información: yo mismo. Basta mirar alrededor para darse cuenta. Sobre los motivos, tendré que indagar en los próximos días). Por último, San Francisco es una península y, por absurdo que parezca, creo haber comprendido que sus costas están habitadas por dragones (fuente de la información: un chico simpático, aunque decididamente colgado, al que he dado un poco de calderilla y que ha insistido en corresponder mi generosidad con unos cuantos datos sobre la ciudad).

Alice me ha escrito un correo electrónico muy largo. Según parece, esa revista es una casa de locos. Dice que ya estaba por dejarla sin más, pero que al final ha cambiado de opinión, no he entendido bien por qué. Y además parece que ha encontrado trabajo, aunque no he comprendido dónde. Bien mirado, es un mensaje bastante críptico...

En cambio, no hay manera de encontrar una habitación en el centro, a menos que uno esté dispuesto a desembolsar tropecientos mil dólares al mes.

Son más de las dos de la madrugada cuando me apeo del autobús tras un día recorriendo la ciudad. Doy unos pasos y advierto que debo de haberme equivocado de parada. Miro el número de un portal y descubro que me he pasado bastantes metros. No me queda más remedio que volver atrás.

No he hecho más que echar a andar, cuando oigo un grito de mujer. Procede de un callejón lateral mal iluminado. Un poco más allá, en la calle, diviso a tres sintecho que se calientan las manos delante de una fogata, la típica fogata en un bidón que sale en todas las películas. Pero no parecen interesados en el asunto.

Voy a continuar mi camino cuando oigo otro grito, seguido de unas palabras.

Me asomo con cautela a la calle, listo para que me apaleen y rapten. Doy unos pasos y veo, iluminada por la débil luz de una farola, a una chica en minifalda que pega con su bolso a un hombre que la tiene sujeta por el suéter. A poca distancia hay un letrero fluorescente que reza LILLY RESTAURANT, pero el portal está cerrado. Miro alrededor en busca de la «patrulla de policía que siempre llega en el momento preciso», pero a todas luces me he equivocado de película.

—¡Eh! —exclamo, no precisamente en voz alta, pero a un volumen suficiente para ser oído.

—*Fuck you bastard!* —está gritando la chica.

El hombre masculla algo encima de la chica, tratando de besarla. Tendrá unos cincuenta años y, tras una mirada más atenta, veo que está completamente borracho.

Me acerco con prudencia, instante en que el hombre repara en mi presencia y grita algo indudablemente poco amable.

—*Fuck you!* —vuelve a gritar la chica.

Siento que aumenta la frecuencia de los latidos de mi corazón y advierto una extraña sensación en las rodillas, como si un líquido helado me circulase de golpe por las venas.

Ya estoy a menos de un metro de ellos.

—¡Eh! —digo de nuevo.

El hombre ni siquiera me mira, y aprieta a la chica contra sí en un abrazo. Ella grita, y yo me pregunto cómo demonios es posible que no aparezca nadie. Pero mientras lo pienso me doy cuenta de que ha llegado alguien: yo. Tengo que hacer algo.

Grito:

—*Go away!*

—*Go home, sweety* —suelta el hombre.

No consigo nada. En eso, el hombre se deja caer sobre la chica y ambos acaban en el suelo. Trata de besarla y comprendo que no puedo limitarme a gritar. Cojo aliento y me lanzo sobre él, tratando de apartarlo. Él me propina un codazo sin siquiera volverse, yo le respondo con un puñetazo en el cuello. Entonces se da la vuelta y me mira con una cara que da miedo. Se frota las manos en la chaqueta y se planta delante de mí. Entretanto, la chica se ha puesto de pie y se arregla rápidamente la ropa.

El hombre me dirige unas palabras que no consigo descifrar; ahora ya no parece borracho, solo muy cabreado. Coge una botella del suelo y la rompe contra la pared, sin dejar de mirarme con aire desafiante. Un miedo que nunca he experimentado se apodera de mí. Quisiera huir, pero no puedo moverme ni un ápice, mis ojos están clavados en los de él, que echan chispas. La chica, a unos metros de nosotros, me grita algo que no logro entender. Veo que mueve los labios y que agita los brazos, pero es como si le hubieran quitado el sonido.

El hombre se me acerca tambaleándose, empuña el cuello de la botella rota. Retrocedo un paso y acabo contra la pared que tengo detrás. Comienzo a sentirme realmente como una rata atrapada.

El hombre se acerca más, con gesto amenazador. Entonces se abalanza sobre mí para atizarme con la botella. Intento retroceder, pero me lo impide la pared; tropiezo y estoy a punto de caer al suelo. Me doy un porrazo en la cabeza justo cuando el frío vidrio de la botella se me clava en el hombro. La sangre caliente se me pega a la camiseta, empiezo a marearme y la vista se me nubla. Recuerdo entonces las películas sobre el fin del mundo y pienso en lo tonto que es imaginarse las catástrofes apocalípticas, cuando el mundo termina cada vez que muere alguien.

10

Alice

De vez en cuando me pregunto qué es el amor. Ya sé que es una pregunta terriblemente patética, pero me pregunto: ¿se puede dar una definición exacta del amor? Ayer busqué el significado en Wikipedia, y descubrí, con gran disgusto, que el usuario encargado de definir dicho sentimiento tenía muy probablemente otra cosa mejor que hacer que perder el tiempo en internet.

Escribió lo siguiente: «El amor es un sentimiento intenso y profundo de afecto, simpatía y apoyo, dirigido a una persona, un animal, un objeto, un concepto, un ideal…».

Madre mía, qué tristeza. ¿Apoyo? ¿Eso qué es? ¿Una suma de puntos? Y eso que las colaboraciones de Wikipedia son voluntarias y gratuitas. ¿Que no te apetece? Pues no escribas nada.

No satisfecha, he buscado el significado de la palabra en las otras culturas, deteniéndome en la definición budista: «El amor es el deseo de que los otros sean felices…».

Y es precisamente por esa búsqueda por lo que ahora estoy aquí, en la cocina del restaurante en el que trabaja el padre de Luca, decidida a hablar con él como sea.

—Alice, qué alegría verte, pero ¿no tendrías que estar en clase? —me pregunta alegremente.

Está de pie delante de mí. En la mano, un enorme pedazo de carne, atrozmente semejante a un perro salchicha desollado. En la cocina, alrededor de él, ya hay mucho ajetreo, pese a que es solo mediodía.

—Acabo de salir y… tengo que hablar con usted.

—Sigues sin poder tutearme, ¿eh?

—Pues sí —admito con una sonrisa—. Es que no me sale.

—Está bien, cuéntame.

—Se trata de Luca.

Me mira, nada contento con el motivo de mi visita. Acto seguido me da la espalda y enciende el fuego bajo una olla grande de aluminio.

—No sé si nosotros dos debemos hablar sobre él —dice.

—Yo tampoco, pero ya estoy aquí —insisto, aunque no es un razonamiento precisamente cristalino: ya que estoy aquí, comámonos unos espaguetis…

—No sé qué te habrá contado, ha tomado una decisión y yo no la critico. Ya veremos.

—Está huyendo de ti.

El padre de Luca suspira y se encoge un poco de hombros, en evidente señal de perplejidad.

—¿Por qué no habláis y tratáis de comprender si…?

—Ya hemos hablado. Y él me ha dicho claramente lo que piensa, y lo que piensa de mí. Pero a lo mejor tú eso no lo sabes.

—¿Qué?

—Alice, de verdad, no sé si debemos hablar sobre estas cosas. Entiendo tus intenciones, pero prefiero dejarlo.

Permanecemos en silencio, ahora estamos frente a frente. Tiene razón. Pero yo también tengo razón. Nunca me ha parecido tan inútil tener razón como en este momento.

—¿Cómo está Martina? —me pregunta con el evidente propósito de cambiar de tema—. He visto su vídeo en MySpace, no está nada mal.

—Sí, es verdad, está lanzada, se lo ha bajado un montón de gente.

—Bueno, tiene una voz bonita, y además es una chica guapa, eso sin duda también es importante. Pero, dime, ¿qué tal tu padre?

—Más o menos, se pasa todo el tiempo en casa, aún no se sabe si la fábrica reabrirá.

—Mal asunto, lo siento.

—Confiemos en que pase. Mientras tanto, he decidido buscarme un trabajito.

—Ah, ¿en serio? Si quieres, ya sabes que aquí necesitamos gente, pero solo los fines de semana.

—Sí, no, o sea, gracias, pero...

—Estás buscando otra cosa, a lo mejor para las tardes...

—No, bueno, la verdad es que estoy buscando precisamente algo para los fines de semana, o sea... En fin, gracias, pero ya tengo media idea.

—Está bien, pero si esa media idea no fructifica, no lo dudes, en serio. Es más, nos harías un favor. Piénsatelo.

—Sí, gracias... pero prácticamente ya he encontrado algo.

—Ah, qué pena. Pero, perdona, ¿Luca no te ha dicho nada? Él sabe que aquí buscan personal. Se lo había propuesto a él, como trabajito para compaginarlo con los estudios, pero después... Bueno, ya lo sabes.

En ese instante, el padre de Luca parece comprender el significado de mi torpe rechazo, pues de repente calla y sonríe con amargura.

—Ah, vale, ya caigo.

—Lo siento.

—No, olvídalo —dice levantando las manos, como pidiendo disculpas—. Tienes razón, venga, ahora tengo que volver al trabajo.

Por la noche, en casa, miro de nuevo la definición del amor budista, la que me había persuadido de ir a hablar con el padre de Luca. Me pregunto si es realmente posible desear de modo desinteresado la felicidad de alguien. De esa forma, cuando me acuesto, en vez de tener una respuesta, me encuentro con otra pregunta.

11

Luca

¿Cuál es tu principal virtud?

¿Cuál es tu idea de la felicidad?

Si no fueras tú, ¿quién querrías ser?

¿Qué es lo que más detestas?

¿Cuáles son tus escritores preferidos?

¿Qué talento natural te gustaría tener?

A finales del siglo XIX, un Marcel Proust adolescente respondió un cuestionario de personalidad que después se ha hecho famosísimo. Lo descubrí en una revista, en casa, y de vez en cuando trato de responder a las preguntas. Buscando en Wikipedia, he comprobado que en realidad estos tests eran una especie de moda entre las familias inglesas, una manera de conocerse, una especie de juego entre amigos.

La pregunta que me da vueltas en la cabeza en este momento es una de las últimas, y de las más difíciles: ¿cómo querría morir?

Siempre la he omitido; mejor dicho, hasta ahora he salido del paso por eliminación: ni como un viejo chocho, ni dormido, ni ahogado…

Hoy ha llegado el momento de excluir otra circunstancia: no asesinado con una botella rota, de noche, en un oscuro callejón de San Francisco.

—¿Cómo te encuentras? —me pregunta la chica con voz todavía asustada—. Eres italiano, ¿verdad?

Veo su rostro borroso, como si hubiera abierto los ojos bajo el agua. Trato de responder, pero no me sale la voz, me cuesta respirar.

Me toco el ojo y noto que está hinchado y manchado de sangre, aunque no me duele mucho. Luego me toco el hombro, el cristal de la botella ha traspasado la sudadera. La camiseta está húmeda y tras palparla compruebo rápidamente que también tiene sangre.

—Oye, respóndeme, ¿puedes responderme? —insiste.

—Sí, no lo sé… —digo con un hilo de voz.

—¿Eres italiano? —me pregunta nuevamente, y por la ausencia de todo acento deduzco que también debe de ser italiana.

—¿Dónde está ese tío? —contesto, distinguiendo por fin su cara. Tiene la tez clara y rasgos finos, el pelo negro y lacio recogido detrás de la nuca. En la nariz, un pequeño *piercing*.

—No está. Se ha largado al verte caer. ¿Cómo te encuentras?

—No lo sé. Aturdido…

—De todos modos, gracias, has sido un ángel. ¿Puedes caminar?

Me pongo de pie con su ayuda y siento las piernas bastante firmes. Aunque estoy un poco mareado, deduzco que en realidad tampoco debo de estar gravemente herido. Introduzco una mano debajo de la camiseta y compruebo que la herida es solo superficial.

—Pero ¿quién era? —pregunto recuperando un poco de energía.

—Un cliente, un poco más borracho de la cuenta —responde ella, que sigue mirándome fijamente la cara con el evidente propósito de averiguar en qué condiciones estoy.

De repente, una luz más intensa alumbra la calle. El asfalto mojado refleja la inconfundible luz roja y azul de la policía.

—Vamos, larguémonos —dice con sequedad la chica.

—¿Cómo que nos larguemos? ¡Es la policía!

—Justo por eso, larguémonos.

Me agarra de la muñeca y me arrastra detrás de ella. Caminamos en dirección opuesta a la luz. Los faros del coche patrulla proyectan nuestras sombras delante de nosotros. No comprendo por qué estamos huyendo de la policía, pero en este momento no tengo fuerzas para preguntar nada, y aún menos para oponer resistencia.

En el primer cruce doblamos a la izquierda. Detrás de nosotros, sin embargo, en la calle que hemos dejado, la luz del coche patrulla se vuelve más intensa.

—Coño, tenemos que correr —exclama ella, mirándome preocupada—. ¿Puedes?

—¿Cómo? ¿Por qué? —protesto, sin embargo acelero el paso.

En ese instante ella me aprieta la mano y echa a correr.

Torcemos de nuevo en un callejón más angosto y pasamos debajo de un puente que me resulta familiar. En efecto, por fin entreveo el perfil ruinoso de mi edificio.

—Yo vivo ahí —digo con un inesperado tono infantil.

—¿Tienes alcohol o algo semejante en casa? —me pregunta con voz jadeante.

—Alcohol… No, no lo sé, me acabo de mudar.

Pocos minutos después estoy sentado en el sofá de un pequeño salón iluminado por la débil luz anaranjada de un flexo. Sobre una mesilla baja hay dos pilas de libros y un cuenco de madera lleno de collares, pulseras y pendientes. Tengo una bolsa de hielo en el ojo, mientras que una chica a la que ni siquiera conozco me desinfecta la herida.

—Ya está —dice ella, apretando la venda en mi hombro.

Me quito el hielo de la cara y la miro. Es guapa, y parece muy joven, lo que me asombra, dada la situación en que la he encontrado.

—Oye, ¿cuántos años tienes? —le pregunto.

No responde. Se levanta del sofá y se ausenta unos segundos.

—¿Por qué hemos huido de la policía? —le pregunto cuando reaparece en la puerta del salón. No puedo verle la cara, pues está a contraluz, de espaldas a la cocina iluminada. A cambio, reparo en que es flaca, que sus piernas, envueltas en medias violetas, son largas, y que apenas tiene caderas.

Esta vez tampoco responde, pero se acerca, abre un cajón de debajo de la mesilla y saca una bolsa de plástico con hierba verde. Un aroma inconfundible a marihuana se propaga inmediatamente por la habitación.

—Han empezado a joder también aquí… San Francisco se está convirtiendo en otra ciudad.

Mientras, la televisión emite un concurso que parece la versión estadounidense de *Quién quiere ser millonario.* Un concursante gordo, en precario equilibrio sobre un taburete, rumia la respuesta que tiene que dar. La pregunta es: ¿en qué año abrió el señor McDonald su primer establecimiento de comida rápida?

—Y yo qué sé —responde ella para sí.

—Pues yo me llamo Luca —suelto.

—Dalila.

—Bonito nombre.

Ella esboza una sonrisa.

—Así que ¿eres camarera en ese local? —pregunto.

Se levanta del sofá y coge una botella de una estantería de la pared. Sirve dos vasos y me tiende uno.

Mientras me acerco el vaso a los labios, una imagen se superpone a la situación en que me encuentro: la de un alpinista aplastado por una avalancha al que acaban de rescatar unos socorristas con un San Bernardo que sigue excavando, al tiempo que un hombre barbudo le tiende un vaso diciendo: «Bebe, te sentará bien».

—Bebe, te sentará bien —dice Dalila.

La imagen se desvanece como una breve alucinación. Dalila está ahí, delante de mí. Ya ha apurado su vaso y yo hago lo propio. Una vaharada de calor se me extiende por el pecho. Aspiro con fuerza, y cuando espiro siento que el olor a alcohol me sale de la boca.

—Oye, ¿de dónde eres? —le pregunto.

Dalila tampoco responde esta vez. Se levanta, abre un armario, saca una sudadera y me la tiende.

—Póntela, está limpia —me dice.

La cojo y me la pongo. Me queda un poco ancha, de lo que infiero que no debe de ser suya. Así las cosas, no sé bien qué hacer. Quizá, simplemente, tendría que levantarme y marcharme.

—¿Cómo es que has venido aquí? —me pregunta.

—Es una larga historia.

En ese instante me vibra el móvil en el bolsillo. Lo miro, tengo cuatro llamadas perdidas, todas de Alice, y también un mensaje: «¡¿Dónde estás?! Teníamos que hablar anoche... ¡Te he llamado mil veces!».

12

Alice

—Ahora llega Fabio y te lo enseña todo —me dice el padre de Luca—. De todos modos, hoy pruebas, con toda tranquilidad, luego ya se verá. Oye, ¿cómo está tu padre?

—La fábrica sigue cerrada, y de momento todos están en casa. Está preocupado.

—Pues con una hija como tú no debería preocuparse de nada. Tu esfuerzo para ayudar en casa me parece muy loable.

—Bueno, solo trabajo los fines de semana.

—Alice, lo que haces es fenomenal, no solamente por el dinero. Tus padres tienen que estar muy contentos…

El padre de Luca deja de hablar e inclina ligeramente la cabeza.

—Oye… —añade con voz titubeante y me imagino qué quiere decirme—. ¿Has hablado con Luca? —pregunta, pero enseguida se responde solo—. Bueno, supongo que sí. ¿Qué opina de que estés trabajando aquí?

—Aún no se lo he dicho, primero quiero estar segura. Al fin y al cabo, hoy es solo una prueba, ¿no?

Me mira con recelo, como si creyera que no le estoy contando toda la verdad, pero justo en ese momento llega Fabio, el *maître*, un muchacho bronceado con rayos UVA, de unos treinta años, que me da un fuerte apretón de manos y me dice que lo siga.

Cinco minutos después estoy en el comedor, lista para mi primera prueba. Fabio me explica cómo se usa la maquinita de las comandas.

—Tecleas en la pantalla lo que quieren los clientes, luego pulsas enviar y el pedido llega directamente a la cocina, con tu nombre. Eso es todo, ¿qué te parece?

—Sencillo, creo.

—Primero se llevan las bebidas y luego todo lo demás. Una cosa, puedes dividir entre primer y segundo plato, así, si alguien quiere el tiramisú de primero, solo tienes que seleccionarlo entre los primeros y lo prepararán enseguida.

—Pero ¿quién pide un tiramisú de primero?

—Ah, ya lo verás, ya lo verás —dice él poniendo cara de sabérselas todas.

El restaurante se encuentra en los Navigli, una zona llena de locales y muy frecuentada durante el fin de semana. Tiene dos plantas, con mesas de madera y el aspecto pintoresco de un viejo comedor obrero, cuando en realidad un filete cuesta veinticinco euros y las comandas se toman con esos ridículos miniordenadores.

De pronto, la puerta del restaurante se abre y Fabio me da un ligero golpecito en la espalda.

—¿Qué pasa? —le pregunto.

—Venga, esos son tuyos.

Estoy un poco emocionada. Es la primera vez en mi vida que trabajo y estoy segura de que este bautizo lo recordaré largo tiempo.

Es una familia: madre, padre, hija cabreada y niño de unos diez años que juega a la PlayStation portátil. Un modelo típico, ¿o no?

Una vez que les he acompañado a una mesa y que les he dejado tiempo para estudiar la carta, me aproximo a ellos prudentemente.

—Aquí me tienen, ¿qué les traigo? —pregunto.

Silencio.

—Venga, chicos —toma la palabra la madre—. Decidle a la señorita lo que queréis.

El niño sigue jugando a la PlayStation, y la chica se limita a hacer una mueca con la que parece decir: «Lo que me traigas lo vomitaré y luego te lo arrojaré a la cara».

—Yo tomaré, veamos… estos tallarines con ragú de pescado —decide el padre.

En ese instante el niño salta eufórico, evidentemente por un triunfo que ha obtenido en su estúpido videojuego. La madre le dirige una mirada de reproche.

—Y para beber, una botella de… —prosigue el padre señalando a su mujer un punto en la carta de vinos.

—Pero, querido, ¿has visto lo que cuesta? —objeta ella.

—¡Qué más da! Hoy tenemos que celebrarlo. Si todo va bien, durante un tiempo el dinero no será un problema.

La mujer sonríe complacida, y yo procuro ver en esa sonrisa, y en la mirada satisfecha del hombre, la armonía que reinaba en mi casa antes de que mi padre se quedara sin trabajo.

Mientras, los hijos siguen sin dignarme su atención.

—Venga, chicos, pedid —dice la madre—. ¿Queréis pizza?

—Yo no tengo hambre —contesta con sequedad la chica.

—No tenemos pizza —digo, tratando de intervenir, pero me obvian.

—Está bien, pero come algo —insiste la madre—. Al menos una ensalada.

—No, quiero pizza.

—¿Qué pizza quieres? —le pregunta entonces el padre.

—Lo siento, pero no tenemos pizza —repito, y a continuación lanzo—: ¿Un plato de pasta sencilla, a lo mejor?

La chica me mira con la misma cara de asco de antes. Y a mí me resulta cada vez más evidente que esta familia no necesita una camarera, sino un exorcista.

Solo después de una larga negociación consigo arrancar la comanda completa. Pulso enviar en la pantalla, en la que aparece una gran «V» verde y regreso a la barra. El *maître* me espera asintiendo, con los brazos cruzados.

—Has estado muy bien, si has podido con esos podrás con todos.

—¿Por qué?

—Son clientes asiduos, vienen todos los sábados, un coñazo de competición.

—No hacían más que pedirme pizza... —le explico, todavía más desorientada.

Fabio se encoge de hombros para darme a entender que es uno de los misterios insondables de la restauración.

En poco tiempo el local se llena: familias, amigos, unos cuantos turistas anglófonos y un grupo de japoneses que piden pasta con tiramisú y capuchino. Las comandas se suceden rápidamente, no queda tiempo para pensar, para parar un segundo, hay que correr de un lado al otro. Las conversaciones de los clientes junto con el ruido de los platos, de los vasos y de los cubiertos crean un constante estruendo de fondo. Cuando acaba de dar la una, ya quiero pegarme un tiro.

Hasta las tres y media no se marchan los últimos clientes. Me duele la cabeza, la espalda y los brazos. Siento los pies hinchados como dos *calzoni* de jamón, y mi camiseta apesta a fritanga.

Poco después, el *maître* reparte las propinas, quince euros por cabeza.

—Y la próxima vez pensadlo bien antes de hablar mal de los japoneses, que si no es por ellos, no sé qué propinas sacaríamos.

Acto seguido, me lleva aparte un momento.

—He hablado con el dueño, dice que lo has hecho bien —me informa risueño—. ¿Estás contenta?

—Ah, sí, por supuesto. ¿Por qué no iba a estarlo?

Me mira no del todo convencido ante mi reacción. La verdad es que ni yo misma estoy convencida. O sea, estoy contenta de haber conseguido el trabajo, pero me asusta lo que dirá Luca cuando se lo cuente.

Salgo del restaurante con las propinas en el bolsillo y con un cansancio agradable en todo el cuerpo. Así es este trabajo… Mucho mejor que el instituto. Tienes que pegarte una paliza, pero al menos te pagan. Creo que si Luca estuviese aquí sería el primero en compartir mis pensamientos. Es más, como mínimo les dedicaría un post en su blog y después estaría una semana especulando sobre ellos, inventando sus absurdas teorías. La verdad es que por ahora, antes de hacerlo partícipe de mis reflexiones, tendría que explicarle que he estado trabajando en el restaurante de su padre.

Tan pronto como llego a casa me conecto para nuestra cita diaria, pero Luca no está *online*. Necesito hablar con él, le envío un mensaje por el móvil, pero no responde.

13

Luca

Un redoble de batería, seguido de un solo de bajo, es —otra vez esta mañana— mi despertador. Me levanto de la cama despotricando mentalmente contra este piso, contra los alquileres por internet, contra San Francisco, California y la universidad. Me duele el brazo, a la altura de la herida, y me palpita el ojo.

El momento del despertar es el único del día en que me permito estar desaforadamente cabreado. Me enfundo los vaqueros casi sin abrir los ojos, me pongo las chanclas, cojo una camiseta y una sudadera y voy a la cocina. Abro la nevera, que no está en mucho mejor estado que a mi llegada. Miro con desagrado la encimera medio oxidada y la cafetera que me he traído de Italia, mientras un nuevo redoble de batería me perfora los tímpanos. Así, opto por aplazar el desayuno y salgo raudo de mi minipiso, decidido a resolver el problema.

Bajo las escaleras y llamo al timbre del local de ensayo. Por supuesto, nadie responde. Espero que el tema que están tocando termine, y esta vez me pego al timbre. Unos segundos después, una chica gorda y dark abre la puerta.

—Esa sudadera es mía —me dice.

Me miro y recuerdo que llevo la sudadera que me dio Dalila.

—Vivo arriba. Me estáis taladrando el cerebro.

—¿Qué haces con mi sudadera? —insiste la chica.

—Eh, ¿quién es? —grita alguien desde dentro.

—Un tío con mi sudadera —responde la dark—. Dice que vive arriba. Oye, ¿por qué tienes mi sudadera?

Oigo pasos en el pasillo y luego, detrás de la chica, aparece Dalila.

—Ah, eres tú —dice ella—. ¿Qué haces aquí?

—Vivo aquí.

Solo en ese momento reconozco el pequeño *piercing* en la nariz de la joven y comprendo que es la misma persona a la que vi el primer día, cuando me asomé a la ventana para averiguar quién estaba celebrando un concierto en el piso de abajo.

—¿Lo conoces? —pregunta la dark.

—Es el que me salvó anoche. Le presté tu sudadera…

—¡Ah, conque es nuestro superhéroe! —exclama la chica con una sonrisa cómplice, no sé por qué.

—Anda, pasa —dice Dalila—. Lo menos que podemos hacer es invitarte a un café. ¿De verdad vives arriba?

—Desgraciadamente para mí, sí.

No bien entro en el local de ensayo, me acomete un intenso olor a incienso. Las paredes del pasillo están tapizadas de pósters de grupos musicales, y el salón en el que están los instrumentos es un espacio rectangular que, a ojo de buen cubero, debe de encontrarse justo debajo de mi cama.

Dalila me sirve una taza de café americano de una jarra de cafetera. Luego hace una seña a las otras chicas, que son tres en total.

—¡Él es Luca, mi salvador! —exclama, y las tías me aplauden, confirmando mi impresión de que en este edificio no hay nadie lúcido.

—Y estas son mis hermanas —dice Dalila, señalando al grupo.

—¿Cómo? ¿Sois todas hermanas?

—No —responde Dalila, divertida—. Somos las Nirvana's Sister, es el nombre de nuestro grupo. Anda, ponte ahí, así nos harás de espectador.

Tras decir eso, Dalila me señala un sillón ubicado estratégicamente delante del escenario.

—Y toma esto —prosigue alcanzándome un papel—. Es el programa, después nos dices cómo lo hemos hecho.

Me sirvo otra taza de café, como he visto que se hace en muchos telefilmes, y me siento en el sillón con el firme propósito de quedarme solo cinco minutos. Pero lo cierto es que después del primer tema empiezo a sentirme a gusto. Tocan canciones que me suenan, pero a las que no sabría dar un título. Alternan ritmos rápidos con melodías tranquilas. Trato de leer la nota que me ha dado Dalila para ver si hay alguna canción que conozco: «About a Girl», «Smells Like Teen Spirit»...

En un momento dado, las chicas dejan de tocar. Miro la hora en el móvil y veo que hay tres llamadas perdidas. Todas de Alice. Es raro que llame por el móvil. Trato de llamarla enseguida, pero me responde una voz grabada que me dice que he agotado el saldo. Intentaré conectarme más tarde en el Skype.

—Una pausa para el café —dice Dalila, a la vez que se sirve de la jarra, y las demás la imitan.

Dos se sientan en el borde del pequeño escenario, donde están los instrumentos, la dark gorda en otro sillón y Dalila en el brazo del sillón en el que estoy yo.

—Bueno, ¿qué opinas? —me pregunta, mientras una de las chicas que están en el borde del escenario se lía un porro.

—Pues, aunque os sigo odiando porque tocáis debajo de mi cuarto... me ha gustado, me ha gustado de verdad. Pero ¿son temas vuestros?

—¿Bromeas? —gruñe la chica dark.

—No, me preguntaba... No lo sé, ¿son nuevas versiones de temas antiguos?

—Nosotras tocamos a Nirvana —dice ella, flipada por mi ignorancia, al tiempo que se enciende el porro—. Única y exclusivamente. ¿Por qué crees que nos llamamos así?

—Ah, okay, okay, no los conozco mucho. Son de hace un tiempo, me parece...

Mi ignorancia genera cierto revuelo, que consigo aplacar prometiendo que me documentaré: escucharé todas las canciones de Nirvana, para eliminar mi laguna. Seguimos hablando de música y de sus conciertos, que siguen haciendo pese a que nunca va nadie, hasta que de repente Dalila se deja caer del brazo del sillón y se echa sobre mí. Las tres chicas rompen a reír, mientras ella me mira con ojos chispeantes.

—Ahora te toca a ti —dice Dalila, mirándome intensamente.

Me rodea el cuello con un brazo; el otro lo tiene apoyado en el sillón.

—¿Qué queréis saber? —pregunto.

Dalila se vuelve hacia las otras chicas, como si esperase que le sugieran las preguntas.

Entonces, la dark toma la palabra.

—¿Qué tocas? —me pregunta.

—Yo, nada. No toco.

—Entonces, ¿qué haces? —prosigue, como si quien no toca no pudiese tener ninguna otra actividad creíble.

—He terminado el instituto y ahora estoy tratando de entrar en Berkeley, para estudiar Economía.

—¿Y por qué? —me pregunta, como si hubiera dicho: «He comprado un gel de baño y ahora me marcho a Nebraska».

—Pues porque sí —respondo.

Dalila me mira asintiendo con cara seria, luego se dirige a sus amigas:

—¡Puede ser nuestro mánager! —exclama, y las tres rompen a reír.

—¡Con él no correríamos riesgos! —añade la chica dark y se echa a reír.

—Creo que no os sigo —admito.

—Teníamos un mánager —me explica una de las chicas—. Pero se fue volando.

Tras decir eso, remeda el vuelo de un pájaro con las manos, lo que hace reír a todas las demás.

—Ese estaba volado de la cabeza —comenta Dalila.

—Espera, ya sé quién es —declaro, recordando al tío que me ha alquilado el piso—. ¿Es el que vivía arriba?

Las chicas me miran asombradas.

—Sí, ¿por qué, lo conoces?

—Me ha alquilado su piso —explico, haciendo que la chica dark casi se ahogue por contener una carcajada.

—O sea que hablabas en serio. De verdad que vives arriba...

No contesto, pero asiento resignado.

—Okay, pues ya está todo dicho —proclama Dalila levantándose de mis rodillas—. Él será nuestro mánager. ¿Cómo has dicho que te llamabas?

—Luca.

—Estupendo, Luca and the Nirvana's Sister —declara Dalila trazando con la mano el rótulo de un hipotético cartel—. Hasta suena bien.

14

Alice

—Pero ¿por qué camarera precisamente? —me pregunta Mary.

—Ya ves, resulta que ya no quedaban vacantes de directora de banco.

Martina está sentada en el sofá. La cámara en el trípode delante de ella. Su pequeña buhardilla parece hoy un estudio de grabación.

—Oye, ¿has hablado con Luca?

—Olvídalo, lo he llamado mil veces, pero no me ha respondido, el muy idiota. No está conectado a Facebook, y tampoco a Skype.

—Cariño, relájate, como empieces así te va a dar algo.

Mary tiene razón. No puedo montar un drama porque Luca no me haya respondido al móvil. En realidad, acaba de irse. Harían falta mucho pesimismo y una gran imaginación para pensar que se ha enamorado de otra chica y/o que se ha metido en un lío. Lo único que pasa es que se ha dejado el móvil en casa; seguro, tiene que ser eso.

—Bueno, ¿cuándo empieza el concierto? —pregunta Mary, mientras aplaude con su clásico estilo teatral.

—Estoy esperando la luz adecuada —responde Martina—. A las seis y media, cuando se pone el sol y la habitación queda completamente naranja.

—Uau, Martina, ¿desde cuándo tanto romanticismo? —pregunto, echando un vistazo al sol por la ventana.

—No es romanticismo —replica—. Eso aumenta las descargas. Ayer tuve cuatrocientas.

—¡Te estás convirtiendo en una estrella! —exclama Mary.

—Gusto —comenta ella, al tiempo que se desabrocha unos botones de su blusa—. Además, eso pone celoso al mamón de Daniele.

—¿Es que todavía no habéis hecho las paces? —le pregunto.

—Esta vez no hay paces que valgan.

—Cariño —interviene Mary—, siempre dices lo mismo.

Martina no contesta. Apaga el cigarrillo en el cenicero que hay en la mesilla de delante del sillón y se levanta.

—Vale, voy a quitarme un poco de ropa.

—Anda, Martina, ¿qué dices? —intervengo yo.

—Preparaos, que ahora veréis la transformación.

Mary y yo nos quedamos solas. En la mesa está el portátil de Martina, encendido y conectado a su página de MySpace. Pulso play y empieza el último vídeo que ha cargado. Sale ella en una bañera, pero solo se le ve la cabeza, porque el resto del cuerpo está cubierto de espuma. Coge el tubo de la ducha como si fuera un micrófono y se pone a cantar.

—Martina es una preciosidad —dice Mary—. Ahora que Luca se ha ido, puedes liarte con ella.

Mary rompe a reír, encantada con su salida, y yo niego con la cabeza, resignada.

—Mira que eres tonta, Mary.

—Cariño, no te hagas la monja conmigo, porque no eres creíble. ¡La besaste tú, no yo!

—Mary, eso pasó hace dos años, y era una situación especial.

—Sí, especialísima... —comenta Mary, parpadeando maliciosamente—. Tú y ella, desnudas en la playa.

Mary rompe a reír, y yo sonrío.

—Pues sí, durante un momento lo pensé... Me pregunté cómo sería estar con una chica.

Entonces Mary deja de reír y me mira con una sonrisita pícara, con los labios apretados.

—Pero después volví con Luca —añado, antes de que a Mary le dé por pensar cosas raras.

En ese instante Martina regresa al salón y, pues sí, Mary tiene razón, es preciosa. Viste vaqueros ceñidos y una blusa blanca bastante abierta por delante. Parece una cantante country, solo le falta la guitarra. Se ha recogido la melena rubia, dejando al descubierto el cuello.

—¿Qué os parece? —nos pregunta, girando sobre sí misma.

—Estás chulísima —admito.

—¿Qué vas a cantar esta vez? —pregunta Mary.

—«Please, Please, Please, Let Me Get What I Want», de los Smiths.

—¿Y quiénes son los Smiths? —vuelve a preguntar Mary.

—Olvídalo, cuando cante la sintonía de «Gossip Girl», te llamaré.

—¡Qué mema eres!

Martina se dispone a pulsar play cuando oímos el timbre de la puerta, al que sigue el ruido veloz e inconfundible de unas uñas que raspan la madera. Ella se hace la desentendida.

—Anda, ¿no le abres? —pregunto.

—Ábrele tú.

Resignada a estas batallitas que acompañan la historia de Martina y Daniele, abro la puerta. El hurón de Daniele se cuela enseguida en la casa y se pone a correr como un loco por todas partes. En cambio, Daniele tiene el típico aire desconsolado de quien ha metido la pata hasta el fondo y no sabe cómo arreglar las cosas.

—¡Hola, Daniele! —chilla Mary detrás de mí.

Yo lo saludo con un beso en ambas mejillas, que pinchan porque tiene la barba hirsuta, y entonces me pregunto cómo esos pocos centímetros que separan las mejillas de los labios pueden producir cambios tan grandes en una relación. En el fondo, estaba bien con Daniele, me digo, y aunque indiscutiblemente es el novio de Martina, el único que puede seguirle el rollo, experimento durante unos segundos una leve punzada de celos.

Cuando llego a casa, mi madre y mi padre están sentados a la mesa de la cocina, con papeles, boli y calculadora en mano. Me parece una de esas escenas de los *Simpsons* en la que Marge y Homer tienen que economizar por algún motivo, o que calcular cuánto cuesta alimentar a un elefante. Pues eso, me parece irreal, absurdo y, sobre todo, ahora que yo soy la hija de los Simpson, no me parece nada gracioso.

—¿Qué estáis haciendo?

Mi padre se quita las gafas y alza la cabeza de los papeles.

—Alice, siéntate —dice con tono serio.

Cuelgo la bolsa en la silla y me siento delante de ellos. Mi padre se encaja de nuevo las gafas y mira los papeles que tiene en la mano.

—Por desgracia, ahora el dinero es el que hay —prosigue, sopesando cada una de sus palabras—. Y, dada la situación, no podemos hacer previsiones optimistas.

—¿Por consiguiente…? —pregunto.

—Por consiguiente, a partir de ahora tenemos que suprimir todos los gastos superfluos —interviene mi madre—. No es que ya no tengamos dinero para comer, pero… la ropa, los fines de semana fuera, los restaurantes, las pagas… Lo siento, cielo, por ahora es así.

Mi padre baja la mirada. Se nota que esto le duele, que le duele no poder ocuparse de su familia.

Es raro. Por un lado, me imagino a mi familia, dentro de unos años, bromeando a la mesa con frases como: «Pues sí, aquel año las pasamos realmente canutas». Por otro, en cambio, se me aparece una imagen funesta, en la que tenemos que mudarnos de casa, en la que mi padre espala nieve en invierno, cuando contratan a los parados, y mi madre trabaja de señora de la limpieza. Y lo más raro es que las dos imágenes me resultan absurdas e imperfectas. El futuro está intentando esquivar mis pensamientos. Y Luca, a saber por qué, todavía no me ha llamado.

15

Luca

Esta tarde he ido a hacer la compra y he vuelto sin nada. El supermercado estadounidense es la antítesis del italiano. Mientras que en Italia abundan las porciones y los envasados mínimos, y todos esos productos «ideales para solteros», en Estados Unidos, como no vivas con al menos mil personas, es inútil ir a comprar. Todo es más grande, los envases, las cajas, las latas, las botellas... de una medida que en Italia sencillamente no existe. Los filetes son enormes, los botes de champú, de nuestras mismas marcas, aquí contienen el doble. Hasta los carritos son más grandes y, en general, lo que resulta paradójico es que los hombres y las mujeres parecen más pequeños.

Sumido en una patética nostalgia mediterránea, para cenar me preparo una vulgar pasta con salsa de tomate, reemplazando el aceite de oliva por aceite de semillas, el parmesano por un queso dulce holandés, la pasta de marca por una que jamás he oído mentar en Italia, y al final obtengo una previsible asquerosidad que tiro a la basura.

Decido salir para comer una hamburguesa, una solución a la que, ya me lo habían advertido, tendré que recurrir con frecuencia. Cruzo el típico corrillo de mendigos que hay instalado a pocos metros de mi casa y me dirijo hacia un restaurante de comida rápida que vi ayer desde el autobús. Esta noche hace frío, y eso que no hay niebla y el cielo está moteado de estrellitas.

Cuando llevo unos minutos caminando, topo con un letrero luminoso que me suena familiar. Tras mirarlo mejor advierto que es el Lilly Restaurant. Mi mente retrocede automáticamente a la noche de mi heroico rescate. Aquí es donde trabaja Dalila, me digo.

Decido echar una ojeada.

Me acerco a la entrada, pero me encuentro con un enorme gorila negro que me mira con injustificada desconfianza. Le sostengo la mirada con aire interrogante. Él hace un leve gesto con la cabeza, para darme a entender que puedo pasar, aunque no se mueve ni un ápice. Lo rodeo, pues, y paso, y me encuentro en un pequeño vestíbulo con alfombra roja, frente a una puerta con una placa brillante: LILLY RESTAURANT.

En cuanto abro la puerta me asalta una música a todo volumen. Vacilo un instante, mientras contemplo la escena que tengo delante de los ojos. Una sala, cuya amplitud soy incapaz de calcular, envuelta en penumbra, luces de colores que se abren camino entre el humo, una barra de acero que se extiende a lo largo de la pared. Hay varios hombres sentados en taburetes ante la barra, con vasos en la mano. Entreveo a un par de camareros que preparan cócteles.

En la entrada, una chica me da la bienvenida y me tiende una tarjeta. La miro distraídamente y me la guardo en el bolsillo.

Miro la hora en el móvil. Las siete. Esta noche vuelve a ser demasiado tarde para hablar con Alice. Como anoche no respondí a sus llamadas, hoy no se ha puesto en contacto conmigo y no ha contestado mis mensajes. Conozco sus desquites, por eso no les doy mucha importancia. La llamaré mañana.

Uno de los camareros me sonríe y me pregunta qué quiero tomar. Le pido una copa de vino, pero cuando hago ademán de sacar dinero, me dice que no lo quiere, que vale la *card*. Le tiendo la tarjeta que me han dado en la entrada y él la introduce en un aparatito electrónico, parecido a un cajero automático.

Me siento a la barra con una copa de vino que sabe a regaliz. Mientras bebo, reparo en que a lo largo de las paredes del local hay varias butaquitas y mesillas, la mayoría ocupadas, y concluyo que no va a ser en este local donde pasaré mis veladas nocturnas.

De pronto, la música deja de sonar. Una luz ilumina una escalera de caracol que baja del techo, al tiempo que por un altavoz una voz anuncia la aparición de alguien, según intuyo por el tono estilo «damas y caballeros».

Pasan unos minutos de silencio, aunque aquí y allá se oyen risitas de clientes. Luego, la música suena de nuevo a toda pastilla y por la escalera de caracol empiezan a bajar unas chicas vestidas con una faldita invisible y una especie de corpiño tipo enfermera sexy.

Las chicas llegan a la barra, que, en ese momento lo descubro, está unida directamente a la escalera de caracol. Son seis. Se reparten por todo el tablero de la barra, cada una de ellas cerca de un poste que llega hasta el techo. Uno de los postes queda justo delante de mí. En ese instante levanto la cabeza y comienzo a comprender dónde estoy, qué está pasando y en qué trabaja Dalila...

16

Alice

¿Marco? ¿Guido? ¿Matteo? ¿Cómo porras se llamaba el intelectual de la redacción de la revista?

¿Por qué, cuando me presento a alguien, escucho solamente mi nombre?

A menudo me he interrogado sobre este fenómeno y he llegado a la conclusión de que mi cerebro estima del todo irrelevante el nombre propio de las personas. Recuerdo perfectamente cómo iba vestido, lo que dijo, dos o quizá hasta tres de sus expresiones. Pero es evidente que, en el delicado momento de las presentaciones, mi mente está demasiado ocupada en escanear a las personas que tengo delante para tener que matarse encima con el curro de memorizar los nombres.

La escalera de entrada al instituto nocturno está llena de estudiantes. Hay una mesa en la que dos chicas reparten folletos y material informativo. De las ventanas del instituto cuelgan varias pancartas. NO AL CIERRE DE LOS INSTITUTOS nocturnos MUNICIPALES – ¡GANDHI OCUPADO! – ¡LOS ESTUDIANTES de clase obrera NO PUEDEN PAGAR LOS INSTITUTOS PRIVADOS!

Siento que voy un poco de pringada, pero mientras espero que Marcoguidomatteo llegue, decido empezar a tomar algunos apuntes. Eso es lo que hacen los periodistas de verdad, ¿o no? Saco la libreta que he traído y anoto los eslóganes de las pancartas, aunque al hacerlo me siento un poco como una niña en una excursión del colegio, más que una reportera con garra.

—¿Empiezas sin mí?

Me vuelvo. Es él, naturalmente.

—Hola —lo saludo. Nos besamos en las mejillas—. Estaba apuntando los eslóganes.

Él levanta la cabeza hacia las pancartas. Saca una cámara de fotos digital de su mochila y toma cuatro fotos. Acto seguido las mira en la pantalla.

—En la revista solo podemos incluir una foto, pero luego las otras las ponemos en la página web.

—Ah, vale.

—Empieza con la gente que hay aquí fuera. Puedes hacerles alguna pregunta, apuntar sus historias.

—Pero ¿hay que grabar lo que dicen?

—No, no hace falta, que te digan solo por qué estudian por la tarde, y elige personas de diferentes edades y sexos, si puedes.

—Bien, de acuerdo, pero y tú… O sea ¿voy sola?

Él me mira y sonríe. Parece enternecido, y no sé si sentirme halagada u ofendida.

—Ve tranquila —me dice—. Sé que no necesitas mis consejos.

No estoy segura de entender el razonamiento que ha hecho en el último minuto. En cualquier caso, decido sentirme halagada y me acerco a mi primera víctima, preguntándome si me responderá o si me mandará a paseo. Me dirijo hacia las dos chicas que están detrás de la mesa de información.

—Perdonad, soy de la revista del Parini, estamos escribiendo un artículo sobre vuestra ocupación, os puedo preguntar...

Las chicas no me dejan terminar de hablar. Se miran entre ellas y luego se vuelven hacia el grupo de sus compañeros.

—¡Chicos, periodistas!

En menos de cinco segundos, estoy literalmente rodeada de ocupantes. Cada uno trata de contarme su historia y yo sigo repitiendo: «Lo siento, pero solo escribo para una revista estudiantil».

—Eso no importa —me explica un joven de unos treinta años—. La prensa ya no nos hace caso, la noticia ha perdido interés, y necesitamos ser visibles de algún modo.

Al cabo de media hora he recogido las historias de treinta personas. Lo anoto todo en la libreta, escribiendo neuróticamente, con una letra que, estoy segura, tardaré horas en descifrar. Pero eso es lo de menos. Siento una rara adrenalina en el cuerpo, y todas esas personas que quieren hablar conmigo me provocan una sensación que nunca he experimentado.

—Bueno, ¿qué tal va? —me pregunta el intelectual.

—Todo bien. Pero ¿tú no vas a escribir nada?

—No. Tú escribes el artículo entero, yo hago las fotos.

En ese instante dejo de sentirme tan tranquila. Creía que el artículo lo íbamos a escribir los dos. Mejor dicho, creía que era él quien iba a escribirlo.

—Ah, vale, pero... tendrás que darme alguna indicación, o sea... yo jamás he escrito un artículo, o sea, nunca había hecho una entrevista así.

El intelectual me mira y rompe a reír.

—Me haces gracia cuando te pones nerviosa. Dices mogollón de «o sea».

—Sí, es verdad, o sea… Vale, me callo. ¿Me das algún consejo?

Él me mira y sonríe. Luego me hace señas para que lo siga al interior del instituto. Cruzamos la multitud de alumnos reunidos delante de la entrada y durante un instante me parece experimentar la misma sensación de antes. Me siento, no importante, pero plena, creo. Es la primera vez que la realidad no me parece solo una sala de espera, sino… una casa en la que puedo hacer cambios.

Cuando nos disponemos a entrar, oigo sonar el móvil. Lo miro. Es Luca. Así que no está muerto. Pero, después de haberme pasado la noche entera llamándolo en vano, va apañado si espera que le responda.

17

Luca

—¿Qué leches haces aquí? —me pregunta Dalila, mientras con una mano agarra el poste de acero.

—Tenía que devolverte la sudadera —respondo con la primera excusa que se me ocurre, pues su reacción me pilla desprevenido.

—Pero ¿cómo has entrado? ¿Sabes lo que cuesta este sitio?

—No he pagado nada.

—¡Claro que no has pagado nada, se paga a la salida!

—Ah, ¿y es muy caro?

Dalila resopla y luego vuelve a sonreír, ahora no puede hablar. Con unos segundos de retraso respecto a sus colegas, se pone a bailar, resbalando por el poste, de modo que me encuentro su trasero casi delante de la cara. Muevo la cabeza y me cruzo con los ojos de salido de un cliente, que me mira con camaradería cómplice.

Con gran decepción, descubro que no es un striptease, como había esperado al principio. Las chicas bailan unos minutos, espoleadas por los clientes, que aplauden y silban, hasta que la música se apaga y ellas bajan de la barra. Algunas se quedan con los clientes, que ríen y bromean con ellas. Un par de chicas piden algo de beber y se sientan en una butaquita con un tío de unos cuarenta años, rapado, con chaqueta y corbata, que se las da de dueño del local y que muy probablemente *sea* el dueño del local.

Mientras tanto, Dalila…

—Ven, te ayudaré a salir —me dice con un tono que no admite réplica.

—Pero ¿por qué tengo que salir? —pregunto, siguiéndola a través del gentío.

—Tú estate calladito y haz lo que te digo.

Me lleva hasta la puerta, donde ahora hay dos enormes gorilas frente a una cola de clientes que esperan.

—Singular como restaurante —suelto, pero ella no se digna escucharme. En cambio, empieza a hablar con uno de los dos gorilas, creo que para convencerlo de que me deje salir. Lo intuyo tan solo porque me señala repetidamente y el gorila menea la cabeza a la vez que señala la caja.

—Tienes que pagar —me dice Dalila—. Paga y lárgate.

—En tal caso, tanto da que me quede.

—¿Tienes cincuenta dólares?

—¿Cincuenta dólares por una copa de vino?

—Oye, no te hagas el tonto, ¿acaso no sabes dónde estamos?

En ese momento llega el tío que supongo que es el dueño del local y mira a Dalila con gesto interrogante, aunque sin perder su sonrisa radiante. Ella se pone a discutir con él. No consigo entender ni una palabra porque hablan muy rápido. El hombre deja de sonreír y asiente, pero no parece enfadado, en el caso de que tuviera algún motivo para estarlo.

—Así que te has equivocado de local —dice el hombre con una sonrisa divertida—. Muchos se equivocan, la primera vez.

—No me había dado cuenta de que… —murmuro—. Solo quería devolver esta sudadera.

Tras decir eso, levanto la bolsa con la sudadera hacia Dalila. Ella la coge y resopla, molesta. El hombre, en cambio, lanza una breve risotada.

—¿Qué haces en San Francisco? —me pregunta, mientras Dalila lo observa con una mirada entre inquieta y flipada.

—He venido por la universidad —explico, sin entrar en detalles.

—¿Qué universidad? —pregunta él, y ahora Dalila está decididamente flipada.

—Economía, Berkeley.

—¿Y dónde vives?

—Aquí al lado, al lado de la casa de… Dalila.

Esta vez el hombre sí que rompe a reír. Luego mira a Dalila.

—Entonces, ¿ya os conocéis? —le pregunta guiñándole un ojo.

Dalila no parece muy satisfecha con mi explicación. Le cuenta entonces, de forma somera, las circunstancias en que nos hemos conocido. El hombre escucha atentamente. Su mirada se vuelve seria y me roza con los dedos el ojo, que sigue rojo, y enseguida pone una mano sobre mi hombro vendado.

—Muy bien —me dice asintiendo con la cabeza—. Muy bien.

—Gracias, pero… solo eché una mano.

—No echaste solo una mano. ¿Cómo has dicho que te llamabas?

—Luca.

—Verás, Luca, te diré una cosa: para mí, las personas se dividen entre las que siguen su camino y las que se paran.

Lo miro con gesto interrogante, no muy seguro de haber captado el sentido de sus palabras.

—Si oyes que una chica grita de noche en un callejón… A eso me refiero. Si sigues tu camino, eres un enemigo. Si te paras, eres mi amigo. ¿Lo entiendes?

—Sí, creo que sí.

—¿Quieres un trabajo?

—Sí, creo que sí.

18

Alice

Esta mañana, una de mis paranoias más absurdas se ha hecho realidad.

Todos me miran y hablan entre ellos. Comentan, murmuran, alguno ríe. El camino desde el portal del instituto hasta el aula es casi un vía crucis de miradas. Poco antes de desaparecer dentro de clase, Nicola, el bedel, incluso me grita: «¡Muy bien, Alice!».

Me siento a mi pupitre y miro por la ventana, mientras espero a que suene la campana. En la oscuridad del patio resaltan los rectángulos amarillos de las ventanas iluminadas. De pronto veo caer algo del cielo, un puntito blanco que oscila ligero en el aire hasta estrellarse contra el cristal de la ventana. Es un pequeño copo de nieve. Perfecto en la geometría de sus cristales. Lo observo deslumbrada apenas durante un segundo, el tiempo suficiente para que el copo se derrita, transformándose en una gota de agua.

Esta mañana Partis no está de buen humor. En cuanto entra en el aula se sienta, nos mira en silencio y deja caer los brazos a los lados, que luego sube de uno en uno y de una manera muy teatral.

—Voy a leeros un poema de Montale —anuncia con sequedad.

Roberto Panfili levanta enseguida la mano. Partis lo mira descorazonado.

—Sí, puedes irte a casa, Roberto —dice el profesor.

—No, yo, en realidad... —protesta mi compañero, pero Partis ya no le está haciendo caso. Empieza a leer.

Su voz profunda vibra ligeramente. Al llegar al segundo verso, el aula queda en absoluto silencio, sin el menor murmullo, crujido ni los típicos ruidos que constituyen las bandas sonoras de cualquier clase.

Habla un hombre. Se dirige a una mujer. Una persona especial, capaz de ver realmente, más allá de las apariencias. Es un poema de amor, aunque la persona amada ha desaparecido. El poeta ha dejado de rastrear la realidad, ya no busca ni quiere respuestas ahora que ha perdido los ojos de su amada.

Partis termina de leer, pero permanece inmóvil. La cabeza inclinada sobre el libro que tiene entre las manos, los párpados bajados. Luego cierra el libro y nos mira con una sonrisa casi sarcástica. Da la impresión de que está pensando que somos unos idiotas y que quisiera estar en cualquier sitio menos aquí.

—Profe, ¿le traigo un café? —pregunta Roberto Panfili.

La mirada de Partis en ese momento se suaviza. Parece casi enternecido.

—Gracias, Roberto —dice, y le da el dinero.

Me pregunto qué fantasmas bullen en su mente. Me pregunto si son semejantes a los míos, y durante un instante me da por dudar que nuestros miedos se desarrollen con y dentro de nosotros, y me digo que tal vez tengan razón los que repiten hasta la saciedad que esta es la etapa más hermosa de nuestra vida. Pero la duda solo dura una fracción de segundo, porque enseguida me acuerdo de que hace una semana que no sé nada de Luca, de que mi padre sigue en casa sin trabajo, de que mi madre está hundida por este asunto y de que... y de que si esta es la etapa más hermosa de mi vida, no tengo el menor interés en conocer el resto.

—Roberto, ¿cuál es el mensaje que quiere transmitir el poema? —pregunta Partis una vez que aquel ha dejado el café al lado del libro de asistencia.

—Que los ojos auténticos son los del alma y que debemos aprender a ver más allá de la superficie.

—Bien —dice Partis—. El padre Panfili nos ha ofrecido la versión oficial del clero. Ahora oigamos a Satanás.

Nadie dice nada.

—¡Venga, Alice, ánimo! —exclama Partis. Por lo que parece, hoy yo soy Satanás.

La clase rompe a reír mientras me doy cuenta de que los fantasmas del profesor deben de haberse volatilizado.

—En mi opinión... —comienzo temerosa—, es la imposibilidad de ver la realidad, él la ha buscado, pero ha dejado de hacerlo, al desaparecer la persona que ama.

En el recreo, tan pronto como salgo del aula, descubro el motivo por el cual me sentía tan observada. Todos tienen en la mano la revista del instituto. Mientras camino por el pasillo, la gente me mira y me señala. A decir verdad, ahora el misterio es aún más profundo, dado que un artículo, por redondo que haya salido y por bien que esté escrito (muy bien, Alice, muy bien), no debe suscitar estas reacciones.

Llego al bar y me abro camino hasta la barra, procurando mantener la mirada baja, segura de que en cualquier momento mi famosa paranoia se hará realidad y que alguien me revelará lo que en el fondo siempre he sabido: todo el mundo está enterado de mi existencia y todos interpretan un papel conmigo… por algún motivo oscuro.

De repente, una mano me toca el hombro. Me vuelvo de golpe como si me hubieran pegado con una botella rota.

—¡Alice! Por fin te encuentro —exclama Guido (he descubierto que se llama así)—. Tu artículo ha dado en el clavo, ¿ves la que se ha montado?

—Pues sí —digo temerosa—. Aunque no entiendo el motivo.

—¿Cómo que no entiendes el motivo? —pregunta Guido, sinceramente asombrado.

A continuación saca un ejemplar de la revista, lo abre y lee: «Con el cierre de los institutos nocturnos, Milán manda un mensaje claro a sus habitantes: la enseñanza es un hecho social, si tienes que trabajar no puedes estudiar. Mi padre perdió el trabajo hace dos semanas y yo he empezado a trabajar, por suerte, solo los fines de semana, de momento. Pero mi padre no es el único que ha perdido el trabajo, y yo no soy la única joven que necesita trabajar mientras estudia. Es necesario reaccionar contra esta lógica, es necesario demostrar que… otro Milán es posible».

Me quedo muda y casi aturdida tras la lectura del artículo que he escrito. Ni siquiera me parecen palabras mías.

—Un poco retórico —continúa Guido—, pero eficaz, ahora todos quieren participar en la manifestación.

—¡¿Manifestación?! ¿Qué manifestación?

—El colectivo la ha convocado citando tu artículo.

—¡Pero yo no hablaba de manifestación! Yo no quería una manifestación, solo decía que…

—Que otro Milán es posible, y es necesario demostrarlo…, ¿no?

—No lo sé…

—Vale, de todos modos, ha salido así, y todos están entusiasmados. ¡Será un éxito!

19

Luca

Me han aceptado en el Lilly Restaurant. Genial, necesitaba un trabajo. Sin contrato, claro, pues con el visado de turista no puedo trabajar, pero el dueño ha dicho que no pasa nada. Creo que se ha encariñado conmigo. Me dijo que si tuviera un hijo —cosa que no pasará nunca, se apresuró a aclarar—, le gustaría que fuera como yo.

El hecho de que fuera italiano también tuvo su importancia en nuestra breve charla. Cuando terminé reconociendo que sabía cocinar, ya que mi padre es cocinero (no sabía cómo decir «pinche de cocina»), al tío se le iluminó la cara. Mandó llamar al cocinero y le dijo que a la mañana siguiente haría una prueba.

Así que aquí estoy. Ya he cortado una caja de calabacines, sofreído espinacas en una sartén, removido una salsa de tomate en una cacerola, pelado una calabaza enorme, todo ello ante la mirada del cocinero, que entretanto asentía con la cabeza.

—¿Cuándo empiezo? —le pregunto al cocinero, que me mira con aire de no acabar de entender lo que he dicho—. Esto... ¿empiezo esta noche?

—Ah, sí, claro —me responde, sonriendo con una mirada inexplicablemente sádica.

A las ocho me encuentro inmerso en una absoluta locura. No tenía ni idea de que en la cocina de un restaurante trabajaran tantas personas, como tampoco me imaginaba que casi todas ellas fueran medio delincuentes, drogadictos, indiferentes al peligro, potencialmente ignífugos (he visto con toda claridad cómo un brasileño atravesaba el fuego de un chuletón flambeado).

—¡Luca! —grita el cocinero. A continuación me coloca delante del horno, me indica los minutos que faltan y luego añade—: *Six, six* —al tiempo que me muestra seis dedos. Por último, le pide con un gesto a una tía que prepare los platos.

La comunicación en la cocina es básicamente física, de modo que hasta con mi modesto inglés consigo ejecutar las órdenes que se me dan.

Mi cometido consiste en hacer todo aquello que cualquiera me dice que haga.

Una vez que he extraído del horno seis pequeños asados rellenos, que los he colocado en sus correspondientes platos y se los he pasado a la tía, quien a su vez se los pasa a otro tío, creo que el segundo cocinero, me mandan al lado del lavaplatos, que está literalmente sepultado bajo las ollas. Así, le ayudo durante unos veinte minutos, hasta que el cocinero me agarra por los hombros y me pone junto a un tío negro, al que le dice sencillamente algo que interpreto como «es todo tuyo».

Sobre un mostrador de acero, a un par de metros de mí, un chico está preparando algo que guarda poca relación con la cocina. Con una tarjeta de plástico desmigaja una pequeña piedra blanca, de la que obtiene un polvo finísimo que luego divide en cuatro rayas. Acto seguido enrolla un billete y le silba al cocinero, que llega inmediatamente con otros dos tíos. Uno tras otro, cada uno de los hombres aspira una raya de coca y luego vuelven al trabajo.

—*Do you like it?* —me pregunta el tío negro, que se ha percatado de que estaba observando la escena.

—*Oh, no, no, thank you.*

—*Good guy* —dice soltando una risita—. *That's shit.*

—*Ah, okay.*

En ese momento la puerta de la cocina se abre y resuena la voz que había oído la noche anterior. Está anunciando el espectáculo de lap dance, como intuyo con facilidad por los silbidos y los aplausos que siguen a las palabras.

Pienso en Dalila, que forma parte de este mundo, que todas las noches escenifica este teatrillo. Y pienso en lo irreconciliable que es este trabajo con las que, creo, son sus auténticas aspiraciones, la música y su grupo, las Nirvana's Sister.

A las dos de la madrugada todos estamos fuera del local. Los últimos clientes se alejan tambaleándose, y recuerdo mi primer encuentro con Dalila. El mismo lugar, la misma hora, con la única diferencia de que ella se había quedado sola. Hoy también los camareros y las personas que trabajan en la cocina se marchan rápidamente. Hace frío, un extraño frío húmedo que huele a mar, y una densa niebla ha caído sobre la ciudad.

—Bueno, ¿cómo te ha ido? —me pregunta Dalila—. ¿Has sobrevivido?

—Sí, diría que sí. Me ha ido bien. Estoy contento.

Miro alrededor. Ya no hay nadie.

—Oye, ¿siempre regresas de noche a casa sola? —le pregunto, y me sale un tono paternal.

Ella me mira enternecida, a saber por qué. Tiene los carrillos rojos y la frente un poco sudada.

—Pues, depende —responde.

Me coge entonces del brazo y avanzamos por la calle. Se arropa en el abrigo y sonríe. Tiene una sonrisa bonita, de las ambiguas. Sus ojos siguen estando tristes, pero los labios se esmeran en parecer alegres.

—¿Vamos a tu casa? —me pregunta.

20

Alice

—Tenemos que cenar solos tú y yo, mamá y papá van a salir.

—Vale —dice Federico sin apartar la vista del ordenador.

Son las siete de la tarde y fuera está oscuro. En casa reina ese aire soporífero del otoño, cuando parece que la tarde no va a acabar nunca, pese a lo cual todavía no he hecho los deberes. Los haré después de cenar, me he dicho, a lo mejor delante de la tele, o si no, me levantaré un poco antes mañana. Pues sí, y también puedo darme una tonificante carrerita por el parque antes de ir al instituto.

A veces me sorprende lo bien que me engaño a mí misma.

—Cenamos a las ocho y media —informo a mi hermano, que se empeña en no escucharme.

—Vale —responde distraídamente.

—Y mañana salgo temprano, me voy un tiempo a Jamaica. El otoño milanés me está matando.

Federico asiente delante del ordenador antes de pronunciar su tercer «vale». Hasta que por fin cae en la cuenta de lo que he dicho.

—¿Cómo que a Jamaica?

—No me estabas escuchando.

—Pues no.

—¿Qué haces en el ordenador?

—Cosas mías.

—Mira que te lo quito... —lo amenazo, en broma.

Es un juego entre nosotros. Yo hago de madre y él, de hijo malcriado.

—Y yo me voy de casa.

—Y yo te encierro en tu cuarto hasta que cumplas dieciocho años.

Mi hermano suelta una risita y menea la cabeza.

—¿Hoy no tienes nada que hacer?

—Quería fastidiarte un poco.

—Ah, va a venir Clara.

—Así que tengo que cocinar también para ella, supongo.

Federico rompe a reír, y yo le cojo la cabeza, para frotársela con los nudillos. En ese momento entra mi madre.

—¿Qué está pasando? —pregunta.

—¡Federico está mirando páginas porno! —lo acuso.

—¡Alice está embarazada! —grita Federico, que sigue entre mis garras.

Mi madre pone los brazos en jarras.

—¿Por qué no podré tener dos hijos normales?

Dice eso, pero en realidad le encanta vernos hacer el tonto.

—Oye, Federico —le digo cuando volvemos a estar solos—, ¿alguna vez has pensado en pasar un año fuera?

—¿Cómo que un año fuera?

—Sí, hombre, hacer un año de intercambio en el extranjero.

—¿Y por qué tendría que hacerlo?

—Porque sería una buena experiencia, aprenderías inglés y…

Federico me mira flipado.

—Ali, ¿quieres quedarte con mi cuarto?

—Que no, hablaba por hablar… Y además tienes novia; en fin, si te fueras…

—Oye, ¿eso qué tiene que ver? Si quisiera irme, no dejaría de hacerlo por una novia.

—Ah, ¿no?

—Pues no.

—Ya, pero puede que por ella te lo pienses un poco. Puede que a ella no le guste, puede que te deje.

—Oye, ¿has venido a joder la marrana?

—Venga, Fede, hablaba por hablar, míralo al revés. Supón que Clara te dice que se marcha un año. ¿Estarías con Clara un año, a distancia?

—¿Qué estás diciendo? —me pregunta mi hermano, ligeramente alarmado—. ¿Sabes algo que yo no sepa?

—¡Hombre, Fede! ¡¿Crees que Clara va a contarme a mí que se va al extranjero un año?!

Fede permanece callado, la perplejidad más absoluta pintada en su rostro. Luego, de golpe, parece iluminarse.

—Ah, vale.

—¿Qué es lo que vale?

—Luca.

Pillada.

—Él va a volver —dice Fede, con tono serio.

—¿Cómo puedes estar tan seguro?

—Intuición masculina.

—La intuición es femenina, memo.

Fede no replica, se limita a encogerse de hombros y, aunque sé que es una tontería, me siento vagamente alentada por esa intuición masculina.

En ese momento oímos un grito. Es mi madre. Los dos nos lanzamos hacia el salón, donde está ella, inmóvil, delante del televisor. En una mano el mando a distancia; en la otra, el móvil pegado a la oreja.

—Mamá, ¿qué pasa? —pregunto asustada.

Ella no responde, pero permanece ahí, con la mirada clavada en la pantalla. Se ve a un grupo de personas, con carteles y pancartas frente a una verja grande. Sentados en el suelo, con las manos encadenadas a la verja, hay cuatro hombres.

Delante de ellos, un periodista con un micrófono en la mano explica qué está pasando. Sin embargo, no necesito escuchar sus palabras, pues enseguida reparo en que uno de esos hombres es mi padre.

21

Luca

—Vaya, no está tan mal —dice Dalila en cuanto entra en casa.

—Bueno, si vuestro local de ensayo no estuviera debajo, estaría bastante mejor.

Ella no contesta y sonríe.

—¿Puedo usar el cuarto de baño?

Mientras Dalila está en el baño, observo mi pequeña vivienda tratando de pensar que en el fondo no está tan mal. He comprado sábanas y fundas nuevas para las almohadas. He limpiado como he podido el suelo y he quitado las telarañas de las paredes. Y en un armario he encontrado una lámpara de mesilla que emite una débil luz rojiza.

—De todas formas, si te quieres mudar, puedo preguntar por ahí —dice Dalila al salir del cuarto de baño.

—No lo sé, tengo poquísimo dinero.

—Bueno, ahora vas a ganar algo. Si te portas bien, Michael sabe ser generoso.

—¿En qué sentido?

—Pues en el de que no es el típico jefe. A veces salimos, tiene una bonita casa en la playa, en las afueras de la ciudad…

—¿Crees que me la regalará? —digo en broma, remarcando a la vez lo que pienso al respecto: con invitarme a la playa no se van a resolver mis problemas económicos…

Dalila sonríe y mueve la cabeza, luego se me acerca y me mira a los ojos. Demasiado cerca, a decir verdad.

—Eres simpático —me dice—. Me haces reír.

—No tengo nada que ofrecerte. Si quieres agua…

Ella me sigue mirando fijamente, como si estuviese intentando hurgar dentro de mi cabeza. Es francamente guapa, me digo, al tiempo que me doy cuenta de que se trata de una situación tremendamente equívoca, y temo que a Alice no le haría ni pizca de gracia saber que estoy aquí, a esta hora, con una bailarina de lap dance…

—Vaya, tengo que hacerlo todo yo —dice en voz baja.

Y me da un beso.

Así, de sopetón.

Me aparto, cortado. Me sale una risita, pero contengo el reflejo nervioso.

—¿Qué pasa? —me pregunta.

—Nada.

Me mira contrariada.

—¿Entonces?

Entretanto, he recuperado cierta distancia de seguridad. La miro, sí que es guapa, las medias de colores dejan ver la línea de las piernas, lleva una falda corta y un niki ligero con un breve escote.

—Verás, habría otra chica.

—¿«Habría»?

—Hay, hay.

—Entonces, ¿por qué me has hecho subir?

—No lo sé —respondo con voz cada vez más insegura—. A lo mejor para beber algo.

—¿Tienes algo de beber? —pregunta Dalila mirando alrededor.

—No, la verdad es que no —admito sintiéndome súbitamente ridículo—. O para charlar...

Ella rompe a reír y se sienta en la cama, dejándose caer con todo su peso.

—Vaya, creí que ya no existían tíos como tú —dice meneando la cabeza.

—Bueno, no traiciono a mi chica, ¿qué tiene eso de malo? —pregunto ahora que las cartas ya están sobre la mesa. Más vale hablar claramente.

—La verdad es que me había imaginado que tenías novia.

—Ah, ¿sí? ¿Por qué?

—Tienes cara de buen chico con novia. Pues sí, todavía no he comprendido qué haces aquí en San Francisco, en Castro, trabajando de cocinero en un restaurante de cocainómanos.

—Mi plan es otro. El trabajo lo necesito porque no tengo dinero, mañana voy a ir a presentar la solicitud para la universidad.

—Pues yo creo que tu plan es justo este —dice ella, con un gesto enigmático.

—Te equivocas —replico, ya un poco dolido, lo que hace que ella se eche a reír de nuevo.

Se tumba en la cama y eleva los brazos hacia el techo, mirándose los anillos de los dedos. Tiene tres, son muy llamativos, grandes cuadrados de colores en engarces finos. Yo me acerco a la ventana y miro la calle. Es algo que hago con frecuencia. Alice dice que es mi método de zanjar una discusión. Creo que también vale para esta situación.

—Yo era igual —añade Dalila poco después.

—¿Cómo?

—Fiel, ingenua, una buena chica como tú.

—Y luego, ¿qué pasó?

—Luego vi que si eres una buena chica acabas siempre jodida, vi que las buenas chicas no son las que salen adelante, y además... En fin, no quiero contarte la historia de mi vida.

En ese instante algo pasa en mi cabeza. De buenas a primeras, la habitación desaparece. Veo un motel, un cuarto, una chica embarazada sentada en el borde de la cama. Está llorando. Se sujeta la barriga con las manos. Fuera hay un chico llamando a la puerta. Pero llama muy quedo, como si no quisiera entrar, o como si se hubiese pasado toda la noche llamando, en vano.

—¿Por qué no? —dice mi boca, pero ya no sé a qué me refiero.

Dalila me mira con una sonrisa que parece manifestar estupor. Luego se humedece ligeramente los labios con la lengua y suspira.

—He dejado una parte de mí en Italia, una parte de mi pasado.

22

Alice

Luca no está conectado. Perfecto. Lo sabía, sabía que iba a tener que enfrentarme precisamente a este tipo de problemas, pero no me esperaba que fuera a ocurrir tan pronto. Es la tercera vez que falta a una cita en Skype, pero he decidido no cabrearme.

Cojo el móvil y le escribo un mensaje: «¿Estás ahí? ¿Estás despierto? ¡¡¡Conéctate!!!».

Pulso «Enviar» y me quedo esperando, mientras reconstruyo las características de la «etapa más hermosa de mi vida», añadiendo dos entradas importantes:

«Padre encadenado a la verja de la fábrica.»

«Novio en San Francisco que ha empezado a ignorarme.»

Por fin el icono de Luca se pone verde. Por fin está conectado. Lo llamo.

—Ali, hola —dice, con voz de recién despertado.

—¿Estabas durmiendo? Pero ¿qué hora es allí?

—No lo sé… —responde él, confirmando mi sospecha de que se acaba de despertar.

La confirmación definitiva llega cuando en la pantalla aparece su cara. El pelo revuelto, los ojos aún medio cerrados.

—Perdona, Ali, he pasado una noche espantosa —dice frotándose la cara—. Pero aquí me tienes. Vale; Alice, hola.

Finalmente parece recuperarse. Lo miro y pienso en cuánto lo echo de menos. En cuánto me gustaría estar con él. En cuánto me gustaría introducir una mano en la pantalla para tocar la suya.

—Luca, tengo que contarte mogollón de cosas... Uf, ¿por qué no estarás aquí?

Sonríe y durante un momento me siento como si realmente estuviésemos juntos, suspendidos en algún punto del éter por el que viajan nuestras imágenes.

—Cuéntame —dice, forzando una sonrisa medio dormida.

—¡Ha salido mi primer artículo en la revista del instituto! Y ha sido un éxito, todo el mundo me ha dado la enhorabuena, y ni siquiera quería escribirlo, pero resulta que, no sé, estoy contenta, y ahora habrá una manifestación, precisamente por mi artículo. O sea, es absurdo...

—Para, para; ¿cómo que una manifestación?

—El artículo era sobre los institutos nocturnos, ¿sabes que en Milán los han cerrado? Así que escribí un artículo diciendo que era un error; pues eso, pero nunca me imaginé que podía tener esta repercusión. En fin, no lo sé, creo que el asunto me gusta.

Hablo de un tirón, me doy cuenta de que lo estoy abrumando con mis palabras.

—Espera, Ali, no te oigo bien, hay una interferencia. Intenta hablar.

—Luca, Luca, ¿estás ahí?

—Vale, ahora te oigo, ¿qué decías?

—Nada, que estoy contenta, que esta situación me gusta. Pero pasa algo más, mi padre… Han ocupado la fábrica. Lo hemos visto en la tele, encadenado a la verja. Ahora unos veinte se han plantado en la entrada, con tiendas, y se quedarán allí hasta que… No lo sé. Mi madre está destrozada.

—Caray, no es para menos… —dice al tiempo que deja escapar un bostezo.

Callo esperando que diga algo, pero permanece con la mirada fija en la pantalla del ordenador.

—Luca, ¿me estás escuchando? —le pregunto, a la vez que me invade una sensación de mosqueo.

—Sí, sí, es que ha sido una noche complicada, ayer trabajé y… estoy molido.

Mi primer impulso es decirle: «Siento que estés molido, acabo de decirte que mi padre está encadenado a la verja de una fábrica», pero decido tomármelo con calma.

—¿Has encontrado trabajo? —le pregunto—. ¿A qué te dedicas? No me has contado nada.

—Soy pinche de cocina, más o menos; o sea, no exactamente.

—¿Pinche de cocina? —pregunto sin poder contener mi asombro y pensando simultáneamente en la otra información «delicada» que debo darle, a saber: «Yo también he encontrado trabajo, en el restaurante en el que trabaja tu padre: por-favor-no-te-cabrees».

—Sí, en un restaurante —dice, como si se pudiera trabajar de pinche de cocina en una oficina de correos.

—Me había enterado, solo que estaba un poco asombrada… Estoy asombrada… En fin, ¿el trabajo de tu padre?

—Sí, venga, Ali —responde bruscamente, con mal tono.

Permanezco en silencio unos segundos. ¿Qué está pasando? ¿Por qué se comporta así? ¿Cómo es posible que esté ya tan apartado de mí, de mi vida?

—Yo también he encontrado trabajo —digo, procurando hacer caso omiso al tono de su respuesta.

—Ah, ¿sí, en serio? —pregunta distraídamente, luego se vuelve hacia un lado—. Ali, oye, ¿puedo llamarte después? Me preparo un café y te llamo.

—Sí…, vale.

No tengo fuerzas ni para despedirme de él. Siento un nudo en la garganta. ¿Qué está pasando? Porque algo está pasando, lo percibo.

Estoy a punto de colgar, cuando oigo una voz que llega de la habitación de Luca. Lo que sigue es cuestión de segundos. Luca se vuelve hacia un lado y en el encuadre de la webcam aparece una rodilla, luego un muslo y un trozo de toalla.

—Perdona, te he cogido una toalla —dice una voz femenina.

Luca agarra de golpe el ordenador y lo gira, pero al hacerlo enfoca de nuevo, durante una fracción de segundo, a la que a todas luces es una chica, que acaba de ducharse, en su casa. No consigo hablar.

—¡Luca! —grito.

23

Luca

Alice no responde al teléfono.

Puedo llamar a Martina.

O a Mary, a lo mejor.

Puedo tratar de explicarme con una de sus amigas, ellas me escucharán. No, no puedo. Además, lo más probable es que en este momento ya les esté contando lo que ha visto. De manera compulsiva, empiezo a poner en orden la habitación, hago la cama, me cepillo los dientes, me lavo la cara, pero la verdad es que siento una angustia creciente, junto con una sensación de impotencia, por no poder hacer nada, por no poder explicar lo que ha pasado.

Miro si Alice está conectada a Facebook, pero no; le escribo un mensaje, solo que luego no lo envío. A continuación miro el correo, a lo mejor me ha escrito, aunque ¿por qué tendría que haberlo hecho? Y no, no me ha escrito. En cambio, hay un mensaje de la Universidad de Berkeley. Lo abro, es sobre un evento que tendrá lugar dentro de una semana, con lo que por ahora no me importa nada. Sin embargo, necesito dejar que pase el tiempo, hasta que Alice me responda al teléfono. Así que pincho en el enlace del correo y entro en la web de la universidad, en cuya página principal leo: último día para presentar las solicitudes de matrícula.

Es imposible, me digo. No era hoy. Abro mi mochila, en la que guardo todos los documentos, y empiezo a ojearlos nerviosamente, hasta que encuentro el papel que busco: condiciones para matricularse y plazos. Leo a toda prisa y me detengo en la casilla destacada en negrita en la que figura el último día de presentación de la solicitud, que es: hoy.

Salgo de casa corriendo.

No puedo mandar al traste mi vida sentimental y profesional en un solo día. Es demasiado, incluso para una enorme ironía del destino del carajo.

Cojo un autobús hasta la estación, de donde salen los trenes para Berkeley. Bajo a la carrera, faltan pocos minutos para que salga uno, pero no tengo tiempo para sacar el billete, así que voy directamente al andén.

El tren me cierra las puertas en la cara cuando falta poco más de una hora para que cierre la secretaría y finalice el plazo de entrega de la solicitud de matrícula. Lo único que consigo pensar en este momento es que la he fastidiado bien y que no sé cómo salir del lío.

Por enésima vez trato de llamar a Alice por el móvil, pero no responde. No tengo ni idea de qué hora es en este momento en Italia, no tengo cabeza ni para hacer el cálculo. Miro la hora del próximo tren. Pasa dentro de una hora, demasiado tarde. Salgo corriendo de la estación. No me queda otra que coger un taxi.

—Berkeley University —digo al taxista. Él se vuelve y me mira.

—*It's a long way, it will cost you…*

—*No problem* —contesto simplemente, aunque pienso que en realidad sí que es un problema enorme. Miro cuánto dinero tengo en la cartera. Treinta y cinco dólares, la propina de ayer en el restaurante.

El taxi cruza la ciudad y entra en una autopista, una circunvalación o lo que sea. Le envío un mensaje a Alice, procurando ser lo más convincente posible. «Alice, te juro que no es lo que piensas, créeme, deja que te lo explique.»

Pero mientras lo envío sé que no va a creerme. ¿Y cómo echárselo en cara? Me ha sorprendido a mediodía, en casa, con una chica recién salida de la ducha. Entre todos los problemas que me había imaginado en nuestra relación a distancia, este era sin duda el último.

El taxi para delante de la entrada de la universidad. El taxímetro marca treinta y cuatro dólares. Pero cuando voy a pagar, descubro que hace falta añadir la propina. Uno mismo decide cuánto, pero el mínimo es el quince por ciento. ¡Aquí, en todas partes hay que dejar propina! Así, los treinta y cuatro dólares se convierten en treinta y nueve con diez centavos.

—No me llega el dinero —digo mientras el tiempo corre.

Faltan diez minutos para que cierren la secretaría.

El taxista, un sij con un turbante enorme, se vuelve y me mira contrariado.

—Tengo... tengo solo treinta y cinco dólares —explico.

—Pues tenemos un problema, amigo.

—¿Qué puedo hacer? Yo, no sé...

—¿No tienes tarjeta de crédito?

—Sí, pero no sé dónde puedo sacar dinero ahora... Además, llego muy tarde...

El hombre me mira y suspira. No parece enfadado. Me señala la pantalla montada en el respaldo del asiento del pasajero. Allí aparece indicada la tarifa.

—Puedes pagar aquí, amigo.

—¿Cómo?

—Con la tarjeta de crédito. ¿Sabes lo que es? La metes y pagas. Oye, ¿tú de dónde vienes?

Una vez que he pagado, me apeo del coche presa de un repentino arrebato de profundo amor hacia los taxis estadounidenses, pues en ellos puede pagarse con tarjeta de crédito. Echo a correr. Cruzo la verja principal y ahí me llevo la primera sorpresa. Berkeley es tan grande como un pequeño pueblo. La verja rodea una amplia área repleta de edificios y parques bien cuidados. Tiro recto por el camino que atraviesa el complejo y llego a una rotonda, en la que hay unas señales: «library», «shop», «office», y así sucesivamente.

Paro a dos chicos para pedirles información cuando ya solo faltan cinco minutos para que cierren la secretaría.

—Perdonad, estoy buscando la secretaría —les digo jadeando.

—¿Cuál? —me pregunta uno de los dos, mientras el otro me observa conteniendo una sonrisa en los labios.

—Uf, no lo sé, ¿cuántas hay? —pregunto mirando alrededor y experimentando la súbita sensación de haber acabado en un laberinto.

—Depende de lo que tengas que hacer.

—Tengo que matricularme, tengo que presentar la solicitud. ¿Cuántas secretarías hay?

Los chicos, desagradablemente divertidos por mis nervios, me señalan la fachada de un enorme edificio de mármol, cuyo tejado, sostenido por unas columnas impresionantes, parece el frontón de un templo griego. Me lanzo hacia el interior. Encuentro a un vigilante, le explico mi problema y le pregunto adónde debo ir.

Segunda planta, subes las escaleras, al fondo del pasillo a la derecha, última puerta.

O algo así.

Y eso hago. A las cinco menos dos minutos estoy delante de la puerta de la secretaría.

La idea que me cruza por la cabeza dura un instante: «Lo he conseguido». Como si ya me hubieran aceptado, como si mi nueva vida comenzara justo ahí, delante de esa puerta. Me siento a dos mil kilómetros de Alice, de su rabia. Pero también me siento distanciado de nuestro amor, de sus reflexiones, de su complejidad. Quiero algo nuevo, quiero dejar atrás todas las inercias. Quiero una vida que sea solamente mía y que no dependa de mi familia, de Alice, de nadie.

Llamo, y mientras mis nudillos tocan la madera brillante de la puerta, reparo en el cartel que hay colgado. Con los horarios de la secretaría. Que hoy cierra a las cuatro y media.

El móvil vibra en mi bolsillo.

«Eres un gilipollas. Vete a la mierda.»

24

Alice

—¡No me lo puedo creer! —exclama Mary cuando termino de contarle lo que ha pasado—. No puede haber hecho algo así.

—Lo he visto con mis propios ojos.

—Y él, ¿qué ha dicho? ¿Cómo se ha justificado?

—¿Qué podía decir? ¡No hay nada que decir! Los hechos hablan por sí solos. Yo… soy yo quien no se lo cree. No lo reconozco, ya no sé quién es.

—Qué gilipollas, qué gilipollas. Lo mato.

Los deseos homicidas apenas son un consuelo, a la vista de cómo están las cosas. Luca ha intentado llamarme, pero no le he respondido. También me ha escrito el más típico de los mensajes, ese de No Es Lo Que Crees Deja Que Me Explique.

Yo ya no me creo nada.

—Eh, empezamos enseguida, coged los cascos —nos dice Martina.

Hoy es la primera vez que graba sus temas en estudio. El edificio de la Mira Music se encuentra en la avenida Sempione, no muy lejos del parque. Cuando Martina nos llamó para decirnos que un tío la había contratado para grabar un disco, tanto Mary como yo nos reímos. Luego resultó que el tío era un productor de verdad, con una productora de verdad y que estaba realmente interesado en ella.

—¿Estas son tus amigas? —pregunta un hombre de unos cuarenta años que aparece detrás de Martina.

—Sí, y las dos tienen novio, así que mantén a raya a tus esclavos, que parece que nunca han visto dos tetas.

—Los ojos de todos están puestos en ti, Martina —dice el hombre sonriendo, pues al parecer ya está acostumbrado al carácter excéntrico de nuestra amiga—. De todos modos, advertiré a mis chicos que se queden en su sitio.

El hombre nos tiende los cascos. Podremos seguir la grabación desde detrás del cristal de la sala insonorizada.

—Me parece increíble —digo cuando Mary y yo volvemos a estar solas. Martina acaba de entrar en el estudio y dos chicas están terminando de maquillarla.

—No es increíble. Tu Luca también es un hombre.

—Estaba hablando de Martina.

—Ah, vale. Verás, cariño, no es increíble, por fin tú y yo tendremos también una amiga famosa.

—Sí, tienes razón, en el fondo nos lo merecemos. Ahora lo único que nos falta es un amigo gay. ¿Sabes que está muy de moda tener amigos gays?

—Alice, Alice —dice Mary, suspirando como una abuela comprensiva.

Desde la sala, Martina nos hace señas para que nos pongamos los cascos.

—¿Sabes qué debes hacer ahora, cariño? —me dice Mary.

—¿Qué?

Dos chicos pasan a nuestro lado en ese momento. Uno mira a Mary, que le sostiene la mirada.

—Vengarte.

—Anda, Mary, por favor, ¿qué dices?

—¿Que qué digo? Digo que debes explicarle cómo están las cosas, debes hacer que se ruborice un poco.

—¡Mary, él se ha acostado con otra! ¡No me apetece ruborizarlo! ¡Lo quiero dejar! ¡Para mí se ha acabado!

—No, espera, Ali. No puedes decir que se ha acabado si ni siquiera sabes cuál es la situación. O sea, ¿quién es esa putilla? ¿De dónde ha salido?

—¿Y yo qué sé? ¡No nos hemos presentado!

—Ali, lo que digo es que primero tienes que investigar.

—Ajá, ¿y cómo lo hago? ¿Contrato a un investigador privado y lo mando a San Francisco?

—Cariño, hay Facebook, todo lo que quieres saber se esconde ahí.

—¡Y dale con Facebook!

—Anda, no seas así, solo hay que mirar sus últimos movimientos, sus nuevos amigos, los amigos de los amigos, los grupos en los que se ha metido. Ali, está decidido, yo seré tu investigadora.

—Ni hablar, Mary —contesto, resuelta a disuadirla de esa locura.

Pero en ese instante oigo música por los auriculares. Martina ha empezado a cantar.

El primer tema es «Please, Please, Please, Let Me Get What I Want», de los Smiths. Lo ha elegido Martina. Ha dicho que este debía ser el primero, a cualquier precio, ni yo misma sé por qué.

Martina canta moviendo ligeramente la cabeza y poniendo de vez en cuando las manos en el brazo del micrófono. Como si se dedicara a esto desde hace mil años, como una cantante de verdad.

La escucho emocionada y cuando llega al estribillo siento un escalofrío en la espalda que me pone la piel de gallina.

Martina, mi mejor amiga, es cantante, me digo. Y no solo porque está cantando en un estudio de grabación y tiene un micrófono entre las manos. Hay algo que fluye con su voz, algo indefinible que te impide dejar de escucharla. La suya parece una plegaria, una súplica, la intensidad que pone en cada palabra te deja sin respiración. No resisto la tentación y miro alrededor para ver si soy la única que tiene esta reacción, pero todos están ahí, Mary incluida, escuchando con la boca abierta y las cejas ligeramente enarcadas en señal de sorpresa.

Cuando termina de cantar agacha la cabeza, se queda así unos segundos. Acto seguido suenan los aplausos. El tío de antes entra en la sala y la abraza, feliz. Yo le hago un gesto con la mano desde el otro lado del cristal y ella sonríe. Durante un instante me parece incluso que tiene los ojos vidriosos.

Hay unos minutos de descanso. Quisiera entrar ahí y felicitarla y abrazarla. Me siento tan orgullosa de mi amiga, tan contenta... Me quito los cascos y me acerco al cristal, pero entonces advierto que ella está muy concentrada. Dos tíos con una cámara se le han acercado y le hacen preguntas. Me vuelvo hacia Mary, que mueve la cabeza.

—Ya es una estrella. No tiene tiempo para nosotras —dice en broma. Aunque pienso que en algún rincón de nuestras cabezas esta frase puede ser el germen de un auténtico temor—. Volvamos a nosotras —añade Mary y me mira con atención—. Hablábamos de venganza.

—Mary, no quiero vengarme. Eso no es propio de mí.

—Como no era propio de Luca hacer lo que ha hecho. Cariño, no es venganza, es el juego del amor, funciona así, y tú y tu Luca no escapáis a las reglas.

—Puede ser… pero lo único que quiero ahora es no pensar en eso, quiero pensar en otras cosas. Vaya etapa de mierda.

En ese momento se me hace un nudo en la garganta, pero contengo las lágrimas. Mary me pone una mano en el hombro.

—Todo es una mierda —insisto.

—Cariño, no todo es una mierda. Debes mirar la parte positiva.

—¿Y cuál es?

—Eso no te lo puedo decir yo. Pero sabes que la hay.

Sus palabras, nada más oírlas, no me dicen nada, pero aun así tienen el efecto de tranquilizarme. Son de esas verdades triviales al estilo grupo de Facebook: «Para los que buscan siempre algo positivo, incluso en los momentos difíciles». Pero a veces las trivialidades ayudan… esta noche fundo un nuevo grupo: «Para los que aman las trivialidades».

—Mary, ¿cómo consigues ser así?

—¿Así cómo?

—Tan serena, despreocupada, es como si para ti no hubiera problemas.

En ese momento me suena el móvil. Mary me mira y asiente como si dijera: «Responde».

—No, Mary, no me apetece.

—Responde —insiste ella.

Vale, respondo. Sin embargo, a la vez que tomo la decisión, monto de nuevo en cólera. No quiero responder, lo que quiero es partirle la cara. Aprieto el botón verde, me acerco el móvil a la boca.

—¡No eres más que un gilipollas!

Las palabras me salen instintivamente de la boca. Mary me mira inquieta, y un par de chicas que pasan por ahí sueltan una risita.

—Alice, ¿eres tú? Soy Guido, ¿dónde estás?

—Ah, no eres... Vale.

—Alice, ¿me oyes?

—Sí, sí, perdona, creía que eras...

—Oye, mañana es la manifestación, quería decirte que si quieres... podemos ir juntos.

—Ah, vale, pero ¿y los otros de la revista?

—Cada uno va por su cuenta. Yo voy en moto; si quieres, paso a recogerte.

—Vale, de acuerdo.

—Entonces, nos vemos mañana.

Cuelgo el teléfono, todavía un poco desorientada por mi metedura de pata. Mary me mira, intrigada, por supuesto.

—¿Quién era? —pregunta con tono malicioso.

—Guido, el tío de la revista del instituto.

—Ah, bien.

—¿Bien qué?

—Nada, lo único que digo es bien —repite, con una sonrisita guasona—. Ya ves que sí que hay algo positivo en esta etapa.

—Hummm, Mary, te mataría. —Pero entonces a mí también me entra la risa.

25

Luca

Asunto: «Lee hasta el final».

Querida Alice: Las apariencias engañan…

Vale, no, intentémoslo de nuevo…

Querida Alice: La chica que viste se llama Dalila…

¿Y eso qué más da? No, hace falta un principio más incisivo.

Alice: Sé que pensarás que son las cosas que se dicen siempre, sin embargo: no es lo que piensas. No ha pasado nada entre la chica a la que viste y yo, aunque sé perfectamente que la situación era tremendamente equívoca.

Lo cierto es que si yo recibiera un correo así, no me lo creería. De todos modos, ¿qué puedo contarle? ¿Que nos pasamos toda la noche hablando y que ella se quedó dormida y que yo la dejé dormir? Esa sería la típica excusa para una situación así. ¿Qué puedo hacer, pues? ¿Inventarme una justificación más creíble para que la verdad se parezca a una excusa?

Estoy en casa reflexionando sobre lo que tengo que escribir a Alice mientras termino de vestirme. El dueño del local me ha dicho que esta noche tendré que trabajar en el salón, que tendré que atender las mesas. Cuando le expliqué que no tenía ropa adecuada me respondió que no me preocupara, que él se encargaba de eso. Esta mañana un tío ha llamado a mi puerta y me ha entregado una bolsa con un esmoquin completamente nuevo. Mejor dicho, no exactamente un esmoquin, pues la camisa no tiene mangas y hay además un par de tirantes. Los pantalones, por otro lado, me aprietan el trasero, y lo demás, demasiado para mi gusto, en definitiva, que me siento un poco payaso.

Justo cuando me estoy observando en el espejo destrozado del armario, llaman a la puerta.

Abro.

Es Dalila.

Me mira con un evidente sentimiento de culpa plasmado en la cara.

—Lo siento.

—No es culpa tuya.

—Pero explícale lo que ha pasado.

—No me responde al teléfono, le estoy escribiendo un correo.

—¿Has ido a la universidad?

—No he llegado a tiempo.

—¿Puedes ir otro día?

—El plazo terminaba ayer.

—Coño.

Nos quedamos en la puerta, mirándonos. Sé que no es culpa suya, pero no puedo decir que no le haya cogido manía. Repaso la noche pasada, todo lo que me ha contado, y me siento un cretino.

—Ahora me tengo que ir al restaurante —me dice.

—Sí, sí, dentro de un rato yo también iré.

—¿El jefe te ha explicado de qué va la noche?

—Sí. Bueno, por lo menos eso creo... Tengo que vestirme como un payaso.

Ella me mira y sonríe. Luego me hace un gesto con la mano y se marcha. Cierro la puerta y la maldigo mentalmente por ser la causa, aunque involuntaria, de todo este lío. Decido aprovechar los pocos minutos que me quedan antes de salir para intentar escribirle una vez más un correo a Alice.

Querida Alice:

La chica a la que has visto trabaja en el restaurante en el que he encontrado trabajo. La conocí una noche, mientras volvía a casa, la salvé de la agresión de un tío borracho. Durmió en mi piso el día en que tú y yo hablamos. ¿Que por qué? Pues porque quiso subir conmigo a casa. Yo no comprendí, ingenuamente; es todo lo que puedo decir. Intentó besarme y yo la rechacé. Le conté que tenía novia y que estaba enamorado de mi novia. Así empezamos a hablar y ella me contó su historia. Una historia absurda. Tiene veinticuatro años. Vivía en Italia e iba a irse con su novio, pero este la dejó por su mejor amiga. Se había quedado embarazada y abortó. Después quiso ser actriz, hizo pruebas, un tío le insinuó que tenía posibilidades si era amable con él. Al principio no le hizo caso, y cuando cedió el tío ya no quiso contratarla. Entonces se peleó con todos, y todos le decían que era una gilipollas. Así que vino aquí, a San Francisco, sola. Y conoció a gente, y empezó a vivir de nuevo. Y a tocar el bajo en un grupito, el que tiene el local de ensayo debajo de mi habitación. Me estaba contando todo eso cuando se quedó dormida, y la dejé dormir. Lo que ya no sé explicarte es por qué tuvo que ducharse en mi casa, pero tienes que creerme.

Releo el correo, lo que he escrito hasta ahora. Lo leo una, dos, tres veces, y trato de meterme en la piel de Alice. Trato de imaginarme lo que podría pensar al leer estas palabras. Así, al final, en vez de pulsar «Enviar», pulso «Guardar en borrador».

Cuando horas después entro corriendo en el restaurante, tarde, enseguida advierto que debe de tratarse de una velada especial. A pesar de que son solamente las seis, hay varias personas moviéndose de un lado a otro. Un par de hombres, de unos cuarenta años, hablan nerviosamente con el jefe. La impresión general es que bullen los preparativos para una fiesta.

El jefe me ve y me hace señas para que me acerque. Avanzo tambaleante, por la carrera y por los pensamientos a los que sigo dando vueltas en mi cabeza: Alice, la universidad, Alice, la universidad, yo, que no sé qué estoy haciendo.

—Este es uno de mis chicos —dice el jefe, mirándome con cara recelosa. Me pregunto cuán evidente puede ser mi estado de ánimo.

Los dos hombres me contemplan de hito en hito, asintiendo mientras procuro mantener una sonrisa serena y distendida. Luego se ponen a hablar de nuevo con el jefe, que con un gesto me indica que suba a la planta de arriba.

—¿Arriba? —pregunto, sin saber si he entendido bien.

—Sí, arriba, ve, ve —me dice bruscamente.

Nunca he estado en la planta de arriba. Tan solo he visto a las bailarinas bajar por la escalera de caracol que acaba en la barra, pero nunca me he preguntado de dónde llega.

En cuanto subo, veo que lo que hay ahí no es más que una especie de salón que se usa como camerino. Hay varios percheros, espejos y sillas, así como una barra que se extiende por una pared de espejo, donde un par de chicos se están maquillando. También está Dalila. En cuanto me ve, viene a mi encuentro.

—¿Qué pasa? —le pregunto.

—Oye, ¿tú te has enterado de qué clase de fiesta hay esta noche?

26

Alice

Cuando llegamos al Gandhi ya hay un montón de gente. La escalera de entrada al instituto está atestada, y hay mucha más gente en la calle.

Me apeo del scooter y me quito el casco, mientras Guido ata la cadena.

—Paso un momento, porque tengo que hablar con alguien —me dice, a la vez que con una mano hace un gesto de saludo detrás de mí—. Nos vemos aquí dentro de un rato.

Guido desaparece entre el gentío; yo contemplo desde fuera la situación. La policía bloquea uno de los lados de la calle, pero todo parece tranquilo. Desde las ventanas de los edificios próximos, algunas personas observan intrigadas la escena. Una chica grita por un megáfono a una viejecita asomada a la segunda planta de un edificio que baje a manifestarse. La mujer sonríe y agita un paño de cocina en señal de solidaridad, recibiendo aplausos y gritos desmesurados.

En medio de la multitud veo a Roberta, la directora de la revista, que se me acerca en cuanto repara en mí.

—Tú y yo tenemos que hablar —me dice, con cara seria.

La miro sin entender.

—Oye —continúa—, no sé qué pretendes ni por qué haces esto.

—Roberta, no sé de qué me estás hablando.

—Anda, por favor. Llevo dos años matándome por esta revista. Y ahora llegas tú, escribes un artículo y todos «oh, qué buena, ella sí que es buena». Has escrito un buen artículo, vale, pero eso no quiere decir nada. Mantener viva una revista es otra cosa.

—¿Conque te refieres a eso? —pregunto, incrédula—. Te aseguro que estás confundida. Si a mí ni me importa…

—Ya, fenomenal, si ni siquiera te importa…

—No me has entendido; lo que digo es que la cosa salió así, ni siquiera quería escribir el artículo.

—Entonces, ¿por qué lo escribiste?

En ese momento aparece Guido detrás de ella.

—¡Hola, chicas! —nos saluda alegremente—. Un exitazo, ¿no?

Roberta no responde, y yo lo miro con una sonrisa triste. No consigo disfrutar de este «exitazo», porque no hago más que pensar en Luca en la cama con otra chica. Y ahora encima me sale esta loca, convencida de que quiero robarle el puesto.

—Eh, ¿todo bien? —pregunta Guido.

—Sí, sí, estábamos charlando —respondo evasiva.

—Ah, vale, escuchad, hay un periodista que quiere saber algunas cosas. Le he entregado unos cuantos ejemplares de la revista, pero me ha dicho que le gustaría hablar con la chica que ha escrito el artículo. Alice, ¿te atreves?

Roberta me fulmina con la mirada, y yo elevo los ojos hacia el cielo.

—¿Y bien? —insiste Guido.

—Quizá sea mejor que vaya Roberta —suelto—. O sea, en realidad ella sabe más que yo, también sobre la revista en general.

—Pero ¿qué dices? El artículo lo has escrito tú. Si no te atreves, no pasa nada, aunque ya que estás aquí…

—Ve, ve —estalla Roberta, con el rostro ceñudo. A continuación se da la vuelta y se aleja, sin despedirse.

—Oye, ¿ha pasado algo? —me pregunta Guido con ojos escrutadores.

—Cree que quiero robarle el puesto.

Me mira flipado. Luego se vuelve hacia Roberta, que está a pocos metros de nosotros y, hablando con un chico de la revista, gesticula animadamente. Da la impresión de que se desahoga contando lo que ha ocurrido.

—Vamos, solo estará un poco nerviosa —comenta Guido con poca convicción.

—No, no, de verdad que me lo ha dicho.

—Vale —añade—, lo siento, aunque en cierto modo… Venga, acompáñame, voy a presentarte al periodista.

Atravesamos la multitud, abriéndonos paso entre las pancartas. Guido hace de bulldozer. Lo observo y me digo que aún no sé qué clase de persona es. Por un lado, se ve que es inteligente, que es un tío que se interesa por mogollón de cosas, también aparenta más años de los que tiene. Sin embargo, a veces su expresión es indescifrable, como si ocultara algo.

De pronto, se detiene en medio del gentío.

—Ah, oye, Alice, antes de que te presente al periodista, quería decirte… Nosotros, mañana, unos amigos y yo, hemos quedado para tomar algo en un pub de aquí al lado. Y… quería preguntarte si te apetecería venir con nosotros.

—¿Te refieres a los de la revista?

—No, no con ellos, con otros amigos míos, si te apetece…

—Pero ¿es por el artículo? —pregunto, y entonces sonríe.

—Es solo para tomar algo —responde sonriendo.

—Ah, sí, sí, claro, no había entendido, creía que…

Tras este demencial diálogo (que me propongo analizar debidamente con Mary), Guido me presenta al misterioso periodista. Un chico de unos treinta años, alto, con ligeras entradas y gafas.

—Ella es Alice, la autora del artículo —dice Guido.

—Ah, muy bien, enhorabuena. Y encantado —dice, alargando la mano—. Giovanni.

—Encantada, Alice.

Nos estrechamos la mano y nos observamos. Suele ser en este momento cuando me olvido del nombre de la persona que me presentan. En esos dos o tres segundos que siguen al apretón de manos, durante los cuales procuro averiguar a quién tengo delante.

Diez minutos más tarde, Tíofulanoperiodista y yo estamos sentados frente a frente en un bar cercano al instituto. La revista está abierta sobre la mesa, por la página de mi artículo.

—Es un buen artículo —empieza él—, bien escrito, con los datos precisos, te felicito.

—Gracias.

—No me des las gracias, solo te digo lo que hay. Por lo que más quieras, no tengo sesenta años y no soy un periodista con mucho mundo. Pero tengo algo de experiencia y sé lo que me digo. Aunque no es solamente eso.

Tíofulanoperiodista deja en el aire la última frase, como dejándome que llegue sola a sus evidentes sobreentendidos.

—No es solamente eso —repite.

—¿Y qué más es?

—Verás, todo el mundo es capaz de escribir un buen artículo. Aquí hay algo más, hay chispa.

Tras decir eso, me mira para escrutar mi reacción.

—¿Chispa?

—Lo que distingue un artículo bien escrito de un artículo con gancho, que no se olvida. Y las repercusiones puedes verlas tú misma.

Mira por la ventana. La multitud ha aumentado. Un chico con un megáfono grita las consignas contra el Ayuntamiento y el alcalde.

—Vale, basta de cumplidos —prosigue—. Yo tengo que escribir un artículo sobre la enseñanza en Milán, y me gustaría citar tu artículo. Mencionaría tu nombre, por supuesto. Si puedo… ¿Puedo?

Tardo unos segundos en responder. Lo observo y luego miro la calle, miro a la gente que se está manifestando. Me pregunto si tiene razón, si mis palabras tienen realmente esa chispa. Pero en ese instante advierto que tiene los ojos fijos en mí, esperando mi respuesta.

—Sí, claro —me apresuro a decir—. Mejor dicho, gracias.

Sonríe, asintiendo complacido. Acto seguido cierra la revista y se la guarda en el bolso.

—Pero, dime una cosa —añade—, ¿quieres dedicarte a esto? O sea, ¿quieres ser periodista?

—A decir verdad, nunca lo había pensado. Sin embargo, ahora sí lo estoy haciendo.

—Te he dicho ya y te repito que yo no soy nadie, pero estoy en el ambiente, y algún consejo puedo darte para llegar a un periódico de verdad; claro, con todos mis respetos por las revistas escolares. Te dejo una tarjeta de visita y luego, ya sabes, todo es empezar…

Tras decir eso, se levanta y paga la cuenta.

—Repíteme tu nombre —me dice cuando vuelve a la mesa—. Siempre me olvido de los nombres.

—Alice… ¿y el tuyo?

Sonríe y me tiende su tarjeta de visita.

—Giovanni.

Una vez fuera del bar, me da dos besos en las mejillas y se aleja por la acera, atravesando el cordón policial.

27

Luca

—¿Una fiesta gay? ¿Qué quiere decir una fiesta gay?

—Oye, ¿tú sabes dónde estás? En Castro... ¿Alguna vez has oído el nombre de este barrio? ¿La lucha por los derechos de los gays? Habrás visto la película *Milk,* ¿no?

—No, ¿por qué?

Dalila rompe a reír, y yo empiezo a sentirme como una rata en el laberinto de un videojuego perverso. No importa el recodo en el que tuerza o la calle por la que vaya, siempre caigo en un callejón sin salida o en una habitación con una trampa absurda o inverosímil.

Miro alrededor. Hay dos chicos con el torso desnudo y una corona de flores en la cabeza. En otro lado, otros tres se maquillan ante el espejo. Y no faltan las chicas de siempre, Dalila incluida, que ahora se preparan.

—¿Y vosotras? —le pregunto.

—Bueno, la fiesta es para todos; además, tampoco es una orgía.

—¡Vale, pero yo no pienso bailar! —exclamo entonces, presa de un repentino temor—. O sea, ¿tengo que bailar?

—No, no, el jefe ha querido que todos los camareros se vistan así para que hagan un poco de coreografía. Esta noche hay gente que suelta pasta, y el jefe hace las cosas a lo grande.

Poco después empieza la fiesta y resulta, a la vez, mejor y peor de lo que había pensado. Mejor, porque fundamentalmente debo dar vueltas con la bandeja y dejar que la gente se sirva por su cuenta. Peor, porque la cabeza me va a estallar. No me he matriculado en la universidad, pienso. Alice ha visto a una chica desnuda en mi piso. ¿Qué estará haciendo ahora? ¿Qué estará pensando? Le he escrito un correo, pero no se lo he mandado, no me creería. No me he matriculado en la universidad, ¿y ahora? ¿Qué hago aquí?

—Eh, ¿se puede saber qué estás haciendo?

Una voz procedente del gentío interrumpe mis pensamientos. Delante de mí hay decenas de brazos levantados, iluminados por la luz estroboscópica. Un hombre canoso baila con dos chicas gorditas, riendo con ganas; un poco más allá, dos chicos se besan.

—¡Eh, estoy hablando contigo!

Me vuelvo. Es el jefe.

—¿Qué coño haces? ¡Me han dicho que te estás durmiendo!

—No, no, perdóname, es solo que he tenido un día de mierda.

—Te pago cien dólares por esta noche y me da igual que hayas pasado un día de mierda, que tu perro se haya muerto o que se te haya inundado la casa…

Tras decir eso, me pone el índice y el pulgar en la boca, forzándome a sonreír.

—Ven conmigo.

Se dirige a la cocina a un paso rápido y firme que, aún más que sus palabras, no admite réplica. Con una mano abre de par en par la puerta de la cocina, que se estrella contra un camarero. El camarero deja pasar al jefe y luego cruza la puerta con su bandeja en la mano. En la cocina todos están atareados preparando canapés, pastelitos y minisándwiches. Cruzamos la cocina y entramos en un trastero que se usa como despensa. Ahí el jefe despeja una mesa con un brazo y extrae de un bolsillo una bolita blanca envuelta en un plástico transparente. La saca del envoltorio y empieza a desmigajarla sobre la mesa. La misma escena que vi hace unas semanas en la cocina.

—¿Qué problema tienes? —me pregunta, pero con otra voz, más tranquila, más comprensiva.

—Tengo un montón de problemas.

—Está bien, te estoy escuchando, tienes cinco minutos.

No comprendo el sentido de esta escenificación. No sé por qué me ha traído aquí ni por qué quiere conocer «mis problemas». Pero creo que no me quedan muchas alternativas.

—Mi novia me ha visto con otra chica y quiere dejarme, o quizá ya me haya dejado, y yo, pues yo he venido a San Francisco para matricularme en la universidad, pero no he llegado al último día de plazo, y… eso es todo.

—¿Esos son tus problemas?

—Pues… sí, por ahora, sí —respondo, pero no estoy nada seguro de que él me esté escuchando.

—Oye —dice y me pone una mano en el hombro—, me caes bien. Necesito gente como tú. Pero no debes tomarme el pelo. Préstame atención: habrá mujeres que te toquen los cojones, otras que te vuelvan loco, tendrás problemas que harán que quieras pegarte un tiro, pero tú no puedes parar. *The show must go on.* ¿Nunca lo habías oído? Pues eso. El espectáculo debe seguir, ese es mi lema. Recuérdalo, y correrás como un tren en la vida. Así que, ahora elige: o el espectáculo se para aquí, y yo no me ofenderé, pero no vuelvas más. O el espectáculo comienza ahora, sales ahí, pones una sonrisa espléndida y me diviertes a la gente, ¿vale?

Dentro de mi cabeza bullen muchos, demasiados pensamientos. Deseos enfrentados que pugnan entre sí. El deseo de huir, de huir de nuevo, también de aquí. El deseo de que todo vuelva a ser como antes, de arreglarlo todo. La ilusión de poder retroceder en el tiempo y de decirle a mi padre que sí, que lo he pensado, que ya no me marcho, que iré a la universidad de Milán. Y el pensamiento de que si volviese sobre mis pasos y encontrase a Dalila en aquella calle, seguiría recto como si tal cosa, a la vez que otro pensamiento me dice que no es verdad, que si volviese sobre mis pasos me acostaría con Dalila una, cien, mil veces, y dejaría de responderle a Alice, y me olvidaría de la universidad, la mandaría a hacer puñetas, a quién le importa Berkeley, haré lo que me plazca, pensando en mí y no en lo que los demás esperan de mí. El jefe tiene razón: *the show must go on*.

28

Alice

—Bueno, ¿qué has descubierto? —le pregunto a Mary, que lleva en Facebook dos horas.

—Poco, de momento, pero voy bien encaminada. ¡Aunque tampoco estaría mal que me echaras una mano!

—No, Mary, como vea una foto suya rompo el ordenador.

—Hummm…, pues hace poco ha añadido amigos y amigas, dos de ellas tienen el perfil perfecto, y el nombre que más sale es el de un lugar que se llama Lilly Restaurant.

—¿Lilly Restaurant?

—Sí, aún no he averiguado qué clase de local es, pero seguiré investigando. De todas formas, ya tengo bastantes pistas.

En ese momento me suena el móvil. Un toque. Es la señal de que Guido ha llegado y debo bajar. Miro alrededor como un ratón enjaulado, pero no hay escapatoria. La buhardilla de Martina nunca me ha parecido tan pequeña y desprovista de toboganes que lleven a dimensiones paralelas en las que no hay chicos que pasan a buscarte aunque tengas novio, por mucho que tu chico te haya traicionado.

—No, no voy —digo a Mary.

—Sí que vas —contesta, decidida—. ¿Verdad, Martina?

—Si no le apetece, ¿por qué tiene que ir? ¿Y cómo es el tío?

—¡Da igual cómo sea el tío! —exclama Mary—. Alice tiene que salir para darle celos a Luca.

—Claro, porque los paparazzi la están esperando en el pub.

Me asomo a la ventana, pero no veo a nadie. No está el scooter de Guido, y él tampoco está delante del portal.

—Problema resuelto, no hay nadie —digo a las chicas.

—¡De qué hablas, déjame ver! —refunfuña Mary.

Se levanta y se acerca a la ventana, mientras yo me siento. Ella también se muestra un poco dubitativa, hasta que por fin lanza uno de sus grititos de entusiasmo. A continuación regresa al centro de la habitación, saltando y riendo, con las manos en la boca. La misma Mary que decía: «¿Por qué no podré tener amigas normales?».

—¿Se puede saber qué has visto?

—¡Tiene coche! ¡Tiene coche!

—Mira que eres tonta… —comenta Martina.

—¡Id a ver!

Martina se levanta resoplando, y yo la sigo hasta el alféizar. En ese instante veo a un chico, que podría ser cualquiera, entrar en un coche. Solo que el coche en cuestión es un jeep militar.

—Por lo menos no tiene un coche de gilipollas —dice Martina, asintiendo en señal de aprobación.

Media hora después estoy sentada en el pub con Guido, Aisha, Matt, Mary, Martina y otro par de amigos de Guido, un poco mayores que nosotros. Aisha es marroquí e hija de un embajador. Vive en Milán desde hace dos años y habla sobre todo inglés, pero nos entendemos más o menos. Matt, estadounidense, es el novio de Aisha. Tiene diecinueve años y está viajando solo por toda Europa. Los dos chicos que se nos unen después son dos niños bien de la universidad privada más pija de Milán, con suéter de cachemir verde, dedos muy largos y pelo ondulado.

Guido me presenta en plan de broma como una nueva colega de la revista, les dice que he escrito un artículo estupendo, que no pueden dejar de leerlo y que tenemos el mismo profe de italiano, quien siempre habla bien de mí. Aunque la presentación es un poco exagerada, sirve para sacar un par de temas acerca del periodismo, la enseñanza y cosas así.

La velada transcurre tranquila. Guido está muy pendiente de mí y me traduce la conversación cuando Matt nos cuenta su viaje y Aisha explica la condición de la mujer en Marruecos. Descubro entonces que Guido habla inglés perfectamente y que además parece saber de los temas más variopintos. Pasamos una media hora larga hablando de pronósticos del tiempo y de cazadores de huracanes, y me entero de que incluso tiene una pequeña estación meteorológica.

No se expresa con desenvoltura ni brillantez. Le cuesta hacer gracia, aunque tampoco lo intenta; eso sí, todo lo que cuenta está plagado de datos, de reflexiones curiosas de personajes históricos y políticos, y en medio de todo eso nunca se le oye pronunciar «yo» ni «pienso». Y además pregunta, a todo el mundo le pregunta muchísimo, y así he descubierto cosas de mis amigas que yo misma no sabía. Martina está escribiendo una canción, y Mary… ¡Mary está leyendo un libro!

Al final de la noche estoy feliz y extrañamente satisfecha. He pasado una velada agradable, diferente, y he conocido al chico perfecto. A ver, eso no significa nada, pero es la verdad: Guido es el chico perfecto. Siempre está en su sitio, es atento y amable, pero también sabe ser firme y tiene carácter.

—¿Te llevo a casa? —me pregunta, una vez que Aisha, Matt y los dos pijos se han marchado.

Sé qué significaría que me llevara a casa y no quiero que la noche termine así. Pero justo cuando voy a decirle que no, Mary me agarra de la muñeca, me tira hacia ella y me enseña una foto en su móvil, que está conectado a Facebook. La foto es de Luca en la barra de un bar vestido con una camisa blanca sin mangas, al lado de un tío con el torso desnudo y de dos bailarinas.

29

Luca

Un redoble de bombo me hace saltar de la cama. La cabeza me revienta. Sigo vestido, y Dalila está echada a mi lado.

No… No es posible. Pues entonces soy completamente idiota…

Algunos fragmentos de anoche se materializan en mi cerebro. Yo dando vueltas con la bandeja en medio de la sala. Gente bailando. Los bailarines bajando por la escalera de caracol. Luego alguien me lanza sobre la barra. Yo, bailando. Y después la cara de Dalila, que me mira riendo. A partir de ahí: nada.

Me levanto de la cama y voy al cuarto de baño. Me miro al espejo. Tengo una cara espantosa. Me quito la ropa y me meto en la ducha. Me siento atontado y me pitan los oídos.

Cinco minutos después estoy en la calle, con el pelo todavía mojado. Sea como sea tengo que volver a la universidad y arreglar este follón de la matrícula, pero estoy hecho una pena. Subo al autobús que va a la estación y me siento en el fondo. Miro por la ventanilla la ciudad envuelta en niebla. El autobús serpentea por una calle llena de curvas hasta desembocar en una gran avenida de cuatro carriles.

Un par de mujeres, unos asientos por delante del mío, me miran y cuchichean. Sé que hablan de mí. Estoy cansado y aturdido.

Cierro los ojos y en mi cabeza aparece una imagen: un vagabundo, que duerme en un autobús, con la cabeza apoyada en el asiento que tiene delante. Fuera está oscuro, pero poco a poco va aclarando, ya amanece. El autobús para, y el conductor zarandea al vagabundo por un hombro, mientras le dice que debe bajar. El vagabundo abre los ojos y no sabe dónde se encuentra. Piensa en su hija, que ya no quiere verlo. El vagabundo pregunta:

—¿Dónde estoy?

Abro los ojos y delante de mí está el conductor. Me está zarandeando por un hombro.

—¿Dónde estamos? —pregunto.

—Debe bajar, señor —es todo lo que dice el conductor.

—¿Cómo que debo bajar? ¿Dónde estamos? —pregunto nervioso, mientras el conductor, de manera no precisamente amable, me tira de un brazo invitándome a bajar del autobús.

Estoy en la playa. Mejor dicho, estoy en una pequeña ciudad costera, con un muelle de madera y alguna tienda antigua que parece del siglo pasado. Durante un instante creo seguir siendo víctima de una alucinación, hasta que me doy cuenta de que todo es de verdad. Sigo en San Francisco. La ciudad se recorta a unos kilómetros de distancia, con sus rascacielos y su niebla.

Un par de gaviotas se pelean en vuelo y pasan a pocos centímetros de mi cabeza.

Vale, me he quedado dormido. Y he llegado al final de la línea. Ahora solo tengo que ir, me digo, hasta la estación, y luego coger el tren a Berkeley y... pero no me tengo en pie. Ahora no puedo.

Avanzo por el muelle, que no es más que una mala reconstrucción de una aldea de pescadores. Sin embargo, en lugar de los talleres artesanos hay tiendas de recuerdos y un par de locales de comida rápida.

Me siento presa de una extraña angustia. Es el miedo que experimenta todo aquel que se haya perdido al menos una vez en una ciudad, en un bosque, o sencillamente en una calle. No sé dónde estoy, no sé qué estoy haciendo y lo único que tengo es miedo, miedo de haber entrado en un laberinto y de ya no poder salir de él.

En una especie de cafetería pido un *coffe-to-go* y me alejo con mi vaso de papel en la mano. Pero cuando estoy saliendo del local oigo el sonido de mi móvil, que me despierta una instantánea añoranza de casa. Lo dejo sonar tres veces, antes de responder, como si el mismo sonido pudiese sacarme de este sopor.

—¿Qué coño estás haciendo? —pregunta una voz femenina al otro lado de la línea.

—¿Diga, quién es? —pregunto, sin reconocer a mi interlocutora.

—Soy Martina, idiota, ¿ni siquiera me reconoces?

—Martina, caray, qué bien.

—¿Estás tonto? ¿Te has metido algo?

—No, no, perdóname. Me alegra oírte. ¿Cómo estás?

—Yo, bien, pero tú eres un memo. ¿Sé puede saber qué estás haciendo? ¿Quién es esa tía a la que te estás tirando?

—¡No me estoy tirando a ninguna tía!

—Sí, claro, no digas chorradas. Alice me ha dicho que os ha pillado in fraganti.

—Sí, pero solo hemos dormido juntos, es una larga historia, y solo ha pasado una vez, o sea…

—¿Un polvo y si te he visto ni me acuerdo?

—Ni polvo ni leches, no hemos hecho nada, ¡te lo juro!

—Oye, dentro de poco voy a Los Ángeles, grabaré un vídeo allí... También he comprado un billete para San Francisco, pasaré dos días contigo. Como no estés, te mato.

En cuanto cuelgo me siento mucho mejor, como si una corriente de aire gélido hubiese dispersado de golpe la bruma que tenía en el cerebro. De buenas a primeras, me siento tonto por haber tenido miedo, por haberme dejado vencer por esa sensación.

Poco a poco, todo se puede arreglar, me digo.

Cuando me dispongo a subir al autobús, veo el cartel de un restaurante chino en el que aparece representado un enorme dragón rojo, y durante un instante me acuerdo del colgado al que conocí uno de los primeros días. Me dijo que las costas de San Francisco estaban habitadas por dragones.

30

Alice

—No me has contado cómo te fue la entrevista —me dice Guido de camino a casa. El jeep avanza lentamente por la via Solferino, después de dejar a Mary y Martina.

—Me ha dicho que escribirá un artículo y que me citará —respondo apresuradamente, mientras me esfuerzo por guardar en algún rincón de mi cerebro la imagen de Luca bailando en la barra de un bar.

—Pues genial. Oye, ¿te acuerdas de lo que contaba Aisha sobre las mujeres de Marruecos? Se me ha ocurrido algo, podríamos escribir un artículo acerca de la condición de las chicas musulmanas en Milán.

—Es una buena idea —digo, pero lamentablemente no soy capaz de añadir nada más.

—¿Pasa algo? —me pregunta.

—No, nada, perdóname. He pasado una noche muy agradable, en serio, solo que al final me han dado una mala noticia.

—Oh, vaya, espero que no sea nada grave.

—No, no, nada grave... O sea, todos están bien, no hay muertos ni heridos.

—¿Ha sido un accidente?

—En cierto modo, sí, pero no de coche.

Guido esboza una sonrisa y sigue mirando al frente. Permanecemos en silencio hasta que entra en mi calle.

—Te acuerdas de mi calle —digo entonces.

—Tengo buena memoria —contesta. Se ha quedado callado después de mi salida sobre los «accidentes sin coches».

—Muchas gracias. Me lo he pasado muy bien. Tienes unos amigos absurdos, o sea, no, perdona, absurdos no en el sentido de locos, pero son especiales: embajadores, estadounidenses, de universidades pijas... O sea, no es que los de las universidades pijas sean raros, aunque...

—O sea, o sea... —me toma el pelo, sonriendo.

Yo sonrío a mi vez, cortada.

—Tengo que corregir este «o sea».

—No, a mí me gusta. Además, solo lo usas en ciertos momentos.

—¿No me digas? ¿Cuándo?

—Cuando tienes muchas ideas en la cabeza, creo, ideas enfrentadas. Como la primera vez que viniste a la reunión de la revista. Entonces querías hablar y callar al mismo tiempo, tenías interés en hacer algo, pero al mismo tiempo pensabas que todos éramos tontos.

—No... bueno —protesto, pero la verdad es que ha dado en el clavo—. De todos modos, fue culpa tuya. Tú me diste la palabra. ¡Yo ni siquiera tenía la mano levantada!

—Lo sé... —dice y rompe a reír.

—¿Como que lo sabes?

—Sabía que no tenías la mano levantada, fingí creer que la tenías... para oírte hablar.

Sonrío, bajo la mirada y estoy casi segura de que me he puesto roja. Él sigue con las manos en el volante y con la mirada al frente.

—¿Y ahora? —pregunta, y su voz baja un poco.

¿Y ahora? Pues ahora pienso que he pasado una noche agradable, con una persona estupenda, y que mi chico quizá ya no sea mi chico, y que muchas cosas están cambiando, y…

Se vuelve hacia mí.

—De acuerdo, ahora tengo que irme —le digo y me acerco a él para darle un beso en cada mejilla.

Le doy el primer beso, el segundo, y luego me quedo ahí, ni lo bastante cerca para que parezca el principio de un beso de verdad, ni lo bastante lejos para que no haya consecuencias implícitas.

—Me gustas, Alice —dice en voz baja.

Sonrío.

—Pero tu corazón parece ocupado —prosigue.

—Lo está —admito—. O sea…

Él sigue mirándome a los ojos a la vez que sonríe divertido.

—Puede que sea mejor que te deje ir a casa —dice, bajando sus ojos de los míos hacia mis labios—. Otro día, si quieres, me cuentas.

—Gracias —contesto, y siento una extraña gratitud hacia este chico al que apenas conozco. Sus palabras son generosas, tienen algo que me reconforta, tanto como Luca me enardece y cabrea, y hace que experimente esa pasión que nos arrastra en cada momento. Guido hace que me sienta bien, lo cual no es precisamente desagradable.

—¿Cómo consigues ser así? —le pregunto.

—¿Así cómo?

—Siempre estás en tu sitio, eres sensible y atento, en todo momento sabes qué decir…

Calla, pero esboza una sonrisa.

—¿Y eso no te gusta?

—Claro que me gusta. Fíjate, acabas de acertar con la pregunta…

—En el pasado fui muy egoísta. Le hice daño a una persona a la que quería mucho…

Permanezco en silencio, chocada por sus palabras, quizá porque no cuadran mucho con un chico de diecinueve años, o porque, así las cosas, me gustaría saber cómo ha podido hacerle daño a alguien.

—No puedo imaginarte egoísta.

—He cambiado mucho. He comprendido… no sé, las consecuencias de mis actos, pero… no soy muy bueno describiendo mis pensamientos. Los razonamientos abstractos me dan miedo.

—Qué bien, tú también tienes algún punto débil. En cambio, yo soy una gran experta en razonamientos abstractos; así que te ayudaré.

Él me mira y me sonríe. Me acerco. Lo beso de nuevo en las mejillas. Y salgo del coche.

Cuando entro en casa, mi madre sigue despierta. Está sentada en la cocina, con un vaso de vino en la mano.

—Mamá, ¿qué haces? —le pregunto preocupada.

—Estoy tomando un poco de vino, no consigo dormir.

La fría luz de la lámpara fluorescente de la cocina le proyecta feas sombras sobre la frente y los ojos.

—Mamá, tenemos que cambiar esta lámpara —digo, mientras apago el interruptor que está al lado de la puerta y enciendo la lucecita del extractor.

—Muy bien, Alice, estás siempre en todo.

—Ay, mamá, ¿has bebido de verdad?

—Tu padre sigue en la fábrica. Dice que dormirán allí hasta que reconozcan sus derechos; pero, oye, ¿puedo hacerte una pregunta de madre a hija?

—Hummm... inténtalo.

—¿Por qué no vuelve a casa?

—¿Esa es la pregunta de madre a hija?

—¿Es que los otros no pueden ocupar la fábrica? ¿O no pueden hacer turnos?

Nunca he visto a mi madre en este estado y, aunque desde cierto punto de vista puede ser gracioso, por otro lado la cosa me inquieta un poco. En mi película catastrófica personal (cuyo título provisional es *La etapa más hermosa de mi vida*), al padre en paro ahora he de añadir a la madre alcoholizada.

—Lo echo mucho de menos —me dice con una voz un poco infantil, esa voz con la que se hablan a veces los novios.

Paso el resto de la noche mirando las fotos de Luca en Facebook, las de ese misterioso Lilly Restaurant y de lugares y personas a las que no conozco. Pienso en lo mucho que nos hemos distanciado y quisiera poder medir esa distancia, como si fuese la hipotenusa de un triángulo rectángulo. Quisiera poder sumar todas las cosas que me han pasado a todas las personas a las que él ha conocido, y dividir el total entre los kilómetros que nos separan para descubrir así qué ha sido de nuestro amor.

¿Cómo puede alguien irse diciendo «te amo» a su chica y llegar a bailar en la barra de un night club rodeado de bailarines gays? Ahora mi única esperanza es que Martina consiga averiguar qué ha ocurrido realmente.

31

Luca

El avión aterriza a las cinco y cuarto, y yo estoy esperándola. Las puertas automáticas no paran de abrirse y cerrarse, y cada vez que lo hacen los empleados de los hoteles levantan sus carteles.

He limpiado la casa y he hecho la compra para estar bien preparado para recibirla. También he comprado un felpudo de colores, algo que en un primer momento me pareció un disparate (estaba seguro de que no compraría un felpudo hasta que tuviera cuarenta o cincuenta años), pero resulta que ha dado a mi entrada un genuino sabor de «hogar, dulce hogar».

Por fin, entre los pasajeros, veo aparecer a Martina.

Le hago un gesto con la mano, ella me ve y se me acerca. La miro, sí que es guapa, no cabe duda. No hay dos como Martina. Y eso es porque no se parece en nada a la típica «modelo anoréxica». Martina es única. Nuestras miradas se cruzan y durante un instante vuelvo a ver una chispa familiar, pero su expresión cambia enseguida.

—Hola, Luca —me dice, como si nos hubiéramos visto anoche—. Oye, cojamos un taxi, que traigo mucho equipaje.

—Hola, Martina —digo y me acerco para besarla en las mejillas.

—No, para, apesto que doy asco, en el avión hacía un calor infernal. Necesito una ducha...

Salimos del aeropuerto y tomamos un taxi. Martina, en un inglés más que correcto, da una dirección al taxista, con el que además intercambia dos palabras. Luego se deja caer contra el respaldo y suspira.

—¿Alice sabe que estás aquí? —le pregunto.

—Claro que lo sabe. Ahora tú tienes que explicarme mogollón de cosas.

—Marti, una vez que te lo explique todo verás cómo lo entiendes. Es... absurdo, como una pesadilla, pero yo no he hecho nada. Y Alice no tiene nada que ver en el asunto.

—Por Dios, Luca, Alice está hundida y cabreadísima. Y... no, espera, prefiero contarte las cosas con calma.

El taxi nos deja frente a un hotel de cuatro estrellas del centro, con vestíbulo de alfombra roja, un portero en librea que nos abre la puerta del coche y un botones que coge las maletas. Martina se apea del coche y se dirige rauda hacia las puertas automáticas.

—¿Qué hacemos, nos vemos después? —le pregunto.

—¿Cómo que después? Nos vemos ahora mismo. Me esperas un momento, me ducho y luego nos vamos a comer algo. Conocerás algún sitio, supongo.

La habitación de Martina es, naturalmente, una superhabitación. No tenía dudas.

Última planta. Hay un salón con tres sofás, chimenea y televisión con pantalla ultraplana. A continuación está la zona noche, con dormitorio y megabaño con sauna.

—Espérame aquí —me dice al tiempo que entra en el dormitorio—. Me arreglo un poco y estoy contigo. Tú no tienes nada que hacer, ¿no?

—En teoría, tendría que ir a trabajar, pero... he pedido la noche libre.

Mientras Martina se ducha rememoro la noche de la fiesta gay. Y las últimas palabras del jefe sobre su concepto del *show must go on,* antes de que me pimplase dos cócteles con el estómago vacío, lo que me hizo perder completamente el control.

Dalila dice que no hicimos nada. Mejor dicho, asegura que después de la fiesta nos fuimos al local de ensayo con otra gente y que nos quedamos allí un rato hablando de chorradas. Y que al final, como era tarde, subimos a mi casa. El hecho de que no me acuerde de casi nada de todo eso me preocupa bastante. Tengo fogonazos, imágenes, pero todo es confuso.

Me asomo a la ventana de la superhabitación para intentar distraerme. Desde esta altura se ve casi toda la ciudad y por primera vez comprendo la absurda fisonomía de la niebla de aquí. No es como la niebla lombarda, que es más difusa y uniforme. Esta parece más una mano, con los dedos que se doblan y estiran para esconder retazos de edificios, árboles, coches y personas, mientras, a unos cientos de metros, hay un sol resplandeciente en medio de un cielo despejado.

San Francisco es una mano de niebla que se abre y se cierra en mi cabeza.

Hay algunas certezas, claras, límpidas, cristalinas. Y zonas de sombra que no consigo comprender. Luego la sombra desaparece y todo se hace más claro, a la vez que lo que era límpido se vuelve de pronto confuso.

—Estoy lista —dice Martina entrando en el salón con la cabeza ladeada para ponerse un pendiente. Lleva leotardos violetas con botas, un suéter largo y negro que hace las veces de minifalda, y encima un largo abrigo.

—Uau —digo.

—¿Qué te parece? —dice girando sobre sí misma—. Estoy metiéndome un poco en el personaje. Parece que funciona. Moraleja: a nadie le importa un carajo lo que canto.

—A lo mejor tendrías que corregir tu vocabulario para cuando vayas a la televisión. De todas formas, yo todavía no he escuchado nada, aparte de los temas en MySpace.

—Pues son esos, no hay más —dice encogiéndose de hombros.

—Pero ¿no había también un tema tuyo? ¿No está ya colgado en internet?

—No, ese todavía hay que grabarlo. Es una sorpresa para el álbum…

—¿Y la letra es tuya?

—Claro que es mía. ¿De quién iba a ser? Oye, pero no estamos aquí para hablar de mí, sino de ti. Mira que eres gilipollas… Aunque ahora vamos a comer, que me estoy muriendo de hambre.

32

Alice

—¡Así que os habéis besado! —grita Alice, muy excitada.

—Mary, te he dicho justo lo contrario, oyes lo que te interesa.

—Pues entonces, ¿qué habéis hecho, si se puede saber?

—Te he dicho que lo he besado en las mejillas, pero dos veces, o sea, cuatro.

—Ali, los de las mejillas no cuentan, cuatro besos en las mejillas no equivalen a un beso en la boca. Pero ¿por qué no lo has besado?

Son las ocho menos cuarto cuando salgo de casa corriendo. Ya sé que llegaré tarde, a menos que esta mañana el metro se salte la estación de Cadorna y siga recto hasta estrellarse contra mi clase.

Sin embargo, la cosa no me preocupa en absoluto. Hoy las prioridades son otras. ¡Sale el artículo del periodista en el que seré citada! Vale, me estoy entusiasmando más de la cuenta, y eso no es propio de mí, aunque con efecto retardado me he convencido de que Mary tiene razón. Hay mogollón de cosas positivas en esta etapa de mierda, y hay que cuidarlas y protegerlas bien.

—¡Mary, ahora tengo que dejarte, llego supertarde! ¡Te lo contaré todo después!

—¡Vale! Hasta luego, Ali. ¡Pero bésalo, mema!

En la estación de Cadorna hago transbordo a la línea verde, dirección Colongo, dos paradas, Lanza y después la mía. Subo de dos en dos los peldaños de las escaleras mecánicas y corro hasta el kiosco, donde casi me abalanzo sobre los periódicos.

Cojo un ejemplar, lo pago y me olvido del cambio, y cuando me dispongo a abrirlo frenéticamente, me detengo de golpe. Calma, Alice, me digo, ¿qué escena estás montando? A continuación, mientras me encamino lentamente hacia el instituto, comienzo a hojear las páginas, hasta las de Milán, como si, quién sabe, mi nombre pudiese figurar también entre los espectáculos y los sucesos. En la primera página de noticias locales encuentro el título del artículo: *Milán. La enseñanza se paga*, firmado por el periodista al que conocí.

Leo los primeros cinco renglones de la primera página del artículo. Paso luego a la página seis, todo ello mientras sigo andando hacia el instituto, despreocupada por el retraso cada vez mayor.

Página seis. Hemos llegado. Empiezo a leer. Me pregunto cómo seré mencionada, puede que mi apellido esté mal escrito, son cosas que pasan, me digo. Si mi apellido está mal escrito no le daré importancia. Por otra parte, qué otra Alice podría ser la de la revista del instituto Parini. Para todos los parinianos será obvio que se trata de mí.

Leo, leo todo el artículo, de principio a fin. Lo leo dos veces. Lo hago en el bar de enfrente del instituto, esperando que den las nueve, ya que es demasiado tarde para entrar en clase, mientras el profe de italiano explica el *Paraíso* de Dante. Y cuando suena la campana que anuncia el final de la clase ya no me cabe duda de que en el artículo no aparece mi nombre. Y de que tampoco se menciona la revista del instituto, pese a que evidentemente se han utilizado los contenidos del artículo y se dan todos los nombres de los entrevistados.

Saco la tarjeta de visita del periodista y lo llamo, al tiempo que bajo las escaleras hecha un basilisco.

Un timbrazo, dos timbrazos, seis timbrazos. El gilipollas no responde, naturalmente. No me puedo creer que alguien haya podido burlarse de mí de esta manera. Pero tampoco sé con quién hablar, con quién desahogarme, con quién tratar de comprender…

—Hola, Alice.

Me vuelvo de golpe, y Guido casi da un respingo.

—Eh, ¿va todo bien?

¿Todo bien? La pregunta rebota en mi cerebro como una pelota de ping-pong cuando ya ha terminado su impulso y se detiene. No está todo bien. Pienso en la foto de Luca en Facebook, en la golfa que ha dormido en su casa, en mi padre parado, que duerme en un iglú en el tejado de la fábrica, en mi madre, que habla sola en casa mientras bebe vino, ella, que nunca bebe, y me digo que no, que no va todo bien.

—Ali, ¿qué pasa? Anda, no seas así.

Siento las mejillas inflamadas y los ojos vidriosos. Guido me coge por un codo con delicadeza.

—Ven conmigo, te llevaré a un sitio que quita la tristeza.

—Tengo que ir a clase —digo, y la voz sale de mi garganta como un gimoteo.

—No te preocupes, está aquí cerca.

Tras decir esto, Guido coge las escaleras. Subimos hasta la tercera y última planta, y luego doblamos a la izquierda. Hay una puerta.

La abre furtivamente. Recorremos un corto pasillo, hasta una habitación cuadrada en la que hay una escalera de caracol de hierro.

—¿Es aquí? —pregunto.

—Primero tenemos que subir —responde y me cede el paso.

La escalera de caracol da acceso a una habitación circular de no más de dos metros de diámetro, con una cúpula de cristal.

—¿Habías estado alguna vez aquí? —me pregunta.

—No, ni siquiera sabía que se pudiera subir.

—De hecho, no se puede. Pero yo vengo de vez en cuando. Antes se veían las estrellas. Hace siglos, ahora desde aquí ya no se ve nada. Pero hace que me sienta un poco en otro mundo. Me da la sensación de que he retrocedido en el tiempo…

Tras decir esto, Guido recorre lentamente el perímetro de la habitación, pasando un dedo por el techo de cristal.

Oímos el sonido de la campana, señal de que el recreo ha terminado, pero Guido no se mueve. Me mira, sonríe, y recuerdo las palabras de Mary. Dice que debo besarlo para vengarme de Luca. Y quizá, así las cosas, después de ver cómo ha reaccionado Luca a este follón (siguen bien grabadas en mi mente las fotos que he visto en Facebook), debería vengarme, besar a Guido, hacerme una foto y mandársela por mail. Aunque lo cierto es que se ha creado un extraño equilibrio entre nosotros, algo que aún no puedo definir. Y creo que si ahora lo beso, no sería precisamente por venganza.

33

Luca

—Vale, tienes cinco minutos para ofrecerme tu versión.

Sentada delante de mí, Martina me mira con aire de desafío. La vela encendida en el centro de la mesa y el ventanal que da al mar casan poco con la auténtica atmósfera de este momento.

—No sé si me bastarán cinco minutos, hay que retomar ciertas cosas del pasado, para entender…

—Haz que te basten. Total, lo importante se cuenta rápido. ¿Has follado o no?

—¿Puedo contarte toda la historia?

—Eso es que has follado —dice con sequedad—. Vale, cuenta. Pero entonces será mejor que bebamos.

Martina llama al camarero y le pide una botella de vino californiano de la carta. Pedimos también cangrejo y patatas fritas, una combinación que al parecer es la especialidad de la casa. Mientras Martina habla con el camarero, miro la oscuridad por la ventana, la luz de la luna, que se refleja en la espuma blanca de las olas. Una gaviota sobre un poste de madera me mira y casi parece curiosa, más o menos como esas personas que escuchan las conversaciones ajenas procurando no hacerse notar.

Y así empiezo a contar. Mi llegada a San Francisco, el encuentro con Dalila, el torpe rescate que me causó la herida en el hombro. La historia de Dalila, su huida de Italia, y luego el encuentro en el local, y el trabajo. Hasta la noche en que subió a mi piso y se me abalanzó.

—Pero ¿tú por qué la dejaste subir? —me pregunta Martina, que no parece nada convencida de mi inocencia.

—Lo mismo me preguntó ella, cuando la rechacé —admito, bajando la cabeza al plato como un niño al que acaban de regañar.

Martina menea la cabeza, manifestando una especie de desconfianza universal hacia el género masculino. Acto seguido me llena el vaso, vaciando la botella.

—Sigue —me dice mientras con una mano llama al camarero.

—Luego nos pusimos a hablar, y ella me contó toda su historia, que es fea, y después se durmió, y yo la desperté para decirle que se marchara. La dejé dormir. Solo que después me llamó Alice... En fin, el resto de la historia ya lo conoces.

—Sí, de todas formas eres un idiota —resopla Martina—. ¿Y las fotos en la barra del night club? ¿Cómo explicas eso?

—Dios, ¿qué fotos? —pregunto, presa de un repentino temor.

—¡Ah! Vaya, no sabes que Alice ha visto tus fotos bailando sobre la barra... Y hay muchas más. ¿Qué pasa, te has vuelto gay? ¿Ese es el efecto que te produce San Francisco?

La noticia me pilla completamente desprevenido y se abre paso en mi mente, rescatando imágenes de tíos que sacan fotos y ríen. ¡Jodido Facebook! ¡Jodido internet! De nuevo me siento como un ratón enjaulado, un ratón en un laberinto construido por un loco.

—No, Marti, las fotos no... —digo, cada vez más abatido—. Pero ¿cómo es posible? Nadie me ha incluido entre sus amigos en Facebook.

—Las ha encontrado Mary. ¿Y qué es el Lilly Restaurant?

—Es el sitio donde trabajo, donde también hacen lap dance. Había una fiesta gay, y yo estaba deprimido por toda la historia de Alice, que seguía sin responderme. El jefe del local, el tío que me da trabajo, me dice que tengo que recuperarme, y yo me bebo dos cócteles, no había comido nada y me emborraché...

—Y luego te tiraste a esa tía —continúa Martina.

—Que no, luego comenzó una noche absurda, pero no me acuerdo de casi nada. Al final acabé encima de una barra bailando con el torso desnudo, y luego en mi piso, molido, de nuevo con Dalila en mi cama... pero no hice nada, entre otras cosas porque estaba completamente vestido y... No lo sé, Marti.

Martina termina de escuchar mi relato con gesto concentrado y atento. A continuación mira por la ventana. La gaviota sigue ahí, escuchándonos. Me imagino que en cualquier momento puede levantar el vuelo, pero se queda ahí, inmóvil. Martina, en cambio, esboza una sonrisa. Ladea ligeramente la cabeza, y la sacude.

—Tienes que creerme, Martina —le digo con un tono que raya en la súplica.

—No, no soy yo quien debe creerte. Es Alice quien debe creerte. Yo soy solo una amiga tuya, y no me corresponde juzgar. Es más, como amiga tuya, todo el lío que has montado me divierte. Como amiga de Alice, me cabrea. Ese es el problema.

Martina calla y permanece unos segundos mirando el cielo. Tiene la expresión de quien está decidiendo si decir algo o no.

—¿Cuál es el problema? —le pregunto.

—La amistad —dice con aire distraído, como si se le hubiese ocurrido algo. De hecho, calla unos segundos. Acto seguido saca el móvil y se pone a escribir.

—Marti, ¿qué pasa?

—Nada, nada, tengo que anotar una cosa para no olvidarla.

Terminamos de cenar y de beber la segunda botella cuando apenas son las diez de la noche. Entonces decidimos dar un paseo por la orilla del mar y, si se tercia, hacer una nueva parada en otro local. Esta noche hace frío y sopla un viento constante. Los rascacielos iluminados de San Francisco marcan el horizonte opuesto, como una muralla defensiva antes del mundo.

—El hecho es que empiezo a sentirme insatisfecho, Marti. No sé por qué, pero es así. He sido siempre una persona tranquila, nunca me he metido en líos. Pero ahora… es como si me los buscase, no sé si me entiendes.

Ella me mira y suelta una carcajada.

—Creo que te entiendo muy bien.

Martina se detiene, su pelo vuela hacia la ciudad, empujado por el viento persistente. Con una mano se cierra el cuello del abrigo.

—¿Tienes frío? —le pregunto.

—Sí, un poco.

—Si quieres, podemos volver. Te acompaño y luego cojo un taxi.

—Puedes dormir en mi habitación esta noche, tienes que escuchar una canción. ¡Pero no te hagas ideas raras, pervertido!

Tras decir eso, me coge del brazo y con la mano libre, para un taxi al vuelo.

34

Alice

—Pues podríamos pedir pizza.

—Lo siento, no tenemos pizzas.

—Cielo, di a la señorita qué quieres, para que se pueda ir.

Como todos los sábados, acude la familia tocapelotas que siempre le encasquetan a esta menda, dada su condición de nueva.

—Quiero un *calzone* —dice la hija adolescente, cabreada. El pelo rubio ceniza le cubre los lados de la cara a modo de anteojeras y tiene la espalda ligeramente encorvada. Parece como si estuviera buscando algo pegado debajo de la mesa.

—Perfecto, un *calzone* para ella, ¿y para ti? —pregunta la madre al niño, que sigue jugando a su puñetero videojuego.

—Yo también quiero pizza.

—Cariño, no tienen pizza. ¿Por qué no dejas de jugar un segundo y miras la carta?

—Porque no me da la gana.

—Y una botella de pinot gris —pide el padre, que parece vivir en una dimensión paralela y/o tener tapones en las orejas.

Me pregunto si alguna vez me he comportado como la adolescente cabreada y si mi hermano lo ha hecho alguna vez como el niño capullo. Y antes de llegar a una respuesta simple y previsible («Sí, todos pasan por la fase del bla-bla-bla»), concluyo que no, yo nunca me he comportado así. Nunca he sido tan tremendamente gilipollas. Enfadada. Nerviosa. Ácida... Sí, eso por supuesto. Pero jamás tan extremadamente repelente. Me gustaría decírselo a esa chica. Me gustaría decirle que es peor para ella, pero... pero me empieza a vibrar el móvil en el bolsillo de los vaqueros. Lo cojo y miro quién es. Tiene el prefijo de Milán, pero es un número que no conozco. Podría ser el periodista, pienso. Tengo que contestar.

—Perfecto —digo a la mesa—, ya lo he anotado todo, si desean algo más, llámenme.

Me alejo a grandes zancadas y entro en la cocina. Respondo al teléfono.

—¿Diga?

—¿Alice?

—Sí, soy yo.

—Hola, soy Giovanni, nos vimos en la manifestación, en el bar.

—Sí, me acuerdo —respondo gélida.

—Oye, ¿por qué no pasas por la redacción? Tengo una propuesta que hacerte.

No menciona el hecho de que ha salido un artículo en el que tendría que haberme citado y en el que no hay rastro de mi nombre, pero no puedo hablar ahí, en ese momento, así.

—Está bien —respondo, aunque me habría encantado soltarle una frase más eficaz y alusiva, un pequeño aperitivo de mi rencor por la afrenta sufrida.

Concluimos la llamada citándonos delante de la redacción del periódico para hablar de esa misteriosa propuesta. Vuelvo a entrar en la sala antes de que mi familia preferida monte en cólera y a duras penas consigo aplacar a la madre, que, cual mujer comprensiva, se ha convertido en paladina de los derechos de los consumidores. Y mientras escucho todo tipo de quejas, noto que ya ha ocurrido. Ha ocurrido un poco antes de lo que me habían dicho, pero ha ocurrido: yo también he empezado a quejarme mentalmente de los clientes. El próximo paso debería ser el murmullo nervioso. En fin, queda aún un largo camino antes de llegar al escupitajo en el plato, pero no debe faltar mucho para que me ponga a murmurar.

La jornada de trabajo discurre tranquila, y a las tres y media, cuando los últimos clientes se marchan, ni siquiera me siento muy cansada. Voy al guardarropa por mi bolso cuando topo con la madre de Luca, que sale de la cocina llevando de la mano a la hermanita de Luca. Un encuentro para el que decididamente no estoy preparada.

—¡Alice, hola! —me saluda ella, alegre. Es decir: no sabe nada de la pelotera que tenemos su hijo y yo.

—¿Qué tal? —la saludo y luego, inclinándome un poco hacia la hermanita—: Hola, Gloria.

—Bueno, ¿cómo te encuentras aquí? ¿Te tratan bien? —me pregunta la madre.

—Estupendamente, gracias.

—Uf —profiere ella, a la vez que suspira con gesto abatido—. ¿Y?

Yo la miro, tratando de descifrar su expresión, pero no tengo la más remota idea de a qué se refiere. Así que me limito a responder lo primero que se me ocurre.

—Uf, pues así.

—Claro que está loco. Se lo he dicho. Además, no lo entiendo, no es propio de él, ahora dice que se las arreglará de alguna forma y que luego se verá. Pero no me parece muy inteligente.

Dios santo, ¿y qué quiere decir todo eso?

—Se refiere a lo de... —digo, dejando la frase en el aire, como si no me saliese la palabra.

—Sí, a la matrícula... Se despierta el último día y llega cuando la secretaría está cerrada. Bueno, pasemos eso. Luego está la infección del hombro, le he preguntado a nuestro médico y ahora todo va bien, pero a mí eso tampoco me parece muy normal. Verás, no sé qué le está pasando. Puede que tú lo entiendas mejor. De todas formas, he hablado con él, ahora está en el hotel de Martina, confiemos en que ella sepa hacerlo entrar en razón. A mí me parece que está en las nubes. Y ya me dirás, a mí esa Dalila me parece una loca... Ay, perdona, Alice, te estoy mareando, pero es que, verás, ahora con su padre no hay quien hable de estas cosas.

—Faltaría más, hablo con usted encantada... Pero, en fin, ¿qué decía de Dalila?

—Fíjate, a lo mejor tiene sus motivos, pero para mí eres camarera o bailas lap dance. Tú, Alice, eres camarera y no una bailarina de lap dance. Pero él dice que allí las cosas son así...

No matriculado. Infección. Dalila. Bailarina de lap dance. Como no pulse cuanto antes las teclas «Control», «Alt» y «Supr» de mi cerebro, me pongo a gritar.

35

Luca

—Y con Daniele, ¿qué tal?

—Así.

Estamos de vuelta en el hotel. Martina ha insistido en que cogiéramos un taxi. Al llegar, paga ella y el taxista me mira indignado, dándome a entender claramente qué piensa de mi nivel de testosterona.

Martina pone el pie sobre la mesilla que hay delante del sofá. Coge el paquete de tabaco, saca un cigarrillo, enseguida cambia de opinión y lo guarda en la cajetilla.

—Daniele y yo estamos bien —dice, arrepentida del anterior «así»—. Sin embargo, sé que antes o después lo nuestro se acabará.

—¿Y lo dices así?

—Pues claro, no es el hombre de mi vida, una sabe esas cosas. No me veo con él dentro de diez o quince años.

—La verdad es que yo tampoco puedo imaginarme con Alice dentro de diez años.

—¡Oye, no me vengas con esas, que ya estás en un buen fregado! —exclama Martina, pero no sigue por ahí—. Perdona...

—No, si tienes razón. Es difícil hacer previsiones de futuro cuando el presente está tan jodido.

—Luca, ¿qué coño dices? Por favor, no hables tú también de esa manera. No me apetece cabrearme esta noche.

—¿Y qué es lo que te apetece?

Martina me mira con aire pensativo.

—Una sauna. ¡Hagamos una sauna! —exclama, encantada con su idea.

Pero en ese momento me suena el móvil. No consigo ver quién me llama, pero de todas formas respondo.

—¿Sí? —digo, mientras Martina se levanta y se dirige hacia el baño con sauna.

—Luca, cielo, soy mamá, ¿cómo estás? ¿Te molesto?

—No, no; hola, mamá. Aunque es tarde, aquí son las dos de la madrugada.

—¡Vaya, he vuelto a calcular mal! ¿Te he despertado?

—No, estaba despierto. Estoy con Martina, nos estamos contando las últimas novedades.

—Ah, a mí también me gustaría conocer las últimas novedades. ¿Has podido presentar la solicitud en la universidad? ¿Y cómo tienes la herida en el hombro? ¿Has puesto una alfombrilla en el baño? Que si no tienes alfombrilla puedes caerte otra vez y partirte la cabeza.

—Gracias, mamá.

—Venga, Luca, habla en serio por una vez. ¿Y bien?

Le cuento algo de la herida, del lío de la universidad, de mi «vecina», que trabaja conmigo. Cuando por fin nos despedimos, ella parece tranquilizada. Si no puedo tranquilizarme a mí mismo, al menos soy capaz de tranquilizar a mis padres.

Entretanto, en la habitación de Martina no se oye ningún ruido. Me levanto del sofá y me acerco a la puerta. Llamo.

—Martina, ¿estás ahí? ¿Puedo pasar?

No hay respuesta.

Entorno la puerta e introduzco la cabeza. Martina no está en la habitación, pero la puerta del cuarto de baño está abierta. En eso, sale una nube de vaho y un instante después aparece Martina con una toalla blanca envuelta alrededor del pecho.

—¡Pasa, anda, esto es una pasada!

Poco después estamos en la sauna, inmersos en la penumbra. Una lamparita anaranjada proyecta una débil luz a nuestro alrededor. El termómetro marca sesenta grados. Martina está sentada a mi lado, con las piernas dobladas contra el pecho y los codos en las rodillas.

De pronto comienza a canturrear algo en voz baja.

—¿Qué es, tu canción? —le pregunto.

—Exacto.

—¿En serio? Cántala un poco.

—No, aquí dentro me falta la respiración.

—Pues al menos dime la letra.

Martina sonríe y baja la cabeza entre los brazos. Luego la vuelve a subir y me mira.

—No te la puedo cantar —dice con sequedad.

—¿Por qué no?

—Porque contiene muchos secretos —responde quedamente, mirándome con fijeza a los ojos.

—¿Qué secretos?

—Cosas que no puedo decirte.

—Oye, yo te he contado un montón de secretos. De todas formas, dentro de poco todo el mundo conocerá tu canción.

—Ya, tienes razón —contesta con una mirada enigmática, acompañada de un largo suspiro. De rebote yo también aspiro con fuerza, sintiendo que el aire hirviente me entra por la nariz y me baja hasta los pulmones—. ¿Has recordado alguna vez el verano en que nos conocimos? —continúa Martina.

—Pues sí, sí que lo he recordado, lo recuerdo de vez en cuando.

—Yo lo recuerdo a menudo —dice, luego se queda en silencio.

Miro el reflejo de la luz anaranjada en su perfil. Sus mejillas rojas y sudadas; el pelo pegado a la frente. Qué guapa es, me digo, pero me siento fatal por haberlo pensado. Ha venido aquí por mí, para intentar salvar esta situación, y a mí no se me ocurre nada mejor que montarme películas con ella…

De repente Martina mueve la cabeza y ríe sola. Y durante un instante temo que me haya leído el pensamiento.

—Martina, ¿qué pasa? —le pregunto, un poco asombrado por su carcajada nerviosa.

—Nada, nada, estoy loca —responde, poniéndose de pie y colocándose mejor la toalla alrededor del pecho—. Será mejor que salgamos de aquí.

—¿Y la canción que querías que escuchara? —le pregunto, pero ella ya ha salido de la sauna y no me oye.

36

Alice

Cuando llego frente a la redacción, me repito por última vez las palabras que he decidido decirle a Giovanni.

«Oye, me habías dicho que mencionarías mi artículo, pero resulta que has utilizado todos los datos que yo había recopilado y después ni siquiera has incluido mi nombre ni el de la revista del instituto. Quisiera saber por qué», y bla-bla-bla.

Giovanni sale en ese momento del portal acristalado del edificio. Lleva un bolso grande en bandolera y está hablando por el móvil. Me ve, me saluda y me indica que lo siga. Nos alejamos de la redacción, pasamos por delante de dos bares y llegamos a una pequeña cafetería-chocolatería con un letrero en hierro forjado.

Solo entonces Giovanni cuelga el teléfono.

—Es un sitio muy agradable, aquí podemos charlar con calma —me dice con tono afable. Me pregunto si se está haciendo el tonto o si realmente no sabe que estoy cabreadísima.

Una vez que estamos sentados a una mesa en un pequeño salón del fondo, frente a sendas tazas de chocolate caliente, me decido a hablar.

—Oye, perdona, no entiendo por qué no has mencionado mi nombre.

No hay otra manera de decirlo.

—Ah, sí, claro, verás, lo siento, me lo cortaron. Te pido que me perdones, tendría que habértelo dicho antes, ¿lo encontraste sola en el periódico?

—Pues sí —respondo, esperando explicaciones.

—Son unos gilipollas. En serio, sé que ahora piensas: «Ya, este ha cogido mi artículo sin haber hecho nada y ni siquiera me cita». Alice, créeme, aquello es una casa de locos.

Tras decir esto, coge la taza y da un sorbo a su chocolate. En mi interior pugnan dos ideas opuestas. Por un lado, creo que de verdad me ha tomado el pelo. Por otro, me pregunto qué necesidad tenía de hacerlo. Seguro que mencionando mi artículo y la revista del instituto habría salido algo más interesante, más pintoresco. No tenía motivos para joderme.

—Quería hablarte de otra cosa —prosigue—, de una propuesta que te quiero hacer para un reportaje. Pero esta vez sería para la sección nacional. Me explico. Estoy haciendo un estudio sobre los jóvenes, sobre sus costumbres, la música, las modas, las drogas, todas esas cosas. Sobre las chicas, para ser más exacto. Un reportaje colorido, pero con datos estadísticos. Lo que necesitaría es algo como lo de la otra vez, unas cuantas entrevistas, opiniones…

Tras decir eso, calla, da otro sorbo a su chocolate y me mira, como si esperase una respuesta. Yo miro mi taza, que aún no he tocado. La nata está hundida en el chocolate, que ahora tiene el color de un café con leche.

—Y bien, ¿qué me dices? —me pregunta.

No sé qué responder. Una voz interior me dice que acepte la propuesta, que no desaproveche esta oportunidad, que en el fondo no tengo nada que perder. Otra voz, sin embargo, me dice que el tío que tengo delante me está utilizando y que todo es un paripé.

—¿Qué tendría que hacer? —pregunto y estas cuatro palabras parecen significar «sí». De hecho, sonríe satisfecho.

—Tendrías que hacer las entrevistas, en función de los temas y las cuestiones que después te explicaré mejor. Lo cierto es que tú puedes acercarte mejor a la gente que yo. Si quieres, luego puedes utilizar las entrevistas para la revista del instituto, a mí eso me da igual. Si aceptas, ya hablaremos con más detenimiento, te vienes a la redacción o quedamos en otro sitio. ¿Qué dices?

Nos despedimos en la puerta de la chocolatería pasadas las tres de la tarde. La reunión de la redacción de la revista ya habrá empezado, así que aprieto el paso, dando vueltas a los pensamientos que me bullen en la cabeza. Por un lado, no puedo negarlo, creo que este tío es un charlatán; por otro, creo que me equivoco, pues la verdad es que no tiene motivos para engañarme.

Entro corriendo en el instituto y saludo con un gesto a Nicola, el bedel, que se burla de mí lanzándome un grito de ánimo como si fuese una corredora de maratón ya cerca de la meta. Cuando abro la puerta del aula, Roberta deja de hablar un instante y me fulmina con la mirada. Probablemente siga pensando que he aparecido para robarle el puesto.

—Así que el número de diciembre —dice ahora Roberta— no estará dedicado a la Navidad ni a chorradas semejantes. Hay temas importantes que tratar, y la Navidad no es uno de ellos.

Las tres Winx, sentadas en la primera fila, resoplan, mientras Guido observa distraídamente la escena. Me siento a su lado.

—Hola —le digo en voz baja—. He estado con el periodista, luego te lo cuento.

Él asiente con una sonrisa.

—Pues bien, las ideas que se han propuesto —continúa Roberta, señalando la pizarra— son estas.

En la pizarra hay una lista con una decena de puntos, entre los cuales entreveo rápidamente algunas palabras clave: guerra, Teherán, atentado, reformas, escándalo político, *reality show*. El conjunto no es muy emocionante, en eso coincido con las Winx. Por otra parte, Roberta no deja de tener razón: no puede hacerse el «especial de Navidad».

—Perdonad, ¿y si mezclamos las dos cosas?

Las palabras me han salido de la boca sin darme cuenta. La verdad es que he pensado en voz alta. Cosa que a Roberta no le gusta un pelo.

—¿Mezclamos qué? —me pregunta, con evidente hostilidad.

En el aula se hace el silencio. Al fondo, alguien suelta una risita. Guido me mira intrigado.

—Pensaba que podríamos tratar todos esos temas, pero en clave navideña. Ya sé que no es nada original, pero podríamos ocuparnos de la Navidad en los países en guerra, con entrevistas a los de Emergency, o analizar la Navidad que presenta la televisión, o algo así.

Nadie dice nada, todos esperan la réplica de Roberta, mientras Guido me mira sonriendo.

A él le gusta la idea.

—Hummm —comenta Roberta, y en un momento se elevan en el aula varios murmullos, cuyo volumen va subiendo poco a poco, hasta que todos se ponen a gritar.

—De acuerdo —prorrumpe Roberta, imponiéndose al guirigay—. ¡Se acepta la idea de Alice, pero ahora repartámonos los artículos!

37

Luca

Un rayo de luz me da en plena cara. Tardo unos segundos en comprender dónde me encuentro. Me giro en la cama y descubro que en realidad se trata de un sofá. Delante de mí, dos pesadas cortinas que dejan ver un fragmento de ventana. Martina se levanta poco después. Tiene un aire bastante aturdido. Anoche nos quedamos hablando hasta tarde, de Alice, de Daniele, de mí, de la canción cuya letra no quiso revelarme.

—¿Qué le contarás a Alice cuando regreses a Milán? —le pregunto mientras salimos del hotel.

—Que eres un memo, pero que no has hecho nada, todavía no.

—Anda, intenta hacerla entrar en razón.

—Lo intentaré, pero… En fin, después tú tienes que ganártela.

—¿Cuándo me dejarás escuchar la canción?

—Ya veremos —responde, y sonríe con expresión misteriosa.

Decidimos pasar el día haciendo turismo. Así que volvemos al puerto en el que cenamos anoche y alquilamos dos bicicletas, la mejor manera, nos dicen, de ir a ver el Golden Gate.

Mientras pedaleamos uno detrás del otro, pienso en nuestra extraña conversación de anoche. Una parte de mi cabeza está ocupada por otras preocupaciones. La universidad, el futuro, la sospecha, cada vez más acuciante, de haber hecho una tontería. Mañana iré de nuevo a la facultad para ver si hay alguna forma de presentar la solicitud de matrícula fuera de plazo.

Tras recorrer todo el carril bici que bordea la playa, subimos por una calle muy empinada que después de un par de curvas nos lleva a la entrada del Golden Gate. Lo cruzamos en fila junto a varias decenas más de turistas en bicicleta hasta que empieza la bajada. Después seguimos pedaleando otros diez minutos hasta un pequeño pueblo: Sausalito. Es una vieja aldea de pescadores construida parcialmente sobre el agua y convertida ahora en centro turístico, con restaurantes, tiendas y ese tipo de cosas.

Entre los pocos restaurantes con terraza elegimos una especie de bar, que luego descubrimos que lo regenta una familia de inmigrantes italianos. Así que comemos pizza y bebemos Coca-Cola. Hoy Martina está tan parca como yo reflexiva. Así que disfrutamos del inesperado día de sol hablando poco, y cuando son las cuatro, hora de regresar, optamos por la solución aconsejada por el folleto turístico que nos ha entregado el tío del alquiler de bicicletas; esto es, tomamos un transbordador al que se pueden subir las bicis y que nos llevará directamente al sitio donde hemos empezado nuestra excursión.

—Aquello es Alcatraz —dice Martina señalando un islote a unos kilómetros de distancia de la costa.

—Ah, ¿sí? —pregunto, con la cabeza en otra cosa.

—Imagínate lo que sería acabar en la cárcel, digamos, dos años. Dos años es muchísimo.

—Bueno, de momento no me siento en peligro.

—Es un decir. Yo lo pienso de vez en cuando. Dos años, en la cárcel, siempre con las mismas personas, haciendo las mismas cosas…

—¿Cómo es que piensas en eso? —pregunto un poco perplejo.

—No lo sé… —responde, pero se nota que algo bulle en su cabeza.

Su actitud es extraña y enigmática. Como si me ocultara algo. Y de repente comprendo que esa actitud tiene una explicación bastante lógica, y también que he sido lento de reflejos.

—¿Qué ha hecho Alice? —le pregunto a bocajarro.

—¿Cómo que qué ha hecho?

—Venga, llevas todo el día muy rara, y no me he olvidado de todo lo que me dijiste anoche. Oye, si ha hecho algo tienes que contármelo. Ya es horroroso estar en esta situación, si…

—Luca, estás desvariando. Alice no ha hecho nada.

La miro a los ojos para tratar de averiguar si miente, pero ahora su mirada es aún más impenetrable. Respira hondo.

—Luca, oye… —dice con voz insegura.

—¿Se ha enrollado con alguien?

—No, no… por lo menos, aún no.

—¿Cómo que aún no? ¿Qué quieres decir?

—¡Que si seguís así, por fuerza se enrollará con alguien, por fuerza la perderás, coño! Sois demasiado tontos, y yo aquí, preocupándome por vosotros, escuchándoos, cuando…

—¿Cuando qué? Martina, ya no te sigo; explícame, dime, por favor, lo que quieres decir.

Entonces me mira con una expresión que delata cierta indecisión. A continuación saca del bolso su iPod. Lo enciende, pulsa «Play» y me pasa un auricular.

38

Alice

—¿Hasta cuándo ocuparéis la fábrica? —pregunto.

Mi padre no responde, pero suelta una risita. No está acostumbrado a que lo entrevisten.

—¿Qué respondes, papá? —insisto.

La situación es realmente curiosa. En el frío vestíbulo habrá unas treinta personas. En el cristal de la garita del vigilante alguien ha colgado unas lucecitas navideñas alrededor de una pancarta que reza NO NOS MANDÉIS DE VACACIONES, GRACIAS, en alusión a la desafortunada comparación hecha por un parlamentario entre los que cobran el paro y los trabajadores de vacaciones.

Guido ya ha sacado varias fotos de las pancartas, de los obreros y del campamento que los trabajadores han improvisado para instalarse. Y ahora está aquí, a mi lado.

—Nos quedaremos hasta que alguien se decida a resolver la situación —declara mi padre con voz segura—. La fábrica no puede cerrar.

No estoy acostumbrada a oír hablar a mi padre con ese tono un poco revolucionario, pero me gusta.

—¿Y cuáles son vuestras principales reivindicaciones?

A esta pregunta responden varios de sus colegas, hablando todos a la vez, situación que Guido se apresta a inmortalizar.

—¡Muy bien, muy bien! —exclama un hombre mayor dirigiéndose a Guido—. Y dile a tu chica que lo escriba todo bien clarito, que aquí los periodistas escriben lo que les sale de las narices.

Guido sonríe y me dirige una mirada cómplice, mientras que mi padre me fulmina con la mirada.

—¿Su chica? —me pregunta en voz baja, acercándose a mí.

—No, papá.

—¿Cómo se encuentra Luca? —me pregunta ahora, con un extraño tono conspirador.

—Bien.

—¿Seguís juntos?

—Claro que sí, ¿por qué?

—No, por nada.

—¡Eh, vosotros dos! —grita alguien detrás de mi padre—. ¿Vais a hacer esa entrevista, o no?

En la siguiente media hora reúno todas las opiniones de los trabajadores presentes, junto con varios documentos que uno de los sindicalistas me entrega. Ya son las siete de la tarde y fuera está completamente oscuro.

—Ahora es mejor que os marchéis —me dice mi padre.

Me resulta tan raro que él se quede aquí. Me siento como en la película *Billy Elliot*, con el padre en huelga y el hijo que quiere ser bailarín.

Sin embargo, cuando estamos en la puerta y nos disponemos a irnos, ocurre algo imprevisto. Una luz roja y azul ilumina de golpe el cristal oscuro de la entrada. Y a esta se suman enseguida otras luces, acompañadas de frenazos y rugidos de motor.

Hay cuatro coches patrulla delante de la verja.

En un pispás, una decena de trabajadores sale del portal y se junta al lado de la verja. Guido y yo los seguimos; él sigue sacando fotos.

—¡Esta vez haremos un artículo cojonudo! —exclama, demasiado contento dada la situación—. Y ese periodista idiota ya puede ir olvidándose de que se lo vayamos a dar.

El inspector jefe del grupo de policías explica con tono sereno y tranquilo que los nuevos dueños alemanes de la fábrica han aceptado todas las demandas y no cerrarán la fábrica.

La noticia es recibida con una ovación y un aplauso. Mi padre, a mi lado, no parece tan entusiasta.

—Las negociaciones —explica el inspector— continuarán en otro lugar. Esta fábrica será ahora liberada.

—Desalojada —dice en voz baja mi padre.

—¿Eso qué significa? —le pregunto.

—Que esto huele a engaño —susurra, y luego, en voz alta—: ¿Y qué garantías tenemos de que nuestras demandas han sido aceptadas?

El inspector escruta el gentío hasta que se cruza con la mirada de mi padre.

—Señores, no pongamos las cosas más difíciles. Estoy aquí como embajador, y de buenas noticias. Les estoy diciendo que se pueden ir todos a casa con sus familias. La Navidad está cerca y en casa les encantará verlos de nuevo, ¿no?

—¿Dónde están los alemanes? —pregunta otro trabajador.

—En su casa, pero la próxima semana habrá una asamblea general y cada cual podrá exponer sus motivos. ¿Y bien?

A continuación, los trabajadores se enconan en un debate. Unos dicen que tienen que marcharse, que ya es inútil permanecer allí; otros, que es un engaño. Entre estos últimos se cuenta mi padre.

Entretanto, Guido permanece inmóvil, con la cámara fotográfica apuntada hacia la escena.

—¿Qué estás haciendo? —le pregunto.

—¡Estoy filmando, aquí tenemos las pruebas de todo!

El inspector sigue discutiendo unos minutos más, hasta que repentinamente calla y se aleja. Entretanto, también han llegado las televisiones. Los periodistas rodean enseguida al inspector.

En poco tiempo, delante de la verja se reúne mogollón de gente, incluidos varios familiares.

—¡Ali! —grita una voz en medio de la multitud—. ¡Alice!

Me aproximo a la verja para averiguar quién puede ser, y entre dos policías veo asomar la cabeza de mi hermano.

—Fede, ¿qué haces aquí?

—¡Qué haces tú ahí!

Detrás de él está mi madre.

—Alice, ¿qué sigues haciendo ahí? —pregunta alarmada—. ¡Venga, sal!

Cuando me dispongo a responder, un flash ilumina durante un instante el rostro de mi madre y el de mi hermano. Me vuelvo: Guido.

—¿Has hecho una foto? —le pregunto, procurando que no se me note lo enfadada que estoy en realidad.

—Perdona, pero esta es de portada.

A mi madre y a Federico los hacen retroceder hasta el cordón policial, al tiempo que la discusión entre los trabajadores va enardeciéndose.

—De nada vale gritar —dice el inspector—. Si hacemos bien las cosas, en una hora estarán todos en casa… y sin consecuencias.

—Objetivo alcanzado —contesta mi padre con tono sentencioso—. Querían dividirnos y lo han conseguido.

En unos minutos, casi todos los trabajadores recogen sus cosas y salen de la fábrica. Menos mi padre y otros dos colegas.

—Es un engaño —lo oigo decir—. Yo me quedo.

—Y nosotros —responde uno de sus dos compañeros.

Guido me mira para saber qué debemos hacer.

—Nosotros también nos quedamos.

39

Luca

El videojuego de la rata funciona así: tú eres una rata y estás en un laberinto. Como rata que eres, tienes pocas necesidades. Como todas las ratas, quieres comer rico queso, revolcarte entre la basura, conseguir un buen escondrijo en las alcantarillas o en un desván, y dar con otra rata del sexo opuesto para tener una familia numerosa. Y precisamente por eso es una pena que, por algún motivo insondable, te halles en un laberinto (¿cuántos laberintos pueden encontrarse correteando por el subsuelo? Ninguno, ¿no?). En cualquier caso, en este laberinto hay mogollón de obstáculos: gatos que la emprenden contigo a botellazos, ratas que te ofrecen sustancias alucinógenas y por cuya causa haces tonterías, y ratas ayudantes falsas que dicen conocer el camino de salida del laberinto y en el momento crucial te ponen una canción que invierte todos los términos del juego.

—Luca, ¿qué leches haces? —grita el cocinero cuando ve que estoy embobado delante del grifo con una enorme calabaza en la mano.

Pues sí, ¿qué hago? No sé qué hago. Ya no lo sé. Martina se ha ido. Me dejó escuchar su canción y se marchó. Las palabras me siguen resonando en los oídos, y mi mente intenta esquivar su significado, que, en realidad, parece terriblemente evidente.

Entretanto, he regresado a la universidad. Me han dado una cita. Quizá aún pueda presentar mi solicitud. Pero ¿por qué no he ido antes?, me han preguntado. No sé por qué no he ido antes.

En el videojuego, en un momento dado, la rata tiene que responder a un montón de preguntas, pero no sabe cómo. Al fin y al cabo no es más que una rata, ¿no?

Después de una espantosa jornada de trabajo, me encuentro en la calle con Dalila y con la sospecha de que mañana me despedirán.

—¿Caminamos juntos? —me pregunta con una extraña voz queda, como si esperase mi negativa.

Miro alrededor. Todos los otros camareros ya se han marchado, y de nuevo mi mente regresa a nuestro primer encuentro, al día en que la salvé del tío borracho.

Nos encaminamos hacia casa. Son las dos de la madrugada pasadas, pero esta noche no hace mucho frío. Sopla un viento tibio que sabe a mar, y hay una luna llena y luminosa que parece un pequeño sol blanco.

—Pero ¿tú por qué quieres estudiar Economía? —me pregunta ahora Dalila, pillándome un poco desprevenido.

—A todo el mundo le parece absurdo —respondo—. ¿Es tan raro?

—No, no es raro. Solo te lo pregunto. Me he dado cuenta de que hasta ahora no lo había hecho.

—Quiero un trabajo de verdad —explico, pero luego no encuentro las palabras para continuar mi razonamiento.

—Hay muchos trabajos de verdad que pueden hacerse sin estudiar Economía —objeta Dalila.

—Sí, lo sé, pero quiero ganar dinero, tener seguridad económica, hacer algo útil…

—Caray, me das miedo —comenta, esbozando una sonrisa.

—Sí, sé que no suena muy bien. Todo el mundo te dice que realices tus sueños, ¿no? O sea, eso es lo que se dice siempre, que debes comprender tus deseos, realizarlos, y yo lo he pensado bien, yo creo que los sueños son un engaño.

Esta vez Dalila no contesta, sino que guarda silencio, con las manos en los bolsillos de la chupa y la cabeza gacha.

—¿Has hecho las paces con tu chica? —me pregunta cuando ya estamos muy cerca de casa.

—No, no quiere hablar conmigo. Está convencida de que me he acostado contigo.

—Lo siento, Luca, te he metido en un lío.

—No has sido tú. O mejor dicho, sí, entre tú y yo hemos montado este lío.

Dalila sonríe y me da un empujoncito, se diría que con la intención de levantarme un poco la moral.

—¿Cómo es ella?

—¿Quién?

—¡Mi abuela! Alice, quién si no.

—Ah, guapa y simpática, pero no guapísima ni simpatiquísima, sencillamente es ella.

—Vaya, no es un retrato demasiado halagador.

—A mí me gusta así.

Dalila suspira y eleva la vista hacia el cielo. La luz de la luna le ilumina media cara.

—Estás enamorado de verdad —dice—. Debe de ser bonito.

—Bueno, ¿tú nunca has estado enamorada?

—No. A ver, he estado con muchos chicos, a muchos los he querido, pero nunca hasta enamorarme o perder la cabeza, o…

Dalila calla y rompe a reír.

—¿O qué? —le pregunto.

—Digamos que ninguno me ha dejado nunca así.

—Ah, vale, entiendo. Sí, tienes razón, estoy un poco hecho polvo.

—¿Quién ha sido tu primera chica? —me pregunta.

—Alice.

—¿Alice? —repite, como si hubiese dicho una blasfemia durante la misa de Navidad.

—Sí, Alice.

—De modo que también ha sido la única.

—Bueno, sí, en cierto sentido.

—¿Qué quiere decir en cierto sentido?

—Es la única chica con la que realmente he estado.

—Ah, vale, ¿o sea que has tenido otros ligues?

—No, bueno, no exactamente, he besado a otra chica.

—Madre mía, qué ternura. ¿Y a quién has besado?

—A Martina, la que ha venido a verme. Solo que no cuenta porque Alice también la ha besado.

Dalila enmudece entonces unos segundos antes de estallar en una sonora carcajada, casi ofensiva.

—Ay, perdona —dice tapándose la boca—. Es que es una historia un poco absurda. Pero ¿se enrollaron?

—No, no, solo un beso. Alice salía con otro, al que luego dejó para estar conmigo. Aunque la verdad es que nosotros dos ya habíamos estado juntos antes.

—Qué locura —dice Dalila, que parece pasárselo bomba con mis miserias.

—Pero lo que me temo es que ahora Martina, que además es la mejor amiga de Alice... se ha enamorado de mí.

—¿Y tú cómo sabes eso? ¿Te lo ha dicho?

—No, me ha hecho escuchar una canción, una canción suya.

—¿En la que dice que está enamorado de ti?

—No, vale, no está loca. Pero se sobrentiende.

—¿Tienes aquí la canción?

—Sí, en el iPod.

—Déjame escucharla. Al fin y al cabo, solo te conozco a ti. Al menos podré darte una opinión desinteresada.

Lo pienso un segundo y luego me digo que, en el fondo, no tiene nada de malo. Puede que ella sepa encontrar otro significado a esas palabras. Le doy un auricular del iPod y en lo que queda de trayecto hacia casa escuchamos la canción de Martina.

Llegamos a la puerta de su casa justo cuando la canción acaba de terminar. Dalila me mira con una sonrisa enigmática.

—No creo que hayas comprendido bien la letra de la canción —me dice.

—Oye, que tú no sabes bien cómo están las cosas entre nosotros.

—Me parece que sus palabras están dirigidas a una chica, no a un chico.

—¿A una chica? Anda, ¿y quién puede ser?

Dalila no responde, pero veo en su mirada en quién piensa.

—¿De verdad que lo piensas?

—«El amor ha conocido mis límites, pero más allá de esos límites estás tú» —dice, citando una frase de la letra.

—«Es un amor imposible —replico—. Siempre hemos sido un trío, pero yo lo quería a él.»

—Tienes razón —admite—. Pero hay algo que no encaja…

Seguimos discutiendo sobre la canción, sin dar con una explicación que nos convenza del todo. Entretanto, la niebla se ha dispersado, descubriendo un cielo azul lleno de estrellas.

En ese momento Dalila se vuelve hacia mí y me mira, con expresión segura.

—Oye, ¿alguna vez has pensado en ti, solamente en ti? —me pregunta.

—No —respondo rápidamente, y Dalila ríe de nuevo.

—Bueno, no me esperaba tanta certeza.

—O sea, no lo sé —añado.

—¿Cómo puedes elegir a una persona para toda la vida si nunca has estado con otra?

40

Alice

—Para ti debe de ser una situación desagradable.

—No lo sé, creo que es desagradable para todos.

Ya es de noche. Los coches de policía se han ido. Pero también se han ido los trabajadores, menos mi padre y dos de sus colegas. Ahora están abajo hablando, mientras que Guido y yo hemos subido a la azotea de la fábrica. Es solo una segunda planta, pero parece la cima del mundo. En esta zona industrial de la ciudad hay pocos edificios y pocas luces artificiales, por lo que se ven un montón de estrellas.

—Ya has conocido a toda mi familia —digo de guasa, pero me arrepiento enseguida. No es precisamente la frase más feliz que puedes decirle a un chico al que has dado calabazas.

—Ahora te toca a ti conocer a la mía —contesta, siguiéndome el juego.

—¿Cómo es?

—Un poco diferente de la tuya.

—¿Por qué diferente?

Guido no responde, pero se encoge de hombros, como si «diferente» fuese una respuesta más que contundente y yo fuese una entrometida sin remedio.

—La primera vez que te vi pensé que eras… no te ofendas, una chica sin carácter. Creía que no tenías nada que decir.

—¿Y ahora? —pregunto—. De todas formas, me has ofendido.

—No, venga —dice, pero sabe que estoy bromeando—. Quiero decir… pues eso, que nunca me hubiera imaginado que eras de las que sube a la azotea de una fábrica ocupada, que escribe un artículo, que coge y va a la redacción de un periodista y que encima trabaja los fines de semana. Quiero decir… Alice, eres la leche.

—Gracias, es bonito que te digan eso.

—Pues es la verdad, y es lo que me gusta de ti. Nunca te desanimas y además sonríes, siempre sonríes. Y eso que se nota que tienes problemas, yo sé que los tienes, pero sabes sobreponerte a ellos.

Me da por reír y estoy segura de que me estoy ruborizando.

—No estoy acostumbrada a tantos piropos.

—Ah, si quieres te digo más —dice, guasón.

Lo miro. Su expresión dulce contrasta con una arruga precoz que le marca la frente. Recuerdo lo que me contó acerca de su cambio, del hecho de que antes era egoísta y después… después, a saber qué pasó.

—¿Puedo preguntarte algo?

—Claro.

—La noche que salimos con tus amigos, a la vuelta, en el coche, me dijiste que habías cambiado porque le habías hecho daño a una persona…

Guido asiente y suspira.

—Perdona, quizá soy indiscreta...

—No, es justo. Estás aquí conmigo. Quieres saber algo más, es justo. Traicioné a la persona a la que amaba. Y lo hice con su mejor amiga...

Después de esta confesión, Guido me mira a los ojos como para escrutar mi reacción.

—Pues, efectivamente, eso no está bien.

—No es solo eso —prosigue—. Yo era así, distinto al de ahora, no me importaba nada. Sabía que le estaba haciendo daño, pero pensaba en mí, me lo estaba pasando en grande y no pensaba en otra cosa. Me decía a mí mismo que las cosas eran de esa forma, que si la gente se traicionaba sin parar, pues que no hacía nada de malo. Solo que resultó que ella me descubrió. Y se puso mala. Me abandonó, claro, pero dejó de comer. Y se volvió anoréxica. Enfermó gravemente y corrió un serio peligro. Y yo... yo comprendí algo.

Las palabras de Guido quedan en el aire, se desvanecen en un suspiro plagado de recuerdos. Se ve que no le gusta hablar de eso. Sigue habiendo algo que lo abrasa por dentro.

—Los actos tienen consecuencias —continúa—. Sé que no es muy original, pero es cierto y simple. Puedes hacer todo lo que quieras, pero los actos acarrean consecuencias.

—Pero, ahora, ¿cómo está ella?

—Bien. Ahora está bien. Ha conocido a un chico mejor que yo y se han terminado todos sus problemas.

—Y tú... ¿la ves, hablas con ella?

—No, ella me ha borrado de su vida. Tenía que ser así... Pero ya vale, dejemos de hablar de cosas tristes. De todos modos, si no quieres volver a verme, lo entendería.

—Anda, calla… —digo y esbozo media sonrisa, aunque sé que es inoportuna—. Comprendiste tu error, y tampoco fueron tan graves las consecuencias de las que hablas. Las cosas se han arreglado, ¿no?

Mis palabras parecen tranquilizarlo. Esta vez quien sonríe es él, mientras con las manos se frota las sienes.

—Gracias —dice—. Eres muy lista.

—Bien, reanudamos los piropos, me gusta ese juego —contesto, con la intención de aligerar la atmósfera que se ha creado.

—Eres simpática —dice, accediendo enseguida a seguir con el juego—. Y también guapa —añade sonriendo y alzando la vista al cielo.

Esta vez no digo nada y estoy segura de que tengo las mejillas como tomates.

—¿Puedo decirte algo sobre las estrellas sin que me consideres patético? —me pregunta.

—Hummm… prueba.

—¿Te gustan las etimologías?

—Prefiero los piropos, pero soy toda oídos.

—Desear. Se deriva del latín *de sideris.* Y significa «no ver en el cielo las estrellas necesarias para conocer un augurio». Si no las ves, sientes un vacío, una carencia, y ese vacío se llama deseo.

—Uau.

—Las etimologías me gustan mogollón. Las palabras son siempre insuficientes, pero si escarbas… pues mejoran.

De pronto, un chirrido rompe el silencio. Me vuelvo y veo que se acaba de abrir la puerta de la azotea. Me levanto de golpe, pero enseguida advierto que es mi padre.

—Eh, ¿todo bien? —nos pregunta.

—Sí, sí, todo bien, me has asustado —respondo.

—Os he traído un poco de pan y salami —dice al tiempo que nos alcanza una bolsa blanca—. Y vino, si queréis.

—Gracias —dice Guido, cogiendo la bolsa—. De todas formas, ya bajamos.

Mi padre mira a Guido y luego a mí, y durante una fracción de segundo me parece ver en su expresión desconfiada e intrigada la misma cara que pone Mary cuando trata de enterarse de lo que está pasando. Meneo la cabeza para ahuyentar la imagen de Mary con bigote que se me acaba de materializar en la cabeza, y mi padre se aleja.

Guido parte en dos trozos un bocadillo y sirve dos vasos de vino.

—¿Y tú qué deseas? —me pregunta—. ¿Cuál es tu vacío?

Ya, ¿cuál es? Pienso. No lo sé.

—Perdona, no quería hacerte una pregunta indiscreta.

—No, qué dices. Mi vacío en este momento está muy lejos de aquí. Y ya no sé si es mi vacío. Aunque si es como dices tú, que si no lo veo lo deseo, pues en este caso es al revés. Él se ha ido y evidentemente se ha olvidado muy rápido de mí. Ojos que no ven, corazón que no siente... Lo lamento, a mí se me dan mejor los refranes que las etimologías.

Guido rompe a reír, pero luego se pone serio.

—No puede haberte olvidado, no se te puede olvidar.

—Así me gusta, sigue con los piropos —contesto de guasa, saboreando al tiempo esa extraña seguridad que experimento a su lado. Esa sensación de poder ser natural y graciosa. Y todo porque no está Luca—. ¿Y tú no tienes vacíos? —le pregunto.

Él sonríe y echa la cabeza hacia atrás.

—Lo tengo delante ahora mismo.

41

Luca

—Espérame aquí. Vuelvo enseguida.

Después de decir eso, Dalila desaparece detrás de la puerta del cuarto de baño, dejándome solo, sentado en la cama.

¿Qué haces? Pregunta una voz dentro de mi cabeza (debe de ser la rata del videojuego). Pero esta vez tengo una respuesta: hago lo que me da la gana, hago lo que se me antoja y pienso solo en mí mismo.

Al cabo de unos minutos, Dalila reaparece en la habitación y se me acerca. Me empuja con una mano a la cama y monta a horcajadas en mi barriga.

—No sé si debemos hacerlo —susurro a la cara de Hago Lo Que Se Me Antoja.

—Yo sí lo sé —replica Dalila. Y al instante se inclina sobre mí para besarme.

Su respiración se mezcla con la mía. Huelo su aroma. Sus rodillas se hunden en el colchón junto a mis caderas. Sus labios tocan los míos, pero enseguida se apartan. Me quita de un tirón la camiseta. Pongo las manos en sus caderas, pero las mantiene firmes. Entonces me las coge y las va guiando, por la cintura, debajo de la camiseta, hasta sus senos. Luego, cruzando los brazos encima de la cabeza, se quita la camiseta y, a continuación, el sujetador. Siento que el corazón me late con fuerza en el pecho, siento cómo el ruido de cada latido me retumba en la caja torácica y en la cabeza. Me echo hacia atrás, hasta colocar la cabeza en la almohada; ella me sigue, avanzando a gatas sobre mí. Contemplo su pecho, su cuerpo desnudo, y a duras penas ahuyento la idea, aquella voz que me recuerda que ella es la primera chica después de Alice, y que lo que estoy haciendo es más que evidente, estoy traicionando a mi novia. De nada vale que me diga otra cosa, estoy haciendo justo lo que ella sospecha que ya he hecho, así que…

—Espera, espera —digo, a la vez que me incorporo—. Dalila, espera…

Ella para y se sienta a su vez, como si estuviera preparada para este momento, como si siempre hubiera sabido que iba a bloquearme en cosa de segundos.

—Por lo menos, me has llamado Dalila —dice con naturalidad.

—¿Y eso?

—Los hombres nunca me llaman por mi nombre. Tú mismo no lo habías hecho hasta ahora.

—Vale, Dalila. No sé. Pues sí, solo me he acostado con una chica, pero ¿eso qué significa? ¿Que tengo que probar con cinco o seis para luego hacer muescas? A ver, yo también sé que… En fin, a mí también me gustaría, pero no se puede… Tengo la sensación de que lo echaría todo a perder, de que después cargaría con el sentimiento de culpa y…

—¿Eso es lo que te preocupa? ¿El sentimiento de culpa?

—No, o mejor dicho, sí, también el sentimiento de culpa. Si me acuesto contigo, mi historia con Alice se va al traste.

—Oye, Luca, yo... verás, soy de miras muy abiertas, pero no puedo estar suplicándote que te acuestes conmigo...

—No, perdona, tienes razón. Lo que pasa es que...

Dalila se levanta, se pone la camiseta y sale de la habitación. Regresa pocos minutos después trayendo una bolsa de plástico transparente con hierba verde y una cajita.

—Voy a hacerme un peta. ¿Te apetece?

—No, no fumo.

—Claro, ni drogas ni sexo con desconocidos —dice, asintiendo con los labios apretados—. Vale, perdona, te dejo reflexionar.

Me temo que esté pensando que soy un memo o un pringado, pero no lo puedo impedir. Me vuelvo hacia la ventana y entre dos antenas parabólicas, iluminadas por la luz de la luna, entreveo una estrellita brillante.

¿Qué debo hacer? No lo sé.

Dalila se enciende el porro y echa el humo hacia mí, creando una pequeña nube blanca sobre la cama. La miro. Trato de imaginarme con ella. Trato de imaginarme que estoy con ella, que hago las mismas cosas que hago con Alice. Que paseamos de la mano, que salimos de noche, que cogemos un tren al azar para ir a cualquier parte, que vamos a exposiciones. Pienso en la intimidad que he construido con Alice y me parece imposible que pueda llegar a tener algo semejante con otra persona. Y sin embargo..., y sin embargo el amor es así, ¿no? La gente se enamora, luego se deja, y después se enamora de nuevo. Puede que en el fondo no haya una receta, una regla que especifique cómo deben pasar las cosas. Alice y yo habíamos salido juntos, luego nos hicimos amigos, después hemos vuelto a estar juntos. ¿Y ahora?

Mis ojos se cruzan con los de Dalila.

Recuerdo su pregunta: «¿Alguna vez has pensado en ti, solamente en ti?», y en mi respuesta impulsiva pero cierta: «No». Y decido que esta vez lo haré, que pensaré en mí, solamente en mí. Estiro una mano hacia Dalila, le cojo el porro y lo dejo en el cenicero. Ella me mira, risueña. Hay un agujero, un abismo, un vacío delante de mí, y decido arrojarme. La atraigo hacia mí y la beso.

42

Alice

La oscuridad de la noche me envuelve. Todo desaparece, y delante de mí solo está Guido. Ya no me encuentro en la azotea de una fábrica ocupada. Ya no soy Alice. Cierro los ojos. Y Guido también desaparece, mientras yo estoy en mi interior. Dentro de mi cabeza.

Un domingo de invierno, de hace un año, Luca y yo.

Habíamos decidido ir a Lugano a ver una exposición de Paul Signac.

Aquel día hablamos del futuro. Era la primera vez que abordábamos un tema así. Al final llegamos a la conclusión de que tendríamos tres hijos, de que Luca sería escritor y de que yo abriría una panadería. Por la sencilla razón de que con Luca nunca puede hablarse muy en serio.

—El futuro está lejos —dijo al final, mientras paseábamos por las salas de la exposición—. A veces me gustaría tener ya treinta años, un trabajo, una casa, no depender de nadie.

—Sí, pues para eso todavía falta tiempo.

—¿Y aguantaremos juntos todo ese tiempo?

Su pregunta suscitó un breve silencio, que él mismo rompió.

—A veces pienso que tendríamos que habernos conocido unos años más tarde.

—¿Por qué?

—Porque ahora es raro, es como un limbo, me parece que estoy esperando algo, cuando lo que quiero es moverme, pero tengo dieciocho años, tenemos dieciocho años.

—Tampoco somos unos niños. Y quién sabe, puede que si nos hubiésemos conocido después nos habríamos caído fatal.

—¿Tú crees?

—El año que viene tú serás un pasota intelectual que estudia Letras Modernas, y yo estaré absorbida por la panadería...

Recuerdo que reímos, delante de un cuadro que representaba un prado en la orilla de un lago, con hombres, mujeres y niños. Mirándolo atentamente podía percibirse el silencio de aquel lugar. Pensé en esa escena de *Mary Poppins* en la que el deshollinador, junto con los dos niños y Mary Poppins, se introduce en el cuadro que ha pintado en el suelo y aparecen en un mundo fantástico, donde todo es posible y donde los pingüinos hacen de camareros.

Nos besamos frente a aquel cuadro, y yo cerré los ojos, esperando que al reabrirlos apareciéramos en otro mundo. Pero solamente había dos niños que nos miraban.

Abro los ojos y veo los de Guido a pocos centímetros de los míos.

—¿Dónde estabas? —me pregunta en voz baja, con la cara pegada a la mía.

—En un parque.

—¿En un parque? —repite sonriendo.

—Sí, es un lugar al que voy alguna vez, cuando estoy confundida.

—¿Y es un lugar bonito?

—Sí, muy bonito. Allí todo el mundo está alegre, hay hombres, mujeres y niños que juegan y se relajan, y además nunca pasa nada malo.

—¿Y por qué has regresado aquí?

—Porque lo han cerrado, ese parque ya no existe.

En el viaje de vuelta, Luca insistió en que nos apeáramos en una parada antes de Milán. Quería enseñarme una cosa.

—Es mi lugar secreto —me dijo.

Al salir de la estación nos encaminamos por una calle asfaltada rodeada de casas bajas de dos plantas. Tras cruzar dos calles, Luca me llevó por un sendero que se adentraba en un pequeño bosque.

—Es un atajo, pasa por los bosques. Bueno, la verdad es que alarga el camino.

—Entonces, no es un atajo.

—La verdad es que no. Lo que pasa es que no hay palabra para describir el mejor camino que quieres hacer con tu novia evitando las aceras llenas de nieve sucia. De todos modos, ¿de dónde viene «atajo»?

—Se la inventó alguien que encontró el camino más corto para atar ristras de ajos.

—Hummm..., una etimología muy refinada...

—Vale, entonces, ¿qué significa?

—Ni idea; de todos modos, nuestro sendero se llamará «ristra de ajo».

—Mira que eres tonto...

Nos adentramos en el bosque. Todas las ramas de los árboles estaban blancas y cubiertas de una fina capa de hielo. La nieve crujía bajo nuestros pies. Apenas se veía el camino. Si hubiese estado sola, seguramente me habría perdido.

Cuando ya llevábamos un rato andando, salimos del bosque a un claro enorme que parecía una sábana planchada. Las botas se me hundían en la nieve, y estaba segura de que Luca ya tenía las Clarks llenas de agua, pero también de que jamás lo habría reconocido.

A lo lejos se veían los árboles que bordeaban el camino como un marco natural.

—¿Huirías conmigo? —me preguntó.

—Ahora mismo.

—Puedo trabajar de camarero. Con el dinero que ganaría si trabajo mucho nos alcanzaría; he hecho cuentas.

—¿Y yo qué hago?

—Tú acabas el instituto, y luego ya veremos.

—Acepto.

Me miró, me puso las manos en los hombros, sonrió, aunque era su sonrisa triste. Traté de abrazarlo, pero mientras él tiraba de mí, mis brazos se quedaron apretados contra su pecho, y fue él quien me ciñó y estrechó entre los suyos. Y aquel se convirtió en nuestro abrazo.

Abro los ojos. Guido sigue quieto, delante de mí. Ya no existe aquel lugar, pienso, ya no existe aquel parque.

Mis labios tocan los suyos. Están secos y fríos. Él me da un primer beso, se aparta ligeramente y me besa de nuevo. Noto un sabor raro, diferente. Me rodea los hombros con los brazos y se me acerca. Mis brazos se quedan inmovilizados entre los suyos.

—No, espera —lo detengo.

Él se aparta inmediatamente.

—¿Qué pasa?

—Nada —le digo al tiempo que ante su mirada perpleja me desprendo de su abrazo y le pongo las manos en los hombros.

43

Luca

Los labios de Dalila saben a crema, a crema de cacao. Son labios brillantes y resbaladizos. La beso con firmeza. Ella sonríe y se aprieta contra mí. Siento su pecho contra el mío, el calor de su cuerpo en el mío. Estamos sentados al borde de la cama, uno al lado del otro. Dalila alarga una mano y se desliza lentamente hasta la almohada. Yo imito sus movimientos y unos segundos después estoy echado a su lado. Nos seguimos besando mientras le acaricio el hombro, el brazo, la mano. Su cuerpo es tan diferente, en él me siento al tiempo cómodo y desorientado. Esta vez ella no hace nada, me deja la iniciativa, que yo guíe, sigue todas mis vacilaciones.

Cuando mis manos recorren su espalda, su piel se estremece y ella sonríe.

—Me haces cosquillas —susurra, con una voz completamente distinta, insegura.

Le desabrocho el sostén, y ella luego me ayuda a quitárselo. A continuación me quito la camiseta y siento de nuevo el contacto con su cuerpo, pero esta vez me resulta menos extraño, pese a que solo han pasado unos minutos.

Su piel tiembla otra vez.

—¿Tienes frío? —le pregunto.

—Metámonos debajo de la manta.

Nos movemos hacia un lado de la cama. Con una mano levanto el edredón y nos tapamos. A oscuras me siento más seguro, menos vulnerable. Palpo sus vaqueros y se los desabotono despacio. Ella me deja hacer, pero no me ayuda con los míos. La desvisto lentamente y pocos minutos después estamos desnudos, unidos en un abrazo. Se echa boca arriba y yo me tumbo a su lado. La manta deja al descubierto su rostro y de golpe veo sus ojos, grandes, brillantes, que me miran con una dulzura que nunca me había mostrado. Una dulzura que me devuelve a casa, a Milán, a aquella intimidad que conozco tan bien y que me dispongo a traicionar. Meneo la cabeza para ahuyentar la idea y la beso de nuevo, mientras el deseo va aumentando. Me pongo sobre ella, con un codo al lado de su cabeza para no descargarle todo mi peso, a la vez que le acaricio con la otra mano el pecho. Ahora su beso es cálido y fuerte, me muerde suavemente el labio inferior, lo suelta, mientras con sus manos me aprieta las caderas. Ya está, pienso.

—Hacemos el amor —digo, olvidándome de los puntos de interrogación.

Ella sonríe.

—¿Tienes preservativos? —me pregunta.

No tengo preservativos…

—No, coño, no tengo…

—Tranquilo, yo sí —dice. Luego se sienta, dejando al aire su espalda desnuda. Se inclina hacia el pie de la cama y recoge su bolso.

Con el rabillo del ojo distingo entonces el cuadro, nuestro cuadro. Que me fuerza a volverme, a mirarlo fijamente, a retarlo.

—¿Qué pasa? —me pregunta Dalila, al verme flipado.

—Nada, no pasa nada —respondo, pero ella se ha dado cuenta de que estoy mirando el cuadro de encima de la cama.

—Me gusta mucho ese cuadro —dice con un suspiro, como si ya lo hubiera comprendido todo—. Es una de las pocas cosas que recuerdo del colegio.

—A mí también me gusta.

—*El tiempo de la anarquía* —me dice en voz baja y me da un beso.

—De la armonía —replico.

Ella sonríe.

—*El tiempo de la anarquía,* ese es el título. Aunque Signac lo tuvo que cambiar.

—¿Cómo que lo tuvo que cambiar?

—Sí, porque si no cambiaba el título no le permitían exponerlo.

44

Alice

—¡Martina, por favor, cuéntame algo más!

—Ali, no hay más. ¿Qué quieres que te cuente?

Nos encontramos en el lavabo del Hollywood, en la fiesta de la casa discográfica que en febrero lanzará el primer single de Martina. La música llega atenuada a través de la puerta del lavabo, donde un par de chicas se están metiendo coca sobre la tapa del váter.

—Cuéntame, no sé, con quién estaba, qué hace, cómo se encuentra —insisto, un poco asombrada por su reticencia.

—Ya te lo he dicho, solo lo he visto a él —me dice con gesto distraído—. Y se encuentra bien, y no te ha puesto los cuernos con esa tía con la que lo has visto. No se la ha tirado.

—¿Cómo puedes estar tan segura? A ti también te puede haber mentido.

Me doy cuenta de que mis preguntas delatan un principio de paranoia sentimental del tipo «hay un complot y todos me ocultan algo». Pero realmente no puedo comprender por qué Martina no quiere contarme sus impresiones, con pelos y señales.

—Alice, no se la ha tirado —dice, segura—. De todos modos, a estas alturas tampoco entiendo por qué te importa tanto.

—¡¿Qué?! Martina, ¿qué dices?

—Solo digo que me parece que mientras tanto tú has tomado tus decisiones. Estás aquí con Guido, ¿no?

—Marti, eso no tiene nada que ver.

—Sí que tiene que ver, si te lo tiras.

No puedo replicar nada a esa afirmación. Me pregunto desde cuándo se ha convertido Martina en «la amiga que me reprende». Nunca lo había hecho, es más, sin duda son más numerosas las veces que yo le he echado la bronca a ella. Pero tampoco se trata de eso, sino de otra cosa.

—Nos hemos besado una sola vez —le digo, obligada a justificarme—. Y después de eso no ha pasado nada.

—Sí, pero ahora estás aquí con él, ¿o me equivoco?

—Oye, no te entiendo. ¿Tú de quién eres amiga?

—Soy amiga de los dos, y lo único que digo es que si has decidido estar con Guido, deberías decírselo a Luca y permitirle que... haga lo que le apetezca.

Martina no me mira mientras me arroja a la cara lo que piensa, mientras me dice claramente los motivos por los que no quiere contarme más de San Francisco. Ella cree que la gilipollas soy yo, porque yo he besado a otro chico una noche, en un momento de debilidad.

Martina se enciende un cigarrillo y yo salgo del lavabo dando un portazo. Cruzo la sala, en la que hay mogollón de gente bailando, y cuando casi he llegado a la puerta de salida, Guido me corta el paso.

—Eh, ¿qué pasa? ¿Algún problema? —me pregunta, buscando mi mirada.

—Pasa que Martina es una gilipollas —respondo tajante, sintiéndome cada vez más rabiosa.

—¿Por qué, qué ha hecho?

—Es una historia muy larga, y ahora no te la quiero contar.

Guido mira alrededor, incómodo. He sido demasiado directa y no pretendía involucrarlo en este rollo.

—Oye, aquí hay un montón de material para el artículo sobre las costumbres de los jóvenes —me dice, confirmando su habilidad para decir las cosas en el momento más oportuno. Ahora no me apetece pensar en Martina ni en Luca.

—Sí, precisamente en el lavabo había dos metiéndose coca. De todos modos, es sobre las jóvenes —puntualizo—. El periodista me dijo que el reportaje tratará solo sobre las mujeres.

—Lo que confirma mi convicción de que es un viejo salido.

Trato de reír, pero decididamente no estoy de humor. Guido me mira un poco preocupado. En ese momento se nos acerca Mary, bailando con los brazos levantados.

—¡Qué fiesta tan guay! —grita.

Un par de chicos bailan a su alrededor, como siempre. Allí donde vaya, a Mary la sigue una fila de pretendientes.

—Sí, estupenda —digo.

—¿Y este funeral?

Guido y Mary se cruzan una mirada que yo no debería ver y que sin embargo veo perfectamente.

—Bueno, voy a por unas copas, vuelvo enseguida —dice entonces Guido, y desaparece.

Me quedo sola con Mary, la única persona con la que me apetece estar. Con ella y con sus tres o cuatro moscardones, que la siguen rondando.

—Madre mía, Mary, siempre te ligas a unos horteras espantosos.

—Venga, no es verdad, un par de ellos no están tan mal. Con menos gimnasio y menos rayos UVA, te saco dos chicos casi normales. Además, a mí me gustan un poco horteras.

—Sí, ya lo sé.

—Y ahora ¿quieres contarme qué pasa? ¿Dónde está Martina?

—Ni lo sé ni me importa. ¡No me ha dicho más que chorradas! Y…

—Espera, espera… —me interrumpe Mary—. Después me hablas de Martina, cuéntame algo de Guido, antes de que regrese. Oye, creo que está colgado de ti; pero ¿de qué vais?

—¿Qué quieres decir?

—¿Os besáis? ¿Hacéis el amor? ¿Salís juntos?

—¡No, Mary, vamos! Además, sigo con Luca… O sea, no sigo, pero es como si siguiera.

Mary suelta una risita y pone su cara seria.

—Bueno, lo has besado una vez, me lo has contado tú misma.

—Oye, fue en un momento de debilidad, ¿qué importancia tiene un beso?

—Óyeme tú, cariño, si era un momento de debilidad, vale, *no problem*, para mí un beso no equivale a traición. Pero ¿estás segura de que hablamos de debilidad? ¿No sientes nada por él?

Las palabras de Mary me dan directamente en el corazón. Pero son las palabras de una amiga, una amiga que me aprecia y que no quiere que haga nada de lo que pueda arrepentirme. Las palabras que me hubiera gustado oírle a Martina. No sé, estoy hecha un lío. No entiendo por qué Martina se ha comportado así. Era como si me tuviese manía.

—Mary, voy a ir a verlo…

—¿Cómo que vas a ir a verlo? ¿Estás loca? ¿Cómo te las apañarás?

—¡Tengo que verlo ya! ¡Me da igual, tengo que hablar con él ahora! Debo saber si nuestra historia de mierda se ha acabado o no, y si se ha acabado…

Mary me abraza y con una mano me sujeta la cabeza sobre su hombro, mientras siento que los ojos se me llenan de lágrimas.

45

Luca

Esta mañana mi despertador vuelve a ser un redoble de tambor. Abro los ojos, miro el radiodespertador en la mesilla, es mediodía. Me inclino por el borde de la cama y con una mano busco las zapatillas, pero doy con una bolsa de plástico. La levanto, es la marihuana de Dalila. Debe de habérsela olvidado aquí. Recuerdo entonces en un fogonazo lo ocurrido anoche y siento una punzada en el corazón, una mezcla de vergüenza y sentimiento de culpa.

Al final no pude hacerlo, pasar de todo, pensar solo en mí, traicionar tanto a Alice. Pese a ello, ahora me siento como si hubiese arrojado una piedra contra una ventana y hubiese golpeado fortuitamente el marco sin romper nada. Así, sin haber alcanzado mi objetivo, he hecho algo que no debía hacer.

Dejo la marihuana en la mesilla y entro en el baño para darme una ducha, acompañado por el concierto del piso de abajo. Luego me visto, me guardo la bolsa en el bolsillo interior de la chupa y bajo. Dalila debe de estar ahí. No quiero tener una bolsa de hierba en casa.

Llamo dos o tres veces a la puerta del local de ensayo antes de caer en la cuenta de lo absurdo de mi gesto. Empujo la puerta; se abre sola.

En el ambiente flota una fina niebla, y en las paredes se perciben pequeñas vibraciones causadas por los altavoces. Abro la puerta del salón de al lado, de donde llega la música. Nadie se fija en mí. Y nadie quiere decir: dos perros dormidos y un chico sentado en el suelo y apoyado en la pared, que mueve la cabeza arriba y abajo. Además, por supuesto, de las chicas del grupo.

Solo Dalila repara en mí y me mira con cara interrogante. Yo saco la bolsa de marihuana de la chupa. Ella comprende, asiente y me señala al tío sentado en el suelo. El tío, que ha observado la escena, me indica con un gesto que me siente a su lado. Y eso hago. Me tiende la mano, sin dejar de balancear la cabeza ni de sonreír. Ninguno de los dos se presenta, así que nos limitamos a escuchar la audición.

Sin embargo, a los dos minutos la batería pierde el ritmo, o es la guitarra la que va por su lado, no lo sé. El hecho es que la cantante se vuelve, grita algo y de repente todas dejan de tocar.

Al parecer, Dalila es la que se ha equivocado. Presencio así una breve discusión, y luego ella se me acerca. Me coge de una mano, me levanta y me lleva a otra habitación, una pequeña cocina repleta de cacerolas, sartenes sucias y ceniceros llenos de colillas.

—Has perdido el ritmo —le digo.

—Por tu culpa, me has distraído.

Dalila se apoya en el antepecho de la ventana, por la que entra una débil luz blanca, y cruza los brazos. Yo permanezco de pie en medio de la pequeña habitación.

—¿Por qué tocas el bajo?

—Cada cual tiene su instrumento.

Es más que evidente que estamos eludiendo el que debería ser el tema central de nuestra conversación. Aunque, precisamente porque los dos lo hacemos a sabiendas, no entiendo nuestro miedo.

—¿Y tu instrumento es el bajo?

—Sí, porque la gente suele pasarlo por alto.

—Ah, ¿a eso te refieres cuando dices que cada cual tiene un instrumento?

—Pues sí. El primer guitarrista, por ejemplo, es un protagonista, y si además canta ya es un flipe. Esas personas pueden ser fantásticas, pero también muy exigentes.

—¿Y cuál sería mi instrumento? —le pregunto.

Dalila me mira y me estudia un poco, evidentemente reflexionando sobre la pregunta.

—No lo sé —responde—. Pensaba que eras un bajo, pero después he comprendido que eres también de los que no lo oyen.

Se vuelve y mira por la ventana, sin descruzar los brazos. Puedo intuirle un suspiro al ver cómo se encoge de hombros.

—Adiós, Luca —dice con un hilo de voz, y durante un instante creo que no he oído bien.

—¿Adiós?

—Sí, adiós. Es hora de que cada uno siga su camino. Sabes reconocer ese momento, ¿no?

Ahora su voz es fría, casi cabreada.

—Dalila, no entiendo, no te sigo…

—Lo sé, por eso no eres un bajista. Si fueras un bajista comprenderías por qué te estoy diciendo estas cosas.

—Pues ayúdame a comprender.

Dalila sigue dándome la espalda, pero puedo distinguir su rostro en el reflejo descolorido del cristal de la ventana.

—Verás, la primera vez que nos vimos, cuando me salvaste de ese tío borracho, pensé que nunca me habían salvado de nadie. Y menos mal, porque eso significa que nunca lo había necesitado. Pero he reflexionado. Bueno, ayer pensé durante un momento en que tú habías venido realmente a salvarme.

Entonces su voz vacila. Dalila se vuelve y veo que sus ojos están llenos de lágrimas.

—Ay, coño, Dalila, ¿qué pasa?

—Nada, solo que quizá sea mejor que cada uno vaya por su lado.

En ese instante siento una vibración en el bolsillo. Luego empieza a sonar mi móvil. Lo saco del bolsillo, decidido a apagarlo, pero justo cuando voy a apretar el botón rojo, veo que es Alice.

—Dalila, perdona, pero no me queda más remedio que contestar. Espera, espera un segundo…

Pulso el botón verde y contesto.

—Sí —digo con una voz lo más neutra posible.

Dalila, delante de mí, da un corto paso hacia atrás y vuelve a apoyarse en el antepecho de la ventana.

—Luca —responde una voz al otro lado del teléfono. Es ella.

—Hola.

—Hola.

Siguen unos segundos de silencio que llenan todas las horas en las que no hemos hablado. Siento amor, odio, rabia y nostalgia, todo a la vez, y no sé qué decir. No soy capaz de imaginarme por qué me ha llamado, pero en cierto modo, no sé por qué, me alegra.

—Oye, no puedo hablar mucho, esto sale muy caro —dice Alice—. Pero quiero ir allí. Tengo que hablar contigo.

Tardo unos segundos en asimilar la información. Y cuando me dispongo a contestar, ella se me adelanta.

—¿Puedo ir? —me pregunta.

Su tono es frío, como el de una secretaria que concierta una cita.

—Sí, puedes venir. Pero ¿qué vas a hacer con el instituto? Además, el billete…

—Adiós, Luca. Te escribiré a mi llegada. ¿Puedes pasarme a buscar al aeropuerto?

—Sí, claro.

—Vale, pues adiós.

Cuelgo el teléfono. Levanto la cabeza. Pero Dalila ya no está.

46

Alice

—¡Verás cómo ahora aparece Luca! —exclama Mary—. Igual que en las películas, aparece por aquí mientras tú aterrizas en San Francisco. ¿No sería romantiquísimo?

—Sería estúpido, ya que lo he llamado y sabe que voy para allá…

—Ay, qué poco romántica eres… —resopla, con una mueca de desaprobación.

Aún faltan tres semanas para Navidad, y la ciudad, como todos los años, ya está adornada. Hay luces en todas partes, árboles navideños y guirnaldas, la crisis económica no parece haber afectado a la fiesta más esperada del año. Tampoco en el bar de enfrente del instituto, donde Mary me está exponiendo su hollywoodense concepto de romanticismo, faltan lucecitas sobre la barra ni nieve falsa en la puerta de cristal.

—Oye, ¿qué les has dicho a tus padres? —me pregunta Mary.

—Les he mentido —admito—. Les he dicho que voy a casa de Martina.

—¿Qué? Ali, estás loca, ¿y si te pillan?

—¿Y qué quieres que haga? ¡Mi madre nunca me dejaría ir! De todas formas, ya está decidido. Mañana me dan el visado y ya he comprado el billete, mis padres nunca se enterarán.

Mary me mira preocupada, y en ese instante, tras haber proclamado mi decisión, comprendo realmente lo que me dispongo a hacer.

—¿Has hablado con Martina? —me pregunta, a la vez que deja su capuchino en la mesa.

—No, la verdad es que no. No creo que tengamos mucho que decirnos. No nos hemos peleado. Solo estoy… cabreada. Y confundida. No se ha comportado como una amiga.

—Pero ¿qué tenía que contarte?

—¡Mary, fue a San Francisco, estuvo con Luca dos días, tenía que contarme mogollón de cosas! Y resulta que lo único que sabe decirme es «todo bien, no te preocupes».

—¿Y Guido?

—De Guido no sé qué decirte, prefiero no pensarlo; de todos modos, ahora viene.

—A mí me parece guapo… y está colado por ti. Bueno, Ali, tengo que marcharme, ¿tú qué haces?

Son las once. Mi cauto plan de «me salto la primera hora» se me ha ido un poco de las manos.

—Nada, me quedo, y a mediodía me iré a casa.

En eso, el volumen de la radio del local sube y se oye la voz de un DJ que anuncia una nueva canción: «Por primera vez, aquí, en Radio 105, una joven promesa que ha conquistado la web. Su perfil en MySpace cuenta con cientos de contactos diarios, ya ha interpretado varias canciones versionadas y, hoy, aquí, escuchamos en primicia su primera composición propia…».

Mary y yo nos miramos incrédulas.

—Está aquí en el estudio con nosotros..., se llama Martina. Hola, Martina, y bienvenida.

—Hola, gracias —dice Martina con cierta emoción.

—Eres jovencísima, me dicen que tienes... diecinueve años, vale, entonces no eres tan joven. Ya eres mayor de edad, así que...

—Así que puedes tirarle los tejos, exacto —se oye decir a otro DJ—. Pero eso no sería elegante, hazlo fuera de antena.

—Siempre piensas mal... En fin, Martina, además de ser una joven promesa, eres una chica guapa, que ha empezado grabando sola sus vídeos y poniéndolos en MySpace, ¿digo bien?

—Sí, en efecto —responde Martina, lacónica.

—¿Estás emocionada? —le pregunta el DJ.

—No —contesta, pero con un tono que para mí es completamente nuevo. Dicho de otro modo: Martina está emocionada.

De pronto me siento tonta por haber discutido con ella y por algo que probablemente carece de importancia. Y solo me siento feliz, por ella, por esta canción, por lo que ha conseguido. Feliz y muerta de ganas de escuchar el tema que todavía no ha escuchado nadie.

Los dos DJ le hacen algunas preguntas más, bromeando sobre los SMS que llegan de los oyentes, y uno de los dos da en antena el móvil de Martina, pero es un número falso. Y, tras las palabras, empieza a sonar la música.

Cuando termina la canción, Mary y yo no sabemos qué decir. Mary mira fijamente el interior de su taza de capuchino, y yo me he quedado con la sonrisa helada en la cara. La letra de la canción parece plantear una hipótesis que explicaría su comportamiento ambiguo de los últimos días. Y yo realmente ya no sé qué pensar.

—Mary, ¿estás pensando lo mismo que yo?

—Martina está loca —contesta—. Pero no es posible que... Venga, nunca te hubiera hecho algo así.

—Mary, razona, fue a San Francisco, y sin motivo. Si había alguien que debía ir era yo, no ella. Y cuando regresa me dice que si quiero salir con Guido tengo que dejar libre a Luca, y se comporta de esa manera rara de la que te he hablado. Y ahora esa canción.

—No es posible —repite Mary con sequedad.

—Perdona, ¿por qué entonces no nos había dejado escucharla antes, y la descubrimos ahora, de pronto, en la radio?

—¿Eso qué significa? ¡Ya sabes cómo es Martina!

—También creía saber cómo era Luca, pero es evidente que me he equivocado con los dos.

¿Así que esta debía ser la etapa más hermosa de mi vida? ¿Los años en los que solo debo pensar en divertirme y que no volveré a vivir? Además del padre en paro y el novio que me ha traicionado, ahora debo añadir a mi mejor amiga, que... se ha olvidado de que es mi mejor amiga. Recuerdo la historia que me contó Guido, y me asombra lo peligrosamente que coincide con lo que me está pasando. Y me pregunto si yo también me deprimiré, si dejaré de comer, si perderé a Luca para siempre. Me pregunto si encontraré a otro chico y si empezará todo de nuevo. Puede que las cosas funcionen así. Es como un tiovivo. Hay un tiempo limitado, hay que pagar un ticket. Subes, te lo pasas bien y luego bajas. Y tienes que ir a otro tiovivo.

En ese instante la puerta del bar se abre, dejando entrar una corriente de aire frío que llega hasta nuestra mesa. Levanto la cabeza y veo que Guido se acerca sonriente hacia nosotras.

—Hola, Alice. ¿Qué tal?

47

Luca

«¿Y? ¿Te gustó la canción? ¡Hoy la ponen en la radio y la escuchará todo el mundo!»

El mensaje de Martina me llega cuando estoy limpiando la habitación, en un intento de borrar todo rastro de Dalila. Por supuesto, no hay el menor detalle que eliminar; la única cosa que de verdad necesito es un lavado de conciencia.

Van a poner la canción en la radio. Genial. Eso quiere decir que Alice también la va a escuchar, o quizá ya la ha escuchado. Puede que esté viniendo aquí justo por eso. ¡Claro, qué tonto soy! ¿Por qué otra cosa iba a venir?

Desearía no haber respondido a su llamada de teléfono. En mi interior pugnan sentimientos encontrados. Lo cierto es que no veo escapatoria a esta situación.

Escucho la canción por enésima vez, tratando de convencerme de que todas esas frases bonitas están dedicadas a Daniele, su novio, o a cualquier otro, y no a mí ni a Alice. Pero las dudas se amontonan en mi cabeza, y las hipótesis se superponen.

La única buena noticia en medio de toda esta locura es que en Berkeley me permiten presentar la solicitud de matrícula. Lo cierto es que para mí eso ya constituye un motivo suficiente de celebración. Sé que lo normal es alegrarse cuando te aprueban la solicitud, pero, en vista de las fechas, me conformo con poder presentarla.

Que en el fondo es el auténtico motivo por el que estoy aquí.

Son las cinco de la tarde. Estoy saliendo del portal para ir al restaurante cuando reparo en que la ventana de la casa de Dalila está iluminada. No hemos vuelto a hablar después de que la llamada de Alice interrumpiera nuestra conversación y, francamente, no sé si procede retomar aquel tema o aceptar su «adiós» como una despedida. Alice está viniendo, me digo. Y eso es lo único importante.

Ya en el mismo portal pienso que en el fondo es inútil evitar la cuestión, que es mejor aclarar las cosas enseguida, ya que vamos a seguir viéndonos en el trabajo a diario, nos guste o no.

Aprovechando que un chico sale del edificio, sujeto la puerta y entro rápidamente. Subo hasta su piso y toco el timbre. Espero unos segundos, pero no responde nadie. Llamo de nuevo, pero sigue sin haber respuesta.

Decidido a despejar todas las dudas, intento abrir. Pongo la mano en el picaporte, y la puerta se abre. La cierro inmediatamente, no quisiera que se llevara un susto, y toco de nuevo el timbre. Nada.

Así que la llamo.

—Dalila, ¿estás en casa? Soy Luca. ¿Dalila?

En la casa hay un olor extraño, no el habitual a incienso y marihuana, sino a algo más acre, como si no ventilaran desde hace mucho tiempo. En ese instante me acuerdo de que llevo todavía en el bolsillo la bolsa de marihuana. La saco y la dejo en la mesa del salón.

Advierto que está rota, porque un poco de hierba se cae al suelo. La recojo y la guardo deprisa en la bolsa.

Llamo de nuevo a Dalila, pero nada. Entro en su habitación, y tampoco está allí. De modo que solo puede estar en el cuarto de baño, o, lo que es más probable, ha tenido que salir corriendo, olvidándose de apagar la luz y de cerrar la puerta.

Se me ocurre llamarla al móvil. Marco el número. El teléfono comienza a sonar. Pero el sonido llega del salón. Un instante después tengo su móvil en la mano. Estaba en la mesilla de delante del sofá. ¿Acaso puede haberse olvidado también del móvil?

Así las cosas, mis temores se han convertido en un miedo de contornos precisos. Ha pasado algo, me digo, mientras me dirijo raudo hacia el baño.

Abro la puerta, y Dalila está allí, echada en la bañera, con la cabeza ladeada, inconsciente.

Siento un raro hormigueo que me sube desde un brazo hasta la cabeza, a la vez que el pánico se apodera de cada fibra de mi cuerpo.

48

Alice

—No hay duda de que se quiere acostar contigo —dice Guido con seguridad.

—Ah, ¿tú crees?

—Desde luego, Alice, hazme caso.

El avión despega en dos horas, y Guido me ha acompañado al aeropuerto. Le he contado por qué viajo a San Francisco y a quién voy a ver. Él me ha dicho que hago bien, aunque la idea de acompañarme ha sido suya, y a mí me parecía, sinceramente, excesiva.

Pero no he visto a Martina. Tampoco he hablado con ella desde que ha salido su canción. Y puede que sea eso lo que más alimenta mis sospechas. ¿Por qué no me ha llamado? ¿Por qué no le ha interesado saber si me ha gustado su canción? Vale, Martina jamás haría eso, pero no puedo dejar de pensar que se me escapa algo. ¿Luca ya habrá escuchado el tema? ¿Qué habrá pasado entre ellos en San Francisco?

Casi me parece absurdo marcharme para descubrir lo que en el fondo ya sé: nuestra historia ha terminado. Luca ya no es mi novio. Pero al menos quisiera averiguar si Martina sigue siendo mi mejor amiga.

—Un periodista que te invita a su casa —prosigue Guido— para hablar de un artículo de prensa solo quiere una cosa.

—No me ha invitado a su casa, debíamos vernos en la redacción, pero...

—¿Pero?

—Vale, ¿y qué pasa? No pienso acostarme con él.

—Y él no publicará tu estupendo artículo sobre las jóvenes. ¿Ya se lo has mandado?

—Sí, me ha dicho que lo leerá y que a mi regreso hablaremos.

—En su casa —repite Guido—. Mira, si cambias su manera de conjugar el verbo «hablar» por «tener sexo», obtienes el auténtico mensaje.

—¿Acaso no puede gustarle de verdad lo que escribo?

—Claro que le gusta. ¡Pero eso no tiene nada que ver! Tú no puedes meterte en la cabeza de un hombre. El sexo forma parte de todos los pensamientos. No es nada malo en sí, a menos que uno lo use como arma de chantaje.

Las palabras de Guido me hacen reflexionar. No es que yo sea una ingenua y que nunca haya oído hablar de esas cosas, pero me imaginaba que el día en que me viera en una situación así todo sería más evidente. Un viejo gordo se bajaría los pantalones delante de mí en su despacho, y yo me daría cuenta de qué iba la cosa. Pero Giovanni es bastante joven y atractivo, y no me parece tan baboso.

—Dime, Alice, ¿te ha echado piropos? —me pregunta Guido, insistiendo en su teoría.

—Sí —admito.

—¿Te ha dicho que eres muy buena y única?

Pienso un instante.

—Sí, más o menos.

—¿Te ha dicho que podrías aspirar a mucho más?

—Sí, o sea, que podría escribir para un diario de verdad.

—Y te ha invitado a su casa.

—Dos veces. Ay, mierda, tienes razón.

—Te lo he dicho.

El tren para dentro del aeropuerto. Guido coge mi maleta y bajamos. Me siento un poco turbada, como una niña a la que le han robado una piruleta.

Guido se ofrece a acompañarme al embarque. Durante el camino no hablamos. Demasiados pensamientos bullen en mi cabeza y sobre todo me sigo repitiendo que se está acercando el momento en que veré a Luca. Hay muchas, demasiadas cosas que aclarar. Sin embargo, en este momento mi cabeza está dividida en dos. Por un lado, están Luca y todo el follón, Martina incluida; por otro, hay algo que aún me cuesta definir. La revista, el artículo, el trabajo en el restaurante. Cosas que solo me incumben a mí y a las que no han afectado los malos rollos de los últimos días. Es como si mi vida fuese una ciudad con unas casas de ladrillo y otras de madera. Si hay un tornado, las casas de madera desaparecen enseguida, aunque pueden reconstruirse después, las de ladrillo aguantan un poco más.

De lo que se trata es de averiguar si lo que está a punto de desatarse sobre mi vida es un tornado o solo una tormenta.

—Adiós, Guido —le digo cuando estoy haciendo cola para pasar por el detector de metales.

—Adiós —dice él en voz baja, mirándome a los ojos.

Entonces le doy un besito en la boca y me aparto enseguida.

—Gracias —añade—. Lo guardaré hasta que vuelvas.

49

Luca

En el videojuego, en un momento dado la rata se muere. No se pasa de nivel, no hay laberintos más intrincados ni pruebas más difíciles que superar. En el videojuego de la rata, en un momento dado sencillamente se muere.

Me pregunto cómo puede Dalila haber hecho algo así... Cómo alguien puede olvidarse de sí mismo, de su vida, de la gente, y decidir poner punto final.

Eso es lo que me repito en la sala de espera del hospital. Pienso en el momento en que he visto la ventana iluminada de su piso. ¿Qué habría pasado si en ese mismo instante, por ejemplo, hubiese pisado un charco y no me hubiese fijado en ese detalle? Pienso en nuestro primer encuentro: ¿qué habría pasado si en vez de acudir a aquellos gritos sigo mi camino? Nunca habría conocida a Dalila, ciertamente, pero tampoco habrían ocurrido otras cosas y a lo mejor ahora estaría con Alice, en una cafetería de Market Street contándole cómo llevo mi curso de inglés. Pienso en esta mañana, cuando me he despertado con el redoble de batería, en la bolsa de marihuana que he encontrado debajo de la cama. ¿Qué habría pasado si no hubiese bajado a devolverla?

Trato de levantar la cabeza, pero es como si tuviera una roca en el cuello. A mi alrededor habrá unos veinte infelices. Jóvenes, hombres, mujeres y niños que esperan su turno o que esperan a sus familiares.

De repente una puerta se abre y sale un médico. Recorre con la mirada la sala y enseguida lo aborda una mujer muy nerviosa que lo acosa a preguntas. Una enfermera coge a la mujer del brazo y la lleva a su asiento, mientras el hombre sigue mirando alrededor.

En el pasillo aparecen dos policías uniformados. El médico va a su encuentro, y hablan. Luego el médico me señala, y los tres se me acercan.

Uno de los policías me pregunta algo mirándome directamente a los ojos con cara amenazadora. No consigo entender qué me ha dicho, en parte por su acento, pero también porque los pensamientos que se me agolpan en la cabeza no me dejan oír nada.

—¿Eres tú quien ha encontrado a la chica? —me pregunta, ahora hablando lentamente y remarcando bien las palabras.

—Sí —respondo.

—¿Eres amigo suyo?

—Sí, más o menos.

—Entonces, ¿eres su novio?

—No, un amigo.

—¿Qué hacías en su casa?

—Estaba yendo al trabajo, vi que había luz en la ventana, pero... perdonen, ¿ella cómo se encuentra?

El médico no dice nada, pero asiente de una forma no del todo tranquilizadora.

—¿Se encuentra bien?

—Chico, contesta a las preguntas. Cuando has entrado en su casa, ¿ella estaba despierta?

—No, estaba en la bañera, sin sentido.

—¿Y cómo has entrado en su casa? ¿Tenías llaves?

—No; la puerta estaba abierta, me he inquietado y he entrado.

—¿Has llamado enseguida a una ambulancia?

—¡Claro que he llamado enseguida!

Así las cosas, el médico interviene y explica a los dos policías que al llegar la ambulancia yo estaba allí, pero que la chica no se encontraba en la bañera.

El policía le indica que no hable. Debo responder yo.

—La chica, que se llama Dalila, y yo trabajamos en el mismo sitio —prosigo—. Ella les puede contar todo si se encuentra bien, habíamos discutido y fui a su casa para hablar, gracias a eso la encontré.

—*Okay, okay* —dice el policía, asintiendo.

Entonces el otro policía pone la mano en el pecho de su colega para decirle que aguarde. A continuación eleva ligeramente la cabeza y aspira con la nariz, como para olfatear algo en el aire. El policía que me ha hecho las preguntas lo mira con aire interrogante.

—¿Qué pasa? —lo interpela.

El policía no responde, pero me mira.

—¿Has fumado? —me pregunta.

—No, no, yo no fumo.

El hombre me observa con desconfianza. Me escruta de pies a cabeza y se detiene en mi chupa, a la altura del bolsillo interior.

—¿Qué llevas ahí?

Desorientado, no respondo enseguida. Él entonces alarga una mano, coge la cremallera de la chupa y la abre lentamente.

En ese instante una enfermera se acerca al médico y le susurra algo. Este sonríe, luego mira a los policías y dice algo en voz baja acerca de la «chica».

—¿Qué? ¿Dalila se encuentra bien? —pregunto—. ¡Tengo que hablar con ella! ¡Déjenme hablar con ella, solo un minuto!

Sin darme cuenta de lo que hago, avanzo el cuerpo hacia la puerta de la que ha salido la enfermera. No quiero ignorar a los dos policías, pero mi gesto es malinterpretado. Uno de los dos me agarra bruscamente un brazo y me bloquea. Introduce una mano en el bolsillo interior de mi chupa y extrae unas hojas desmenuzadas de marihuana.

—Tú no vas a ninguna parte —dice tajante.

—No, vale, vale, solo quiero saber cómo se encuentra Dalila.

—¿Has dicho que no fumabas? —pregunta el otro policía con tono provocador.

—¡Y no fumo! —insisto, sintiéndome acorralado—. Eso no es mío.

—Bien, pues ¿de quién es?

—Es… es… No es mío.

—¿Qué hacías con la chica? Estabais fumando, ¿verdad?

Ya no sé qué decir. El policía se retira las esposas del cinto, y yo me digo que no puede ser verdad. Pero resulta que es verdad. Las esposas me ciñen las muñecas, mientras en la puerta entornada me parece entrever el rostro de Dalila.

Esposado y con las manos detrás de la espalda, recorro de nuevo el largo pasillo del hospital que pocas horas antes había recorrido junto a la camilla que transportaba a Dalila.

El último pensamiento que me cruza por la cabeza antes de subir al coche patrulla es que Alice aterrizará dentro de menos de doce horas.

50

Alice

No está. No me lo puedo creer. Hace más de una hora que el avión ha aterrizado y Luca no da señales de vida. Lo he llamado cien veces, pero tiene el móvil apagado.

Son las seis de la tarde y estoy en San Francisco, sola, sin un sitio donde dormir. Solo llevo una nota con la dirección de Luca.

Miro alrededor. El aeropuerto me parece inmenso. El ruido de la gente que habla, que se saluda, los que lloran y los que ríen alegres, los anuncios por los altavoces, todo se mezcla en mi cabeza en una única banda sonora que me impide distinguir las palabras.

Estoy en Estados Unidos, sola. Mis padres no saben nada. Y la persona que debería alojarme (que el azar quiere que sea además mi novio, o ex novio) no ha venido a buscarme. De repente me doy cuenta de la locura que he hecho. Quisiera abordar un avión y regresar, borrar a Luca, borrarlo todo. Eso quisiera hacer. Pero no puedo.

Mi corazón late con más fuerza. Respiro hondo, debo mantener la calma. Un chico me golpea con su maleta, me vuelvo de golpe, él me dice algo que no comprendo y enseguida se aleja.

Estoy a punto de sufrir una crisis nerviosa.

Vale, me digo, tengo que actuar racionalmente. ¿Que me he metido en este lío? Pues yo misma tengo que salir.

Lo primero que haré será intentar ir a su casa. Si allí tampoco lo encuentro, me buscaré un sitio donde dormir. Tengo dinero, aunque mi idea no era precisamente gastar todo lo que he ganado trabajando en el restaurante.

Salgo del aeropuerto y pregunto a la primera pareja joven a la que veo cómo puedo llegar al centro. Se dan cuenta de que no hablo bien inglés, pero sobre todo se dan cuenta de mis nervios (a pesar de todos mis esfuerzos para disimularlos) y me acompañan hasta la parada de un autobús. Tras unos veinte minutos en una especie de autopista, el autobús coge una salida y se mete en la ciudad.

San Francisco avanza al otro lado de la ventanilla, pero no lo disfruto como habría hecho si hubiese llegado aquí en otro estado de ánimo. Cuanto veo, por ahora, son casas, vagabundos, coches y tranvías. Nada más ni nada menos.

El autobús me deja en una ancha avenida de cuatro carriles, llena de edificios altos y tiendas de marca.

Allí cojo otro autobús y me bajo en la parada que me ha indicado el conductor. Tras andar diez minutos por una calle empinada, llego a la dirección de la casa de Luca.

Es un modesto edificio de tres plantas que, tengo que admitirlo, no se corresponde en absoluto con la imagen que me había hecho, la del loft de ladrillo rojo visto y ventanal que da a un parque.

En el telefonillo no hay ningún nombre, naturalmente. Así que no me queda más remedio que esperar que alguien entre o salga del portal. Lo que ocurre después de diez minutos largos. Tres chicas que parecen un poco piradas. Tendrán más o menos mi edad y las tres llevan vistosos leotardos de colores y camisetas rasgadas. Simulo que acabo de llegar y las sigo al interior del edificio. A continuación hago como si buscara algo en el bolso para que se adelanten. No se fijan en mi maniobra y suben las escaleras.

Solo hay dos plantas y dos puertas en cada planta. Y recuerdo que su piso no estaba en la planta baja ni en la primera, porque Luca me enseñó las vistas desde la ventana.

Así que voy directa a la segunda planta y llamo a una de las puertas.

A los pocos segundos me abre una de las chicas piradas de antes.

—¿Qué quieres? —me pregunta.

—Perdona, creo que me he equivocado. Estoy buscando...

—¿A Dalila? —me pregunta, no sé por qué.

Titubeo unos segundos antes de responder, tratando de formar una frase coherente.

—¿Eres amiga de Dalila? —me pregunta ahora.

Dalila, ese es el nombre de la chica. No es posible. Vengo a ver a Luca y me topo con las amigas de la tía a la que se tira.

—Sí —respondo segura, aunque me temo que me tiembla la voz—. ¿Está aquí?

—No, no tengo ni idea de dónde está, iba a preguntártelo. ¿Habíais quedado?

—No, la verdad es que no... Es una especie de... sorpresa.

Nos quedamos mirándonos en la puerta. Mejor dicho, yo me quedo allí inmóvil, porque no sé qué hacer.

Mil ideas se agolpan en mi cabeza y por un instante temo que me estalle. Luca no da señales de vida, a Dalila no la encuentran sus amigas. No puedo hacer más que rendirme a la evidencia de los hechos.

—Eh, ¿todo bien?

—Sí, sí, todo bien.

Pocos minutos después estoy de nuevo en la calle. No sé qué hacer, ya no sé nada. Camino sin rumbo, miro alrededor y esta vez veo más de cerca las casas, a la gente. Hay muchos jóvenes alternativos reunidos en las aceras, tantos que por momentos me da la impresión de estar en un centro social o en medio de una manifestación. En eso, dos chicos me piden limosna, poco después un viejo me pide un cigarrillo. Comienzo a experimentar una rara tensión, así que aprieto el paso. Además, ya está oscureciendo, y una densa capa de niebla ha caído sobre la ciudad como una sábana gris.

Debo volver al centro, me digo. Y buscarme un hotel. Y acabar de esa forma con las escasas ganancias del restaurante.

De pronto me siento tonta por haber gastado todo ese dinero, todo el dinero que he ganado, para venir a «aclarar» la situación con mi novio, que ni siquiera ha dado señales de vida.

Cálidas lágrimas empiezan a caerme por las mejillas, pero no quiero rendirme, ahora no puedo abandonarme, aquí no. Evoco las últimas semanas, todas las cosas que han ocurrido, las carreras infinitas, las palabras que como ríos han llenado cada día. Y todo me da vueltas vertiginosamente en la cabeza: Luca, dónde estás, lo primero es el instituto, Martina, qué significa esa canción, Martina, qué ha pasado en San Francisco, Mary, tú crees que mañana debo ir al instituto, de qué va esto de la revista, el artículo, no me has citado, por qué no figura mi nombre, tengo que proponerte algo, escribe un artículo sobre las jóvenes, la fábrica está ocupada, oye, mamá, has bebido, Alice, tú me gustas, Guido, me gustan los piropos, qué significa «desear»...

—¡Bastaaa!

El grito me sale de la boca sin que pueda hacer nada para pararlo. Abro los ojos. Ahora, tras un velo de lágrimas, veo la ciudad borrosa. La cabeza me sigue dando vueltas y temo desmayarme en cualquier momento. Un par de chicas pasan sonriendo a mi lado. Un hombre me mira serio, pero no se detiene. En eso, aparece una mujer, una vieja baja y delgada, con el pelo largo y canoso recogido en dos trenzas tupidas. Me mira, pero no dice nada. Luego me acerca una mano a la cara y me acaricia. Ese gesto me devuelve un poco de lucidez. Esbozo una sonrisa a la que ella corresponde rápidamente y a continuación hace el ademán de beber de una taza, mientras con la cabeza me señala el edificio que tiene detrás.

Levanto la cabeza.

Es un antiguo edificio victoriano rojo, con tres grandes escaparates en la planta baja sobre los que hay un viejo letrero de hierro que reza: RED VICTORIAN.

51

Luca

Estoy en el instituto. También está Alice. El profesor Partis le está diciendo que ha hecho bien en dejarme, pues nuestros caminos se han separado. Luego Alice se me acerca y me dice que va a coger un avión para ir a ver a Martina, su nueva novia. Yo le pregunto: «¿Cómo es posible?», pero en ese momento Partis empieza a pasar lista.

—¡Luca Ciardi! ¡Luca Ciardi!

Abro los ojos. Debo de haberme dormido unos segundos. Delante de mí, al otro lado de los barrotes, hay un policía que me mira, molesto.

Una mano me toca el brazo. Lo aparto instintivamente y me vuelvo. Un hombre de unos cuarenta años, la cabeza rapada, la mirada que refleja mi mismo desaliento.

—¿Te llamas Luca? —me pregunta.

Asiento con la cabeza.

—Pues te están llamando —me dice y a continuación se aleja para volver a sentarse en el banco, a un par de metros de mí.

El guardia me indica que lo siga, y mientras miro su uniforme por los barrotes de la celda me pregunto si cabe que esto no sea más que una pesadilla atroz. Una pesadilla especialmente realista y llena de detalles, pero una pesadilla. Esta vez sí que es el fin, me digo. Me condenarán, acabaré en una cárcel de verdad. Telefonearán a mi madre, que romperá a llorar. Mi padre tomará el primer avión y por el cristal para hablar con los presos me dirá que soy un gilipollas. ¿Cómo puedo haber terminado en esta situación? Tengo miedo, un jodido miedo que nunca he experimentado. El miedo, esta vez, de haberme perdido de verdad. De haber perdido mi camino, y de ya no poder reencontrarlo. Qué más me da el futuro, me digo, me da igual lo que haga, lo que estudie, con quién me acueste o con quién tenga hijos. De pronto, todo me parece muy poco importante. Eso no es lo que define mi camino. Son otras cosas, más importantes, y una de ellas implica no acabar en una cárcel de Estados Unidos.

—Muévete —me dice bruscamente el policía indicándome con la cabeza que lo siga.

Atravesamos el largo pasillo flanqueado de celdas, hasta la puerta blindada que conduce a los despachos. Durante un instante me digo que alguien ha venido a buscarme, que pagará la fianza y que pondrá fin a esta pesadilla. En cambio, el policía me deja delante de una secretaria gorda, con el pelo rojo y rizado, y gafas, que me dice que puedo hacer una llamada de teléfono.

—Solo una. —Y lo subraya levantando el índice.

Tras la palabra «teléfono» la sensación de aturdimiento que se había apoderado de mí se disipa en el acto. ¡Tengo que llamar a Alice, tengo que llamarla enseguida! ¿Dónde habrá pasado la noche? Es lista. Habrá encontrado un hotel, seguro que no se ha quedado en la calle. Pero ¿y si le ha pasado algo? Sé qué estará pensando de mí en este momento, como también sé que nuestra historia ha terminado para siempre, pero ahora lo único que me importa es saber que se encuentra bien.

Marco el número de su móvil.

Pasados unos segundos, el teléfono empieza a sonar.

Un timbrazo, dos, tres. Espero hasta el décimo timbrazo.

—¿Diga? —pregunta una voz. Es ella. Está viva. Se encuentra bien.

—Alice, soy Luca, no puedes creer qué coño me ha pasado, pero dime que estás bien; ¿estás bien?

—Luca, ¿dónde estás? No me lo puedo creer, llegué ayer al aeropuerto, sola, he pasado la noche en un hotel, he ido a buscarte a tu casa y he conocido a las amiguitas de tu Dalila. Yo, yo…

—¿Qué? ¿Que has conocido a las amigas de Dalila? ¿Cuándo? ¿Por qué?

—¿Eso es lo que te interesa saber ahora? ¡A mí me gustaría saber dónde porras estás!

—Alice, es muy difícil explicarlo, dime cómo se llama tu hotel, trataré de salir de aquí y te busco.

—El hotel se llama Red Victorian, oye, pero ¿desde dónde me estás llamando?

—Solo dime que te encuentras bien. ¿Tienes dinero?

—Luca, me estoy cabreando. Estoy perfectamente, pero me estoy cabreando. Respóndeme a esta pregunta: ¿estás con Dalila?

—Pero ¿tú qué sabes de Dalila? ¿Se encuentra bien? ¿La has visto?

La conversación se corta de golpe. Temo que Alice haya colgado.

Pero se encuentra bien. Y también Dalila.

Noto que una improbable sonrisa se extiende en mis labios, antes de recordar dónde estoy. La secretaria gorda y gafotas me mira con una sonrisa interrogante.

—¿Y? —me pregunta.

—Pues nada —respondo.

—Pues que te quedas aquí —concluye el policía.

—No, espere, ¿puedo hacer otra llamada? Solo una, por favor.

—Chico, quizá aún no has comprendido dónde estás —añade el policía—. Si te dicen una llamada, es una llamada...

—¿Has avisado a alguien? —pregunta la mujer—. ¿Hay alguien que pueda pagarte la fianza?

—¿La fianza? No, no lo sé... —farfullo sin poder decir nada más. Tengo la sensación de haber acabado en un juego mucho más grande que yo. Policías, cárceles, fianzas, nada de eso forma parte de mi mundo, y no sé qué hay que hacer.

Mientras me devuelven a la celda pienso que tendría que haber llamado a casa. Pero no puedo hacerlo, no puedo contarles a mis padres toda esta historia. Debo encontrar la manera de salir de aquí por mi cuenta.

El policía cierra la puerta de la celda. Miro alrededor, con renovada confianza, pese a que las personas que comparten conmigo estos pocos metros cuadrados inspiran todo menos confianza. Aparte de ese hombre, el que me ha despertado cuando ha venido a buscarme el guardia. Lo veo, está en un rincón, con las piernas contra el pecho y la cabeza entre las rodillas, en una postura que casa mal con un hombre de cuarenta años. Me acerco con el propósito de hablarle, cuando oigo unos sollozos. Está llorando.

—Eh, ¿todo bien? —le pregunto al tiempo que le pongo una mano en el hombro.

Se retrae de golpe y en ese gesto veo el calco del que yo había hecho unos minutos antes.

El hombre levanta la cabeza, me mira, y de repente siento una inexplicable complicidad con ese desconocido. Quizá me pueda ayudar. Quizá pueda decirme cómo se sale de aquí. Cómo son las cosas en Estados Unidos. Cómo…

—¿Qué hacemos aquí? —me pregunta.

52

Alice

Me despierta un maullido, y tardo un instante en comprender dónde me encuentro.

Enciendo la luz y veo en la pared rosada de enfrente de la cama una inscripción: PINK ROOM. Todas las paredes son rosadas, la cama con dosel es rosada, el parqué es rosado y los muebles son blancos, pero es como si fueran rosados. Sobre un tronco de madera pintado de blanco, al lado de la ventana, un gatito gris me mira intrigado.

Su maullido suena casi como un «buenos días». Estoy por responderle «miau».

Me siento aturdida, tengo hambre y sueño, quisiera dormir, pero también levantarme, son las ocho de la mañana, pero el reloj de mi cabeza evidentemente está averiado. Este debe de ser el famoso jet lag del que todo el mundo habla…

Lo primero que hago es mirar el móvil. No hay ninguna llamada.

Llamo a Luca. Tiene el móvil apagado. Empiezo a preocuparme, no quisiera que le hubiera pasado nada. Y no tengo ganas de estar preocupada. Solo quiero estar cabreada. La sensación de paz que experimenté al encontrarme en este sitio podría volatilizarse en pocos segundos.

Pero justo cuando estoy a punto de sumirme en la desazón, reparo en una inscripción que hay encima de la cabecera de la cama: HAZ LO QUE PUEDAS, CON LO QUE TENGAS, DONDE ESTÉS.

Vaya, me digo, debo de haber caído en una especie de comuna de pasotas.

En ese preciso instante suena el móvil.

Respondo.

Es él.

La conversación que sigue me permite conocer los datos necesarios para dejar de estar preocupada y quedarme única y exclusivamente cabreada.

Luca está vivo y se encuentra bien.

Y eso, lamentablemente, es todo. Sin embargo, ahora no sé realmente qué hacer. ¿Debo buscar a Dalila o esperar a que Luca venga? ¿Debo adelantar el billete de avión y regresar enseguida a casa?

Haz lo que puedas, con lo que tengas, donde estés.

Releo la inscripción de la pared y decido que, por ahora, esa será mi respuesta.

Me levanto y voy al baño, que, ni que decir tiene, es completamente rosa. Me meto en la ducha. Es una mampara de cristal mate, de esos que no dejan ver desde fuera. Abro el grifo del agua caliente y empieza a sonar música. Cierro el agua y la música deja de sonar.

Vale, ya sé cómo va esto.

Reabro el grifo y mientras dejo que corra el agua caliente por mi espalda escucho las notas de una canción que me suena, cuya letra reconozco segundos después: «Please, Please, Let Me Get What I Want»...

Es la canción que grabó Martina en estudio.

Había dejado de pensar en mi mejor amiga, pero ahora irrumpe de nuevo en mi mente para unirse a todas mis otras preocupaciones.

Pero no puedo hacer nada, aquí y ahora. Repito mentalmente mi nuevo lema: haz lo que puedas, con lo que tengas, donde estés, y decido archivar también el tema Martina, por ahora.

Voy a la planta de abajo. Es una cafetería de estilo anglosajón, con sofás grandes, mesillas bajas y cuatro ordenadores.

Pido un café y pregunto si puedo conectarme a internet.

Entro en mi perfil de Facebook. Mary está conectada.

—*¡Mary!* —escribo en la casilla del chat. Pocos segundos después, ella responde.

—*¡Cariñoooooo!*

Oh, menos mal.

Haz lo que puedas, con lo que tengas, donde estés… y también procura hablar con Mary cuanto antes.

—*¿Qué haces chateando? ¿Y Luca?*

—*¿Te quieres reír? Mejor dicho, ¿quieres llorar?*

—*No, ¿qué ha pasado?*

—*No ha venido a recogerme al aeropuerto. No ha aparecido en ninguna parte. He ido a buscarlo a su casa. He hablado con unas chicas, amigas de la tía a la que vi en su habitación. Luego he deambulado por la ciudad hasta que una viejecita pasota me ha recogido en la calle y me ha llevado a una especie de pensión para hijos de las flores. He dormido en una habitación que se llama «Pink Room» y me ha despertado un gato. Ah, y cuando abres el grifo de la ducha suena música.*

Mary tarda unos segundos en responder. Creo que la he dejado de piedra.

—¿Pink room? *Ali, ¿eso no es un burdel?*

—*¡No, Mary! ¿Qué dices? Solo es un sitio un poco hippy…*

Le cuento entera mi conversación telefónica con Luca, y ella se limita a contestar con signos de interrogación y exclamación, ya que todavía no existen caritas capaces de expresar el absoluto desconcierto.

—*Oye, Ali, tengo que contarte algo* —escribe Mary.

—*No, tú también no.*

—*Es sobre Martina y su canción. Nos hemos visto en su casa y le he dicho que la canción es muy bonita, que tú también la has escuchado y…*

—*¿Y qué?*

—*¿Te acuerdas de esa frase: tú estás cuando yo estoy, pero nunca lo sabrás, porque nuestro amor es imposible, o quizá solo el mío?*

—*Sí, la recuerdo bien.*

—*No se trata de Luca. Esa frase no es para Luca. Martina no me ha contado nada de San Francisco ni que tú estabas cabreada la noche de la fiesta de la casa discográfica. O sea, no tiene nada que ver con Luca.*

Vacilo unos segundos antes de responder.

¿Y si Mary me está mintiendo? Sí, ¿por qué no? Mary lo sabe todo y ahora me quiere convencer de que nos lo hemos imaginado todo. En realidad, está encubriendo a Martina. ¡Ay, madre mía, qué cosas se me ocurren!

De pronto, me siento observada. Me vuelvo. Detrás de mí está la viejecita pasota, que me mira con una sonrisa radiante.

—Buenos días, cielo.

Le sonrío, pero enseguida sigo escribiendo.

—*Mary, ¿para quién es la canción si no es para Luca?*

—*Cariño, Martina no me ha dicho nada, ya sabes cómo es. Esa frase podría ser tanto para Luca como para ti. Piénsalo, Ali, así se explicaría todo: yo me he quedado de lado, espera el amor, pero no lo esperes demasiado, y todos esos rollos.*

—*Éramos un trío* —escribo, citando otra frase—, *o tal vez lo sigamos siendo. Tal vez siempre lo hemos sido. Pero cómo se puede describir...*

De repente el chat de Facebook se corta y aparece en pantalla: «se ha producido un error». Procederemos a resolverlo lo antes posible.

Espero un poco para ver si el problema se resuelve, pero al final desisto, me desconecto y me quedo mirando la pantalla.

La viejecita pasota sigue detrás de mí.

—Debes darte una oportunidad —me susurra al oído—. Apaga un instante el cerebro.

A la vez que lo dice hace el gesto de girar una llave en la sien. Luego me coge de la mano y me lleva a una butaca. Me invita a que me siente y ella se sienta a mi lado.

—Tus pensamientos necesitan respirar —añade—. Sal un instante de tu cabeza y mira un poco a tu alrededor.

Dios santo.

Miro alrededor, por hacerle caso, confiando en que pronto me deje en paz.

Entretanto reparo en que en este lugar hay muchos jóvenes, pero también muchos hombres con barba larga y mujeres con ropa de colores y el pelo recogido en trenzas. Todos son un poco, digamos, alternativos. Parece que se han quedado estancados en los años sesenta.

Desde la ventana observo un pequeño campamento de los que, a primera vista, tomé por vagabundos. Ahora advierto que son jóvenes, aparentemente de mi edad, y aunque acarrean enormes petates y su ropa no parece precisamente limpia, no tienen nada que ver con los vagabundos de Milán.

Elevo la vista a la pared y veo varios pósters y algunos carteles bastante viejos. En uno figura el símbolo de la paz; en otro, un cañón con flores. Hay un póster del Che Guevara.

Solo en ese momento me doy cuenta de que la música de fondo es «Don't Worry About the Thing», de Bob Marley, una canción que me transporta automáticamente a dos años atrás, a Salento, al verano, el verano de Luca y mío.

—Pero ¿dónde estoy? —pregunto en voz baja.

La viejecita me mira, sonriendo.

Su rostro se ilumina.

—Esa es una pregunta maravillosa —dice alegre—. Atiéndela.

53

Luca

Se llama Paolo. Es de un pueblecito cercano a Padua. Tiene efectivamente cuarenta años. Es gay y huyó de Italia el año pasado.

—Sin embargo, no he entendido por qué huiste —le digo, cuando ya hemos decidido que somos dos personas normales, que no hemos hecho nada malo y que nos haremos compañía en esta situación.

Me siento un poco como en *Gran Hermano*, cuando los concursantes forman alianzas. Aunque a decir verdad tampoco es que me quedara mucha elección, a excepción de un chaval que canta y que en un primer momento me había parecido simpático, hasta que dibujó una esvástica en la pared con un dedo empapado en saliva.

—Un amigo mío, un chico gay al que conocía en Padua, volvía una noche a casa cuando lo paró un grupito de rapados. Empezaron a tomarle el pelo. Mi amigo es muy afeminado, en los gestos y en la voz. Siguieron con sus burlas y luego lo molieron a golpes. Lo mismo les ha pasado a otros amigos míos y pasa cada vez más en toda Italia, en Roma, en Bolonia... Habrás visto los informativos, de vez en cuando hablan de algún caso que clama al cielo.

—Sí, sí, algo he visto.

—Pues eso es todo. Me harté de vivir en un país mojigato, hipócrita, que respalda la violencia fingiendo combatirla en nombre de la justicia. Estaba harto de tener que ir por la calle siempre alerta, cubriéndome las espaldas. Y vine a San Francisco.

—¿Y por qué precisamente a San Francisco?

Paolo esboza una sonrisa que, supongo, habría sido una sonora carcajada si la situación en la que nos hallamos no impidiera las sonoras carcajadas.

—¿Que por qué vine a San Francisco? —me pregunta como para estar seguro de que no estoy de guasa.

Yo asiento.

—San Francisco es la capital de los gays —dice, con el tono de estar declarando la mayor obviedad de todos los tiempos—. Es, o era... Ahora aquí las cosas también están cambiando un poco. Pero habrás visto la película *Milk*. Si la has visto, tendrás la respuesta a tu pregunta.

—La verdad es que no la he visto —admito, confirmándole así mi poco conocimiento del tema «San Francisco y homosexualidad».

—Es la historia del movimiento gay, de la lucha por los derechos de los gays que se ha llevado a cabo aquí antes que en otros lugares... Bueno, ve a verla cuando salgas. Pero ¿y tú qué haces aquí?

Ya, me digo, ahora mismo a mí también me encantaría saberlo.

—Quería estudiar en Berkeley, pero luego... —digo y enseguida callo, tratando de ordenar una porción de mi pasado que pueda explicar cuanto ha ocurrido—. Luego pasaron mil cosas —resumo—. Encontré trabajo en un local de lap dance, conocí a una chica que toca en una banda de rock, le salvé la vida, me dejó mi novia y después... he acabado aquí.

—Caray, no está mal. Así que ¿tú también has huido?

—Bueno, realmente no he huido... Quería venir aquí, no es que Italia me dé asco, o quizá sí, un poco. Pero de momento no puedo decir que aquí esté mucho mejor.

Tras esas palabras Paolo balancea la cabeza de arriba abajo, con la sonrisa de quien se las sabe todas.

—Es mejor, créeme —dice en voz baja, como si me estuviera confiando un secreto.

—No creo que Estados Unidos sea mucho mejor que Italia —le rebato.

Paolo sonríe y me mira.

—Esto no es Estados Unidos. Esto es San Francisco, un lugar especial. Muchas de las cosas que están prohibidas en los otros estados aquí están permitidas.

Tras decir eso Paolo hace como si fumara un porro, juntando el índice y el pulgar de la mano derecha y aspirando con fuerza.

—Eso era lo que yo creía, y sin embargo...

—Y sin embargo, ¿qué?

—Es por lo que estoy aquí —contesto bajando la voz.

—Ya, pero ¿cuánto era?

—Apenas unos cogollos. Además, no era mía. Solo que... En fin, es una historia muy larga.

Permanecemos en silencio unos segundos.

—¿Y tú qué has hecho? —pregunto entonces, dando por descontado que el tabú del «por qué estamos aquí» ya está superado.

Sin embargo, Paolo no responde. Aprieta los labios y balancea la cabeza de derecha a izquierda.

—Cosas malas —dice en voz baja.

54

Alice

Después de decirme que debo atender a mi maravillosa pregunta (un inciso, a mí no me parece que las preguntas sean bonitas en sí mismas; mejor dicho, tiendo a preferirlas cuando viajan unidas a respuestas sensatas), la viejecita pasota me ha dejado sola en el sofá, aunque me ha indicado con un gesto que me quede sentada.

Y eso hago, durante una media hora, sin dejar de mirar alrededor y tratando de comprender qué significa atender a una pregunta. Hasta que me entran ganas de hacer pis y me levanto, esperando que a la viejecita no le parezca mal. Ella me mira a los ojos y me sonríe.

Al regresar pocos minutos después encuentro el sofá en que estaba sentada ocupado por tres chicas que me suenan de algo. Las observo unos segundos intentando recordar quiénes son, cuando en eso una de ellas me reconoce. Tiene un vistoso flequillo negro que le tapa media frente, enormes botas negras y leotardos violetas que no favorecen nada su silueta.

Caigo entonces en la cuenta de que son las chicas a las que conocí en casa de Luca.

—Hola —me dice Flequillo Negro con una sonrisa bastante amigable. Aun así, noto cierta desconfianza en su mirada.

Me acerco con precaución y saludo a mi vez.

—Perdonad, estaba sentada aquí —digo tímidamente.

—Por favor —dice una de las chicas indicándome que me siente a su lado.

Me vuelvo un instante para estar segura de ser la destinataria de esa invitación y me topo con el rostro sonriente de la viejecita, que me hace un explícito y entusiasta gesto de asentimiento.

—¿Has conseguido ver a Dalila? —me pregunta otra.

—No, todavía no.

—Feo asunto —dice otra—. Y ese chico italiano, Luca, es un auténtico gilipollas. Oye, ¿tú lo conoces?

—No —me apresuro a responder—. No creo. Pero ¿qué ha hecho?

—Qué no ha hecho —dice la tercera, mientras me resulta cada vez más evidente que se están refiriendo a un hecho del que debería estar enterada.

—No ha vuelto a dar la cara ni a llamar desde lo del follón. Dalila ha salido del hospital esta mañana, le ha mandado un mensaje y él nada. ¿Acaso no se ha comportado como un gilipollas?

—Lo que sí es idiota es ponerse a fumar porros en la bañera —precisa otra.

—Siempre que no lo haya hecho adrede.

—Eso no, yo no lo creo. No quería suicidarse. Puede que lo haya pensado, eso sí, pero ¿quién no lo ha hecho?

—¡Y esta noche regresa al trabajo! —dice la tercera—. Esa especie de trabajo en el Lilly Restaurant… ¡Hasta tiene un nombre de mierda!

—Oye, que le pagan un pastón. ¡Yo también lo haría si pesara treinta kilos menos!

—Pues yo digo que no lo necesita, nuestro próximo concierto será un éxito, ya lo veréis…

No intervengo mientras las tres chicas discuten entre ellas, añadiendo una tras otra pequeñas teselas de un mosaico que empieza a definirse en mi cabeza con cierta claridad.

—¿Dónde está ese restaurante? —pregunto al fin.

Una vez que, haciéndome la tonta, he conseguido la dirección del restaurante, pongo una excusa para marcharme y regreso a la Pink Room. En cuanto abro la puerta, una sombra pasa rauda delante de mí. Lanzo un grito y retrocedo, cuando me doy cuenta de que se trata del gato de esta mañana.

Sentado en la cama, me mira fijamente.

—¿Tienes que estar precisamente aquí?

El gato maúlla y esta vez vuelve a parecer una respuesta. Pero no es el buenos días de esta mañana, sino que suena más como un «tengo mis buenos motivos». De hecho, no se mueve ni un milímetro.

Pienso en la charla con las tres chicas y trato de elaborar una historia lineal, algo que explique, por ejemplo, por qué Luca ha desaparecido. Cojo el móvil, trato de llamarlo por enésima vez, pero está apagado. Sin embargo, recuerdo que en la lista de las llamadas recibidas tendría que figurar el número desde el que me ha llamado esta mañana. Así que lo busco y lo encuentro.

Vacilo unos segundos antes de decidirme a marcar el número. Me asusta lo que podría descubrir. Pero al final llamo.

El teléfono suena una, dos veces. Hasta que alguien responde.

—*Police station* —dice una voz femenina.

Guardo silencio.

—*Police station* —repite la voz.

Cuelgo.

Me quedo inmóvil mirando el teléfono, pero ya he tomado una decisión. Debo ver inmediatamente a Dalila y, para hacerlo, debo ir al condenado Lilly Restaurant.

55

Luca

Son las ocho de la noche y acabamos de terminar de cenar. Paolo también ha tenido derecho a su llamada de teléfono y, según dice, si todo va bien alguien vendrá esta noche a sacarlo de aquí. Me ha contado su vida en Italia, cuándo comprendió que era gay, todas las dificultades que tuvo al criarse en un pueblecito del Véneto, lleno de prejuicios y miedos. En cambio, hemos dejado prudentemente en suspenso el tema «motivo por el que estamos aquí». Sus relatos, todas sus historias, me han permitido en cierto modo distraerme, no pensar en la situación en la que me encuentro.

—Verás —me dice—, soy gay, pero también católico. Y, como sabrás, son cosas incompatibles. Según Ratzinger y compañía, Dios quiere a todo el mundo, pero los gays acabaremos de cualquier forma en el infierno. No sé qué piensas tú, si eres católico o qué…

—No, yo no soy nada, puedes hablar con tranquilidad.

—Vale, pues yo creo en Dios y en la familia, y soy gay. ¿Es que no puedo? Me pregunto…

Paolo vacila unos segundos, como si quisiera sondear mi opinión.

—Creo que sí… Aunque debe de ser complicado.

—Sí que lo es. Vine a San Francisco con mi novio, con la esperanza de poder casarnos como es debido, como una pareja de verdad. Y porque aquí, como te decía, es más raro ser hetero que gay. Al llegar, sin embargo, mi chico empezó a cambiar. Comenzó a ligotear, a querer divertirse, descubrió un mundo en el que todo era más fácil para los gays. Yo le hablaba de matrimonio, y él me decía que era preferible esperar. Yo le proponía cenar en un restaurante, y él quería ir a una discoteca, quería conocer más gente…

Paolo deja de hablar. Se ve que este relato le duele. Y empiezo a preguntarme adónde quiere ir a parar.

—¿Tú qué piensas de alguien que se comporta así? —me pregunta a quemarropa.

—No lo sé, a lo mejor que es inseguro, que ha cambiado de parecer. Pero ¿cuántos años tiene?

Paolo sonríe y mueve la cabeza.

—Es gracioso —me dice—. Todos me preguntan lo mismo cuando lo cuento. Debe de parecer el comportamiento de un chavalín, ¿verdad? Pero resulta que tiene treinta y nueve años, uno menos que yo…

—Pero tú, cuando dices que crees en la familia…

—No quiero tener hijos, eso no. Mejor dicho, claro que me gustaría tenerlos, pero sé que nuestra sociedad aún no está preparada. Lo cual, si lo piensas, es raro. Está preparada para la familia separada institucionalizada, mientras que dos padres del mismo sexo que se aman siguen pareciendo una blasfemia. Bueno, lo que pasó es que estaba en plan de lo más ligón, un buen día se lo dije y discutimos a lo bestia. Él me pidió perdón, me explicó que necesitaba tiempo, y yo se lo di. Pero resultó que una noche lo sorprendí en la calle con otro hombre. Y perdí la cabeza.

Paolo guarda silencio. Su mirada, fija en el vacío, se endurece. Tiene los ojos vidriosos, los labios apretados. Escucho su silencio y dejo que el recuerdo pase por su cabeza, pues es evidente que está rememorando el momento en que, según sus propias palabras, perdió la cabeza.

Luego sonríe y reanuda su relato.

—Me acerqué a ellos y los saludé como si tal cosa. Él sabía que lo había descubierto, pero en un primer momento me hice el desentendido. Pero después…

De repente ya no estoy tan seguro de querer saber lo que pasó. Siento un raro temor. Su expresión cambia radicalmente. Ya no veo en él al simpático conversador que me ha contado la revolución gay de San Francisco, sino a un homicida en potencia.

—¿Qué hiciste? —le pregunto bajando involuntariamente el tono de voz.

Me mira serio y luego estalla en una estruendosa carcajada.

—¡Oye, no pienses mal! Que no lo maté. A ver, me habría gustado, pero no, no puedes matar a nadie porque te haya traicionado…

—¿Entonces?

—Le di un puñetazo y le rompí la nariz. Su amiguito trató de defenderlo, así que le pegué también a él y se montó un buen follón. No habría ocurrido nada si en ese momento no hubiese pasado un coche patrulla. Esos pasan solamente cuando no se les necesita.

Paolo da palmadas a la manera de un panadero que acaba de terminar de amasar el pan, demostrando con ese gesto su satisfacción por lo que hizo.

—Y tu chica, ¿qué tiene que ver en todo esto? —me pregunta, dando por hecho que la causa de todos mis problemas es ella.

—¿Por qué? —pregunto a mi vez, tratando de sondear su mirada curiosa.

—Siempre hay una chica en medio cuando nos metemos en líos, ¿no?

Pienso en Alice, luego en Martina y en los días que hemos pasado aquí, y en Dalila y en lo que ha ocurrido, o no ha ocurrido.

—En mi caso hay tres.

56

Alice

—Tengo que hacerte unas preguntas. Eres Dalila, ¿verdad?

—Sí, pero yo no sé quién eres tú.

—Si tienes tiempo te lo explicaré.

—Tengo tiempo.

—Y también puedes ponerte algo de ropa, ¿o tienes que quedarte en bragas?

—Tú eres Alice, ¿verdad?

Nada más entrar en el Lilly Restaurant me he dado cuenta de que no es un local normal y he pensado en dar media vuelta y largarme. O, para ser más exacta, he pensado salir pitando, pues me parecía el local de una secta religiosa. Pero en eso he reconocido la barra de la foto de Luca, aquella en la que sale bailando con dos bailarines gays, y al final me he dado cuenta de que en realidad no es más que un local como cualquier otro, un poco pijo, eso sí, seguramente caro, pero nada más que eso.

Cuando le he preguntado al camarero si conocía a una tal Dalila, me ha sonreído y me ha dicho que si esperaba cinco minutos la vería precisamente en la barra. Y, efectivamente, cinco minutos después el tanga de Dalila y yo nos estábamos presentando.

Nos sentamos a una mesilla sumida en la penumbra, lo más lejos posible de la barra.

—¿Quieres tomar algo? —me pregunta.

—Sí, un gin-tonic.

Dalila se levanta seguida por varias decenas de ojos y se dirige a la barra, de donde regresa a los pocos minutos con dos copas de vino.

—He pedido vino —me dice—. Los combinados sientan mal.

—¿Qué?

—Te escucho.

Estoy confundida. Dalila no se corresponde con la imagen de estrella porno que me había formado. Viste ciertamente como una furcia, pero eso puede deberse a su trabajo.

—Quiero la verdad —digo tajante.

—Creo que tu chico ya te la ha contado.

—Yo no lo creo.

Permanecemos en silencio, mirándonos a los ojos. Cojo la copa y pruebo el vino. Ella hace lo propio.

—¿Cómo me has encontrado?

—He conocido a tus amigas, las que tocan contigo. Creen que soy tu amiga.

—Ah, conque tú eres la chica italiana que me buscaba... Desde ayer he tratado de saber quién podías ser... Oye, perdona, pero francamente no sé en qué puedo serte útil. Lo siento mucho por ti, pero ni siquiera sé dónde está ahora tu chico.

—¿Por qué estabas en el hospital?

—¿Y tú cómo sabes eso?

—Me lo han dicho tus amigas.

—Es una historia muy larga.

—Tengo tiempo.

—Yo no. De todos modos, no entiendo qué quieres de mí…

—Llevo aquí dos días, vine para verlo y apenas he conseguido hablar con él por teléfono. He intentado llamarlo otra vez al número desde el que me había llamado y me ha respondido una comisaría de policía.

La expresión de Dalila cambia entonces radicalmente. Su rostro frío e impasible se muestra dubitativo.

—Creo que Luca está detenido. A mí ya no me importa lo que hayáis podido hacer él y tú, eso ya me da igual. Pero mañana me marcho de aquí y no quisiera irme pensando que la persona con la que he salido dos años está en la cárcel sola, en San Francisco.

En ese instante Dalila apura la copa de vino. Luego va a la barra y al minuto regresa con dos gin-tonics.

—¿Ya no sienta mal?

—Tú y yo tenemos que hablar un poco.

Dalila empieza así a contarme toda la historia desde el principio. La noche en que Luca la salvó en la calle, la manera en que se presentó en el local con su sudadera, cómo encontró trabajo, hasta llegar a la noche en que ella fue a su piso.

—Puedes omitir los detalles.

—No nos acostamos.

—Así que ¿sueles ducharte en casa de un tío al que acabas de conocer y con el que has dormido sin tener sexo?

—Escúchame bien, ¿por qué tendría que mentirte ahora? Sí que lo intenté, y otra noche, días después, estuvimos a punto… Vale, qué más me da, te lo contaré todo: nos besamos, y estábamos a punto de hacer el amor, pero él no quiso. Dijo que estaba enamorado de ti. Ese memo te quiere.

Siento que el corazón me late con más fuerza, que me va a estallar en la caja torácica. Luca ha besado a otra. Es verdad. Y estuvieron a punto de hacer el amor. ¿Cómo se puede «estar a punto de hacer el amor»? ¿Dos están sentados a una mesa, frente a frente, y en un momento dado ambos tienen la impresión de que, pues sí, en breve podrían hacer el amor? Será así, ¿no?

—Alice, escúchame, sé que estás cabreada, pero te estás mosqueando por algo que no pasó...

—Solo dime por qué está detenido —añado gélida—. Quiero saber en qué clase de lío se ha metido. Lo demás no me interesa...

—Eso yo tampoco lo sé.

—¿Por qué estabas en el hospital? —le pregunto de nuevo.

Dalila baja la mirada mientras con la pajita gira nerviosamente el hielo dentro del vaso.

—Cometí un error, una tontería, me quedé inconsciente en la bañera...

No digo nada, pero también bajo la mirada.

—Luca desapareció el mismo día. Después le mandé un mensaje, contándole lo que había pasado, pero él ni siquiera me respondió.

—No es posible. No es propio de él. Es un gilipollas, pero eso no es propio de él. Él mismo te habría llevado a cuestas al hospital...

—Pero no pasó eso.

—O puede que te falte una parte de la historia... ¿Cuándo lo viste por última vez?

57

Luca

—Así que hazme caso: olvídala, a tu edad los amores siempre acaban, antes o después.

—Soy incapaz de imaginarme sin ella. No puedo pensar en el futuro. Sé que es absurdo, solo tengo diecinueve años, pero me veo con ella, con hijos y todo lo demás; no es que lo piense siempre, pero me veo.

Paolo niega con la cabeza.

—Estás fatal —dice con una sonrisa.

En ese instante la puerta acristalada, al otro lado de los barrotes de la celda, se abre despacio. Un policía orondo, con la barrigota rebosando de la camisa azul, entra a paso lento y parsimonioso en el pasillo de las celdas.

Se asoma a la nuestra. Nos mira, repasa la cuartilla que tiene en la mano y acto seguido alza de nuevo la vista.

—Luca Ciardi —anuncia y me señala. Luego me pide con un gesto que lo siga.

—Adiós, Paolo —digo rápidamente, no hay tiempo para despedidas ceremoniosas.

—Que tengas suerte, en todo —me dice Paolo.

—Tú también.

—Suerte, suerte.

El policía me indica que camine delante de él por el pasillo. Una vez en la puerta acristalada se pone a mi lado, la abre y me invita a pasar con un gesto de improbable galantería.

Estoy de nuevo en el despacho desde el que llamé a Alice. La secretaria gorda y gafotas está concentrada en el ordenador.

Delante de ella hay dos personas que jamás me habría imaginado que vería juntas: Alice y Dalila. Dalila está pálida y más delgada que la última vez que la vi. Alice lleva un pequeño trolley.

—Libre —dice Alice, con tono gélido.

—Hola —la saludo, mientras siento que se me cruzan los cables. Tendría que explicarles mogollón de cosas a las dos, pero, naturalmente, no puedo hacerlo.

—Ha pagado la fianza —dice Alice. Ahora su voz parece cansada, como si le costase hablar.

—Gracias —digo—. Gracias.

—Era lo menos que podía hacer —contesta Dalila—. Yo te metí en este lío, y tú me salvaste la vida.

—Anda, no digas eso…

—Es la verdad. Si no hubieses entrado en mi piso…

Alice asiste en silencio a nuestro breve intercambio de frases. Luego se vuelve y hace ademán de marcharse.

—Alice, espera —trato de retenerla cogiéndola por un brazo.

Ella se desprende.

—Yo he acabado aquí —dice, con una voz más decepcionada que enojada—. Adiós. Podéis hablar de vuestras cosas…

—No, me marcho yo —tercia Dalila—. Perdonadme por todo.

—No, la que se marcha soy yo —insiste Alice—. Soy yo la que ahora sobra.

—¡De aquí no tiene que marcharse nadie! —exclamo, tajante.

Alice y Dalila me fulminan con la mirada y durante un instante temo que me corresponde a mí marcharme. Sin embargo, Dalila se vuelve y se aleja rápidamente.

De modo que Alice y yo nos quedamos solos. Pero hay demasiados vacíos, demasiados agujeros en nuestro pasado reciente. Que han creado una telaraña, densa e impenetrable, hecha de incomprensiones, de cosas no dichas, de traiciones. Quisiera acercarme a ella, quisiera hablarle, pero la telaraña es una losa entre nosotros. No nos queda más remedio que caminar uno al lado del otro, como dos desconocidos.

—Tengo que ir al aeropuerto —dice ella.

—Te acompaño.

—No hace falta.

Seguimos andando hasta que llegamos a la parada del autobús. Alice se detiene, y yo con ella.

—¿No podemos hablar? —pregunto.

Me mira, y en su expresión reconozco los rasgos del rencor. Nunca los había visto en su cara.

—Hay muchas cosas que contar, y mi avión sale dentro de cuatro horas. Había venido para hablarte, pero... las cosas han salido así.

—Ali, lo que ha pasado no es culpa mía, llevé a Dalila al hospital y...

—Sí, lo sé, lo sé. Lo hemos reconstruido todo.

—Ah.

—Me lo ha contado todo…

Me pregunto si Dalila le ha contado realmente todo. No veo por qué tendría que haberlo hecho, tal vez ha omitido algunos detalles.

—Todo, lo que se dice todo —insiste Alice—. Gilipollas.

Vale, evidentemente no ha omitido ningún detalle.

—Ali, no he hecho nada, paré, te lo habrá dicho; sigo enamorado de ti.

—Yo no —dice con sequedad.

Subimos al autobús. Compramos el billete al conductor y nos sentamos en la última fila, como si esto fuese una excursión del colegio.

—He conocido a un chico —prosigue Alice.

—¿Cómo que a un chico? ¿Y quién es?

—Eso a ti ya no te incumbe…

—Ali, por favor, trata de razonar. Me he metido en un lío sin querer, sigo dando vueltas como una peonza por esta ciudad y ya no comprendo nada, y… Alice, venga, sigo siendo yo. Sigo siendo Luca. ¿A quién coño has conocido?

—Seré siempre yo, independientemente de lo que haga —dice Alice, no sé por qué.

—¿Eso qué significa?

—Son tus palabras. Es lo que me dijiste antes de marcharte.

—Pues sí, y es cierto.

—No me lo creo. Ni siquiera te acordabas de haberlo dicho.

—Alice, por favor, dame una oportunidad de explicarme.

—No hay nada que explicar. Se acabó. Y ahora yo estoy con otro chico.

58

Alice

El piso del periodista se encuentra en los Navigli, no lejos del restaurante donde trabajo. Es un piso pequeñísimo con balconada, compuesto únicamente de salón con cocina, cuarto de baño y un dormitorio. Pero está en la última planta, y desde la ventana se disfruta de una vista envidiable de los tejados de Milán.

—¿Te ha costado encontrar la casa? —me pregunta él.

—No, conozco la zona.

—¿Y qué te apetece? ¿Un café? ¿Una copa de vino?

—Un café, gracias.

—¿Cómo te ha ido en San Francisco?

—Bien, bien, gracias. Es una ciudad increíble.

Mientras pone el café, me siento en el pequeño sofá para dos y miro alrededor. Las paredes están atestadas de libros, en las mesas y en el suelo hay más libros, periódicos y revistas.

Giovanni se sienta a mi lado con dos hojas en la mano. Es mi artículo impreso.

—Oye, el artículo es bueno —empieza—. ¿Estás contenta?

—Pues creo que sí. ¿Vale, entonces?

—Sí, hay datos, buenas descripciones, y además tiene ese toque personal que nunca sobra. Me ha gustado mucho la parte de los que huyen al extranjero y la de la búsqueda de la fama, el síndrome Serán Famosos. Habrá, claro está, que corregir un par de cosas, que mejorar un poco la redacción, pero el artículo se publicará, y esta vez con tu nombre bien destacado.

La cafetera pita. Giovanni se levanta y apaga el fuego. A continuación saca dos tazas desportilladas del lavaplatos y sirve el café.

—Lo siento, pero esta es la vajilla que tengo, acabo de mudarme.

—Bueno, así está muy bien.

—¡Entonces brindemos con el café! No es lo más apropiado, pero de todos modos tenemos que celebrarlo, ¿no?

—Pues sí —digo, y levanto la taza para brindar.

—¿Estás contenta? —me pregunta al tiempo que me pone una mano en el hombro—. Porque, si quieres, podemos seguir haciendo más cosas juntos. Yo creo que nos compenetramos bien.

—Sí, estoy contenta. Y si podemos hacer algo más, por mí encantada.

Termino de beber el café y busco un sitio donde dejar la taza, pero no lo encuentro.

—Puedes dejarla en el suelo, no pasa nada. Ahora hablemos un poco.

Seguimos charlando, y mientras me cuenta cómo se ha hecho periodista, noto que no me quita los ojos de encima.

Empiezo a sentirme un poco incómoda y recuerdo lo que me dijo Guido, su teoría según la cual para un hombre «hablar» significa «tener sexo».

—¿Hay baño? —pregunto.

—Sí, claro, justo antes del dormitorio.

Me levanto y voy al baño. Cierro la puerta con llave y me miro en el espejo. ¿Me estoy montando una película?, me pregunto. En el fondo, ¿qué ha hecho de malo? La verdad es que me estoy comiendo el tarro por nada, porque tengo la cabeza hecha un lío.

Regreso al salón y enseguida advierto que ha cambiado algo. La luz es un poco más tenue. Me vuelvo a derecha e izquierda y veo que las cortinas de la ventana están echadas.

—Ah, sí —dice él, adivinando mi mirada—. He corrido las cortinas. ¿Sabes?, en las casas con balconada cualquiera puede pasar de una casa a otra y fisgar dentro.

Su explicación tiene lógica, pero me pregunto por qué no me la ha dado antes, mientras charlábamos. De repente, un extraño hormigueo me recorre la espalda, y de repente me asalta el miedo. Me siento atrapada.

—Tengo que irme —digo.

—¿Ya?

—Sí.

—Creía que podíamos hablar un poco, quizá del próximo artículo.

—Lo sé y lo siento, pero mi novio me está esperando.

—Ah, vale —dice. Luego me mira con una expresión recelosa pintada en el rostro—. ¿Todo bien?

—Perfectamente, solo que se ha hecho tarde —digo a la vez que recojo mi bolso del sofá.

En ese instante se levanta y se acerca conmigo a la puerta. Agarro el pomo, sin dejar de mirarlo. No puedo salir corriendo, me digo.

Pese a todo, abro la puerta. No me quita los ojos de encima y no habla, lo que en este momento me parece repulsivo.

—Adiós, y gracias por todo —digo y enfilo la puerta.

En cuanto salgo del edificio empiezo a caminar rápido, sin siquiera fijarme en la dirección. Tengo ganas de llorar, pero contengo las lágrimas. ¿Se puede ser tan pringada? ¿Por qué no me sale nada bien?

Primero Luca que me traiciona y lo arrestan, luego el periodista que trata de ligar conmigo, y en el trabajo los clientes tocapelotas, y mi padre que sigue en el paro. ¿Qué está pasando? Quiero hablar con alguien que me comprenda, con alguien que sepa escucharme, con alguien capaz de reconfortarme. En ese instante el móvil vibra en mis pantalones. Lo saco. Un mensaje.

«¿Qué tal? ¿Has regresado? ¡Echamos de menos a nuestra periodista preferida! Llámame si te apetece y nos tomamos un café.»

59

Luca

Nada más entrar en casa, el gato viene a mi encuentro maullando. Está enfadado. Con razón. En los últimos tres días no le he dado de comer. No tengo idea de cómo se las ha arreglado. La casa parece una leonera. La cocina apesta a moho; había dejado los platos sucios en la pila. En el suelo del baño hay dos toallas usadas que forman una inscripción: «¿Con quién coño sale Alice?».

Vale, no es verdad. No hay ninguna inscripción en el suelo, pero tengo la pregunta grabada en la mente y ahora no puedo pensar en otra cosa. ¿Quién es? ¿Dónde lo ha conocido? ¿Qué han hecho? A lo mejor solo ha exagerado: hay un tío que le tira los tejos, y ella para enfadarme me ha dicho que está saliendo con él. Pero aunque eso sea cierto, ¿qué va a hacer cuando esté en Milán?

Salgo a la terracita y reviso las macetas que tengo que regar. La tierra está un poco seca, y en las grietas del suelo ha aparecido una palabra: gilipollas.

Soy un auténtico gilipollas. Me pregunto cuándo he perdido el control de mi vida, cuándo se me ha ido el timón de las manos y he acabado flotando sin rumbo entre las olas.

Cojo una botella de agua y riego la tierra de las macetas, buscando rastros de alguna forma de vida. A pesar de lo que dijo el colgado que me ha alquilado el piso, todavía no ha brotado nada.

Me siento en el suelo, sobre las baldosas del balcón, enciendo el ordenador y me conecto a internet. Necesito algo que me aparte de esa imagen de Alice que me dice que está con otro.

Abro el correo electrónico.

Y consigo distraerme.

Hay un mensaje de mi padre. Mi padre no ha escrito nunca un correo electrónico. Mi padre no escribe mensajes. Ni siquiera sabía que tuviera una dirección.

> Querido Luca:
>
> Como ves, te escribo un correo y, por una vez, procuraré ser conciso, decir lo esencial. Me he equivocado. En la vida he tomado mis decisiones, es cierto, pagando muchas veces las consecuencias. He tenido mucho, y eso se paga. Por eso encajo tus palabras rabiosas y te digo, después de haberme dicho tú que no quieres mi vida, que cojas la tuya. Contarás siempre con mi apoyo. Quisiera reanudar el diálogo contigo y por eso me gustaría saber, pero en serio, por qué has decidido estudiar Economía y qué piensas de tu futuro. Confío en que respondas a esta carta.
>
> *Papá*

Releo el mensaje dos veces antes de levantar la cabeza del ordenador. El gato, sentado en el antepecho de la ventana entre dos macetas, me mira con una expresión que parece decir: «Lo ves, ¿eh? Ahora respóndeme, idiota». Me pregunto qué habrá hecho saltar ese resorte en la cabeza de mi padre, sé cuánto tiene que haberle costado escribir esas palabras, sobre todo por correo electrónico, pues piensa que la tecnología es la cárcel del siglo XXI.

En el trabajo, mientras le quito la grasa a dos filetes, que, para que conste en acta, se asemejan horriblemente a dos perros salchicha desollados, siento que soy mi padre. Responderé a su mensaje y trataré de contarle cómo me va. O mejor, le escribiré una carta, como habría preferido él hacer conmigo, pero ahora ha querido ser más directo. Y puede que le mande un correo a Alice. Es lo único que puedo hacer. Y mientras pienso en qué puedo escribir, siento un deseo repentino de aclararlo todo con todos: quiero explicarle a Alice qué es lo que ha pasado y lo que siento, quiero decirle a mi padre por qué estoy en San Francisco, quiero que Martina me explique qué significa su canción.

En la mesa de acero que está junto a la mía, el cocinero y un par de pinches ejecutan su consabido ritual. Una vez que han hecho tres largas rayas de polvo blanco, cada uno de ellos aspira la suya con un billete enrollado. En ese momento oigo los primeros compases de música en la sala, señal de que va a empezar el show. Pienso en Dalila en la barra, tal y como la vi la primera vez, pienso en las miradas ávidas de los clientes, y me pregunto si alguna vez podremos terminar aquella conversación que dejamos en suspenso y que tal vez se haya quedado en suspenso para siempre.

A la mañana siguiente salgo de casa muy temprano para ir a Berkeley. Camino por las calles de Castro, que comienzan a resultarme familiares, observo a los sintecho en las aceras, uno hasta me saluda.

Paso por delante de los escaparates de las tiendas, llenas de objetos y ropa multicolor, y trato de imaginarme mi vida aquí, sin Alice. De pronto siento un incontenible deseo de olvidarme de todo y de sentarme entre los indigentes que viven en la calle. El videojuego de la rata me ha hartado, me digo. Y además es evidente que no alcanzaré la meta principal del juego, que consiste en encontrar una rata del sexo opuesto. Todo porque esa rata del sexo opuesto ha decidido jugar con una tercera rata.

Me detengo.

No andaré más, me digo.

No me moveré un metro de aquí. ¡Ya todo me importa un comino!

Pues sí, de pronto dejo de caminar, y la consecuencia es que un tío que viene detrás de mí me arrolla y presumiblemente me manda a hacer puñetas. Pero me da igual. Levanto la cabeza, miro alrededor. Veo las copas de los árboles apenas mecidas por el viento, la mirada seria de un chiquillo que pasa volando a mi lado montado en un skateboard, a una camarera tras un escaparate que deja una taza de té en una mesa.

Y al final un letrero, un letrero grande y rojo con un nombre que enseguida me suena de algo: RED VICTORIAN.

Hago memoria unos segundos y caigo en que es el nombre que me dijo Alice por teléfono, la pensión en la que se quedó, aunque, vista desde fuera, parece más una simple cafetería. Pero debe de ser aquí donde se alojó mientras me buscaba, mientras intentaba averiguar dónde estaba.

Llevado por la curiosidad, abro la puerta acristalada y entro, encontrándome enseguida en un gran salón lleno de butacas y mesillas bajas, con tres grandes ventanales que dan a la calle. Detrás de la barra, una viejecita canosa me mira, sonriendo con treinta y dos dientes.

—Buenos días —digo, correspondiendo como mejor puedo a su sonrisa.

—El gato me había dicho que vendrías. Ánimo, siéntate.

60

Alice

—Buenos días. ¿Qué les traigo?

—Yo quiero pizza —dice la chica enfurruñada.

—Lo siento, pero no tenemos pizza.

—Pues entonces no quiero nada.

Pero ¿cómo es posible? No tiene dos años; tendrá, qué sé yo, trece o quince. ¿Cómo puede estar tan descolgada de la realidad, tanto que parece idiota?

La familia de clientes habituales ha vuelto también este sábado. A estas alturas ya tengo claro que los padres son dos adultos normales (saben perfectamente que aquí no hay pizza, pero han decidido no revelar ni este ni a saber qué otros secretos a sus hijos).

—¿Por qué no tenéis pizza? —pregunta el niño. Hoy no ha traído la PlayStation portátil.

—¿Y tú por qué no has traído la PlayStation? —le pregunto, y enseguida, dirigiéndome a la chica—: ¿Por qué estás siempre de morros? ¿Y cómo es posible que todavía no os haya entrado en la cabeza que no tenemos pizza en la carta? ¡Me habéis hartado!

Los cuatro miembros de la familia me miran con la boca abierta.

—Perdonen, perdonen —balbuceo, recuperando las formas—. No sé qué me ha pasado, no sé cómo se me ha podido ir e esa forma la cabeza...

En ese instante Fabio, el *maître*, se acerca a la mesa. Ha notado que está pasando algo.

—¿Todo bien? —pregunta, dirigiéndose a la familia y a mí.

Nadie habla. La madre mira a su hija, el padre mira a su mujer, y el niño los observa a los tres, de uno en uno.

—¿Hay algún problema? —insiste Fabio.

—Verá, no me gusta presentar quejas, sin embargo... —empieza la madre, pero su hija la interrumpe enseguida.

—No hay ningún problema, todo está perfecto.

—¿Seguro? —vuelve a insistir Fabio.

—Completamente —afirma la chica, al tiempo que me dirige una mirada cómplice bajo su expresión enfurruñada.

Tres horas más tarde salgo del restaurante con las manos en los bolsillos, un poco encorvada por el frío y el mal humor. En la cabeza, un alud de pensamientos: mi viaje a San Francisco, el final de mi relación, los signos de interrogación con Martina, las dudas y, sin que sea menos importante, el principio de mi agotamiento nervioso...

Estoy caminando por el Naviglio, repleto de luces navideñas, cuando veo al padre de Luca a unos metros de mí, apoyado en el murete que separa la calle del canal.

—Buenas tardes —le digo.

—Oh, hola, Alice —me contesta. Tiene una cara triste, muy triste. Me mira como si tuviese que decirme algo.

—¿Todo bien? —le pregunto.

—¿Tu propuesta de hablar sigue en pie? —replica, pero no sé muy bien a qué se refiere.

—¿Sobre qué?

—Sobre Luca, hablar sobre Luca. Si te apetece...

—Habría sido mejor hablar antes —admito—. Pero vale.

Pocos minutos después estamos andando uno al lado del otro por el Naviglio, como dos viejos amigos. Las calles están atestadas de gente. Muchos ya están haciendo las compras navideñas, y yo, ni que decir tiene, me siento en muy poca sintonía con el clima festivo.

—No hemos vuelto a hablar desde que se marchó —me cuenta—. No sé en qué me he equivocado, creo que siempre lo he apoyado, que le he dado la posibilidad de elegir bien. Cuando me dijo que quería estudiar Economía, para dedicarse a no sé qué, a mí me pareció una tontería, porque puede aspirar a más, tiene que hacer algo especial.

Para mí sus palabras constituyen una revelación. Luca me había dicho que esa era la postura de su padre, pero oírsela a él es completamente diferente. Pienso en las últimas conversaciones sobre el tema universidad y trabajo en mi casa, y estoy convencida de que, salvo grandes golpes de efecto, mis padres me dejarán hacer lo que me plazca. Y que, incluso si tratan de aconsejarme que estudie esto y no lo otro, ninguno de los dos se empeñará en que acate su voluntad. Puede que ahí resida el problema: el padre de Luca me recuerda a esos padres fanáticos que podrían haber sido grandes jugadores de fútbol o de baloncesto, y que a causa de una lesión han volcado sus aspiraciones en sus hijos. Y luego van a los partidos que juegan los niños, gritan como locos desde el borde del campo y discuten con los otros padres.

—¿Por qué? —pregunto.

El padre de Luca me mira con aire interrogante. Como debía suponer, no ha oído ninguno de mis pensamientos.

—¿Por qué estás tan seguro de cuál debe ser su camino?

—No estoy tan seguro. Creo que le sobran oportunidades, pero lo que quiere es ser uno más del montón y trabajar en algo sin interés.

—Pero ¿alguna vez le has preguntado por qué quiere estudiar Economía? —pregunto, sintiendo que me he convertido en la defensora de los motivos de mi ex novio.

Vacila unos segundos, lo que equivale a un no.

—No se trata solo de que quiera estudiar Economía, sino de que se haya querido ir.

—Sí, pero se ha ido con un objetivo concreto, y aunque pensemos que está cometiendo una tontería, aunque no compartamos su objetivo, esta es la pregunta que debemos formularle.

—¿Y tú se lo has preguntado alguna vez? —me dice entonces.

—No… —admito, mientras me acuerdo de la viejecita pasota de San Francisco, quien se emocionó por una buena pregunta y me dijo que la atendiera. Esta también es una pregunta que hay que atender. Es una pena que Luca y yo ya no estemos juntos—. Luca y yo ya no estamos juntos —digo a quemarropa, y de pronto me doy cuenta de lo absurdo de la situación.

—Oh, vaya…

—Ya, por eso ahora nuestra conversación es aún más inoportuna. No sé por qué Luca ha tomado una decisión así. Pero de lo que sí estoy segura es de que está huyendo de ti. Lamentablemente, el asunto ya no me incumbe.

61

Luca

—El gato me cuenta un montón de cosas —me explica la viejecita después de que mi cara se haya convertido en un signo de interrogación.

—¿Ese gato habla? —le pregunto, tratando de disimular cualquier reacción.

Ella no responde; se limita a sonreír. Luego sale de la barra, me coge de la mano y me lleva a un rincón con dos butacas y una mesita baja. En las paredes hay varios pósters. Reconozco uno con el símbolo de la paz y otro con un cañón con flores.

La viejecita me invita a sentarme. Lo hago, y ella se sienta a mi lado. Permanecemos en silencio unos segundos, hasta que llega un gato. Mi gato.

—¿Tú qué haces aquí? —pregunto alucinado.

La viejecita me mira y asiente, mientras el gato salta al sofá y se coloca entre los dos.

—Este es mi gato —digo, al tiempo que empiezo a sentirme víctima de una extraña broma.

Una chica con rastas atadas con una cinta amarilla se acerca a nuestra mesa y nos pone delante una tetera con dos tazas. La viejecita le da las gracias y sirve lo que parece té.

Tras dar un sorbo empieza a hablar.

—¿Tienes alguna pregunta que hacer? —me dice, sin dejar de sonreír.

—¿Yo? No.

La viejecita sonreía como si ya supiese qué iba a responder y acaricia al gato, que solo levanta la cabeza satisfecho, como un gato normal.

—Mira alrededor —me dice, elevando las manos de forma teatral—. ¿Ves algo?

—¿De qué tipo?

—Dime qué ves a tu alrededor.

—Gente —comienzo titubeante, animado enseguida por su sonrisa—. Mesas, sillas, fuera veo la calle y a los mendigos... Es eso, ¿no?

—Sí, sí. Eso es lo que ves, pero hay algo más. Está lo que pasa por en medio...

Creo que no he entendido a qué se refiere la viejecita. Así que me limito a asentir.

—Esa gente está unida por relaciones, muchos se han amado, muchos apenas se conocen, algunos de ellos se han cruzado en una calle de Atenas, pero no se han dado cuenta. Y también los muebles tienen una historia que muchas veces nos atañe más de cerca de lo que creemos. Esa gente a la que ves en la calle te revela más de ti mismo de lo que puedes descubrir en tu mente, aquí en medio...

La viejecita calla y con la mano traza un círculo en el aire.

—... aquí en medio fluye la vida, como un río. Nuestra vida es un río. Nace en la cumbre de las montañas, al principio no es más que un arroyo helado, agua que fluye bajo tierra o entre las piedras. Luego el arroyo se ensancha, se parte en una pequeña cascada y después encuentra su camino en un canal donde el agua fluye turbulenta. En la primera parte de su camino, el canal recibe muchos afluentes, antes de convertirse en un río en toda regla. Muchas veces, al principio, fluye impetuoso entre las rocas y los árboles por entre las montañas, antes de encontrar su cauce, por el que se extiende y prosigue lentamente hacia el mar, uniéndose a otros ríos, allí donde todas las historias se cruzan.

La viejecita calla de nuevo. Su mirada ha cambiado. Ha desaparecido la sonrisa, y ahora su expresión es seria y concentrada.

—Tú eres un río —continúa luego—, y la pregunta es: ¿en qué punto del río estás? Si sabes atender a esa pregunta, hallarás la respuesta que buscas.

Tras decir eso, la mujer coge la taza y bebe un sorbo de té. El gato maúlla en evidente señal de aprobación, y yo temo que me he quedado con la boca abierta.

Por la puerta de la cafetería entran tres chicas que me suenan de algo. Las miro mejor y caigo en que son las del grupo de Dalila.

La viejecita me mira, las señala con la palma de la mano vuelta hacia arriba, a continuación se levanta y se aleja con su taza de té.

Ellas no reparan en mí. Se acercan a la barra y hablan brevemente con la chica de las rastas que nos había traído el té, que asiente, y entonces ellas pegan un cartel en la puerta del local. Luego se marchan.

Me levanto para verlo. Está en blanco y negro. Hay una foto de un escenario con cuatro chicas. Arriba figura una fecha y debajo el nombre del grupo: Nirvana's Sister.

Esa tarde, al volver a casa, por fin me siento un estudiante normal. Aún no he sido admitido en Berkeley, pero tengo mogollón de folletos para elegir campus, he comprado dos libros, y, por primera vez desde que estoy aquí, la universidad me parece lo más importante de todo. Siento una especie de división en mi interior: por un lado están las cosas que no puedo dominar, los líos sentimentales, Alice, Dalila, y por otro están mi trabajo de pinche de cocina, mis proyectos universitarios, mi estudio con gato en Castro. Y me doy cuenta de que no son grandes cosas, pero sí seguras. Nadie puede tocarlas.

En cuanto entro en casa voy a la terraza para regar la tierra de las macetas y topo con el gato, que me mira, se diría, con aire burlón. Maúlla, pero no cabe duda de que está diciendo: «Sé que tendría que habértelo dicho, pero la vieja me pidió que no te contara nada».

Procuro no pensar en la viejecita ni en las historias sobre los ríos, la realidad, la energía. Hoy solo quiero ser un estudiante. Así que abro el ordenador y me dispongo a revisar mi correo con calma científica.

Solo tengo un correo. Es de Martina. El asunto dice: «Lee y ríe».

Estoy muy sorprendido, pues Martina no es de las que mande correos graciosos, chistes ni cosas parecidas. En realidad, en el texto solo hay un link. Pulso y se abre una página con un artículo de prensa. El título reza: «¿Qué piensan los jóvenes?».

Empiezo a leer el artículo con la sonrisa llena de expectativas en el rostro, como cuando te cuentan un chiste y te preparas para reír. Lo cierto es que el artículo no tiene nada de gracioso. Al revés. Habla de los jóvenes con crudeza, los describe como perdidos, indecisos y drogadictos, o como obsesionados por hacerse famosos. «Muchos se marchan sin siquiera saber por qué lo hacen», escribe el periodista. «La diversión es la auténtica meta de quien elige marcharse con una beca Erasmus, no la idea de asistir a cursos universitarios en el extranjero».

Luego habla de la droga: «El consumo de sustancias alucinógenas está generalizado y se considera "normal", inevitable, una etapa obligada hacia la aceptación de uno mismo, como individuo y como miembro de un grupo. La situación es más grave en la medida en que ya no se reconoce siquiera la ilegalidad del fenómeno».

Por último, el periodista ataca el síndrome Serán Famosos: «Todos quieren ser famosos. Todos están seguros de que llegarán a ser alguien. Algunos se presentan a cientos de castings de reality shows y otros se meten a cantantes, publicando en MySpace canciones versionadas y muy trilladas en vídeos de porno blando».

Francamente no encuentro nada de gracioso. Es posible que Martina me lo haya mandado porque la parte sobre el síndrome Serán Famosos parece aludir precisamente a mi caso.

Sin embargo, los contenidos del artículo son los que menos me asombran. En realidad, coincido con algunas cosas, como con lo asquerosos que son los reality shows, pero no acierto a entender qué tiene que ver eso con el hecho de que prácticamente todos los jóvenes sean unos perdidos y drogadictos, y con que estén entregados a la pornografía en la web. Lo que me asombra es el tono resentido y recriminatorio que se adivina tras cada palabra, como si quien lo ha escrito hubiese querido vengarse de una afrenta sufrida.

Repaso rápidamente el artículo hasta el final, hasta el nombre del periodista. Y ahí está la sorpresa. Como no se trate de una absurda e improbable homonimia, este artículo lo ha escrito Alice.

Lo leo dos, tres, cuatro veces, y sigo sin poder creérmelo. Cada palabra cobra un significado preciso. Las frases sobre los que huyen, sobre la droga, y sobre quien se hace famoso en MySpace.

Alice, es increíble.

Soy incapaz de calibrar cuánto se han separado nuestros caminos.

Apoyo la cabeza en la pared y dejo que mis pensamientos retrocedan al pasado, hacia la que ha sido mi vida hasta hace poco tiempo. Mi vida con una chica, a la que ya no reconozco.

Siento una ligera vibración en la cabeza. Es una melodía que suena en la pared con notas largas y precisas. Alguien está tocando en el local de debajo de mi casa, y creo que sé quién es.

62

Alice

—No me lo puedo creer.

—Créetelo, Mary, es verdad.

—Se ha vuelto loco.

—No sé si se ha vuelto loco. Lo único que sé es que ya no es el Luca al que conozco.

—Vaya, Alice, lo siento, qué follón.

—Ya no sé qué pensar. Y además está toda la historia de Martina, esa mierda de canción que sigo oyendo en todas partes.

Estoy andando por la calle con el teléfono en la mano, mientras le cuento a Mary los últimos acontecimientos. Ya falta poco para Navidad. Mañana empieza el puente de la Inmaculada. Mary se va a Madonna di Campiglio, a casa de unos amigos, y yo me quedo en Milán, trabajando en el restaurante.

—Ahora tengo que dejarte —digo, cuando llego a mi destino. Me parece que es la dirección. Es un edificio antiguo en el Foro Bonaparte, a unos cien metros del Parque Sempione.

—Vale, Ali, cuídate, hasta pronto.

Llamo al telefonillo. Me responde una voz con marcado acento extranjero. Durante un instante temo haberme equivocado.

—Soy... Alice —digo titubeante.

—Quinta planta, ascensor de la derecha —dice la voz.

Entro en el edificio y me encuentro en un amplio portal, con alfombra roja, lámpara de cristal en el centro del techo y un desmesurado árbol de Navidad perfectamente decorado.

Cuando salgo del ascensor, la puerta ya está abierta y él me espera.

—Hola, Alice.

—Hola, Guido.

Nos saludamos con dos besos en las mejillas y entramos en la casa. Guido lleva unos vaqueros y un suéter marrón de Ralph Lauren.

—¿Os preparo té? —pregunta un hombre al que reconozco inmediatamente como la persona que me ha contestado al telefonillo.

—Sí, gracias, Sanjay —responde Guido.

—¿Tienes mayordomo? —le pregunto cuando el hombre ya se ha alejado.

—No, venga, no es un mayordomo —contesta Guido, esbozando una sonrisa—. Echa una mano en casa.

Eso, la casa. Pasado un pequeño vestíbulo se accede directamente a un salón inmenso dividido en medio por un arco. El suelo es de parqué caro, no como el de Ikea instalado por mi padre en nuestra casa. Los sofás parecen antiguos, las paredes están forradas con una tapicería floreada que apenas se ve por la cantidad de pinturas que hay colgadas. Hay tantos cuadros y grabados, que darían envidia hasta al Museo de Brera.

—Ven, vamos al otro lado —me dice Guido, escrutando con interés mi expresión, en la que seguramente hay estupor.

En el pasillo veo un cuadro que conozco perfectamente.

—Pero este es... de Signac, ¿verdad?

—¿Lo conoces?

—Sí, yo también lo tengo... O sea, tengo el póster que compré en la tienda del museo. Me parece que este es...

—Es original, sí, pero hay varias copias, es una litografía.

Ah, vaya, solo es una de las «varias copias». Pobrecito...

Recorremos todo el pasillo, al que dan muchas, demasiadas puertas, y por fin llegamos a su habitación, que es casi tan grande como el salón y tiene una zona para dormir y otra para estudiar, donde el ordenador está encendido. Un enorme Mac de pantalla plana.

—Estaba terminando de leer el artículo sobre la fábrica ocupada —me dice mientras se sienta a la mesa—. Es bueno. Solo quería enseñarte dos cosas, porque he hecho unas fotos que me gustan y que no has mencionado.

Pasamos el resto de la tarde componiendo el artículo. Me muestra las fotos tomadas en la fábrica y proyectamos juntos otros artículos para los futuros números de la revista, fantaseando con la posibilidad de proponérselos a una cabecera de verdad. Le cuento entonces mi encuentro con el periodista y mis sospechas. Él me escucha atentamente y al final me aconseja que olvide a ese tipejo, porque no necesitamos su ayuda.

—¿En qué sentido? —le pregunto.

—Mi padre conoce a unas cuantas personas a las que podemos recurrir. Ya he hablado con él. Si a ti te parece bien...

—Ah, sí, claro —respondo dubitativa, mientras empiezo a comprender algunas cosas sobre la vida de Guido que hasta ahora se me habían escapado.

—¿Tus padres no están en casa? —le pregunto.

—Sí que están —contesta arrugando ligeramente la frente—. Creo que están trabajando, luego te los presento.

En un momento dado Sanjay llama a la puerta y nos dice que va a sacar al perro. Vaya con el que «echa una mano en casa», pienso.

Miro la hora. Son casi las siete, y me digo que ya es hora de volver a casa, pero algo me retiene. No sé decir exactamente qué. Es una especie de sensación de opulencia, de comodidad, de facilidad, que jamás he experimentado.

En ese instante alguien llama de nuevo a la puerta.

—Adelante —dice Guido.

La puerta se abre y entra en la habitación una pareja de aire simpático que ronda la cuarentena. Él tiene una tupida cabellera entrecana, está en los huesos y lleva gafas con una montura fina que se apoyan en la nariz aguileña. Ella es una mujer guapa, lleva una falda corta sobre leotardos negros y un suéter de cuello ancho que le cae sobre los hombros.

—Mis padres —dice Guido—. Ella es Alice.

Los dos simpáticos cuarentones (no puedo creerme que sean sus padres) se limitan a saludar y luego se marchan diciendo que van a la Scala, lo que no resulta absurdo en sí mismo. Yo también he estado en la Scala. Pero contribuye a remarcar más en mi cabeza la impresión de que me encuentro en medio de una especie de representación.

Cuando volvemos a estar solos, Guido se queda extrañamente silencioso. Yo miro por la ventana las tejas rojas, mientras en el horizonte ha aparecido una primera estrella y recuerdo toda la historia de la etimología de «desear». Cuando retiro la vista de la ventana, advierto que Guido me está mirando.

—¿Has encontrado tu estrella? —me pregunta, y durante un instante tengo la sensación de que me ha leído el pensamiento.

—Sí, pero no estaba en su sitio.

—Lo siento.

—Yo también.

La atmósfera cambia rápidamente en la habitación, y me parece que me encuentro otra vez en la azotea de la fábrica ocupada, la primera vez que hablamos. Mi estrella ya no está en su sitio. Y quizá justo por eso sigo sintiendo que algo me abrasa por dentro. Un deseo que no se apaga pero que, en lugar de alegrarme, me suscita rabia y rencor. Miro a Guido, delante de mí, sus ojos rebosantes de deseo. Las estrellas no son bombillas, me digo. No pueden cambiarse cuando se funden. ¿O será solo que no he acertado con la metáfora?

63

Luca

Dalila está tocando el bajo sentada en una banqueta, en medio de los instrumentos. Tiene la cabeza inclinada sobre las cuerdas, y el pelo le tapa el rostro. De golpe, cuando repara en mi presencia, deja de tocar.

—¿Qué haces aquí? —me pregunta.

—He oído la música. ¿Qué es?

—Nada. Notas a boleo.

—¿Cómo te encuentras?

—Más o menos.

Dalila se pone a tocar de nuevo, como si yo no estuviera allí. Sigue tocando unos minutos, y yo permanezco observándola. Luego para y me mira.

—Creía que habías desaparecido —me dice.

—Pues estaba en la cárcel.

—Perdona, ha sido por mi culpa.

—Bueno, sí, en parte. Pero ahora ya no tiene importancia.

—¿Lo habéis dejado?

—Sí, me ha dejado. Aunque era inevitable…

Dalila me mira sin decir nada, y me pregunto si realmente no hay nada que decir.

—¿Por qué lo hiciste? —le pregunto.

—Ni yo misma lo sé —responde—. Ya no me gustaba esta vida, ahora tampoco me gusta. Solo que no consigo cambiarla… Las cosas pasan sin cesar, y de vez en cuando me parece que veo una dirección, me parece que todo se encamina hacia algún fin, hacia algo. Hasta que me doy cuenta de que todo es una ilusión, que estoy yendo por un río que luego desaparece en algún sitio.

Sus palabras me recuerdan lo que me dijo la viejecita del Red Victorian.

—Que desaparezca no significa que ya no exista —le digo.

Esboza una sonrisa escéptica tras mis palabras.

—A veces los ríos desaparecen —prosigo— y fluyen bajo tierra a lo largo de muchísimos kilómetros. Luego afloran en otra parte.

—¿Cómo puedes estar seguro de que aflorarán de nuevo? ¿Cómo puedes saber que no han desaparecido bajo tierra para siempre?

—Pues… no lo sé. Pero creo que de todas formas vale la pena buscar.

Dalila baja la cabeza hacia la guitarra y toca dos notas sin pensar. Mi última conclusión no debe de haberla convencido.

—No te gusta esta historia del río, ¿eh? —le pregunto, y consigo arrancarle una sonrisa.

—No soy amiga de las metáforas. Siempre tienen trampa.

—Pues yo diría que esta no está nada mal —insisto, tratando de mantener la conversación en un tono ligero—. Piensa en los afluentes.

—¿Y quiénes serían los afluentes?

—La gente con la que te cruzas en tu camino, los que te acompañan un trecho, los que te aportan algo o los que deciden recorrer contigo todo el camino.

—Pero piensa en las ramas muertas, cuando el río se estanca en algún sitio y forma una ciénaga.

—Hummm..., creo que me has pillado —admito, y ella sonríe de nuevo—. Aunque no, espera, las ciénagas son importantes, crean mogollón de formas de vida, dicen que son fundamentales para el ecosistema...

—De modo que ¿empantanarse en una ciénaga es beneficioso?

—Vale, me rindo.

Dalila se levanta de la banqueta y deja el bajo contra la pared. Acto seguido se me acerca y se detiene a un metro de mí.

—Eres el primer chico con el que me siento en casa —me dice mirándome a los ojos—. Eres el primero que consigue oír el sonido de mi bajo. Y también el primero...

Dalila hace una pausa y baja la cabeza, cohibida, se diría.

—El primero que se niega a acostarse conmigo porque está enamorado de otra.

No digo nada. Aunque muchos pensamientos me bullen en la cabeza. ¿Será una declaración de amor?

—Me has hecho retroceder en el tiempo, hasta antes de que mi vida se jodiese y de que me quedara sola, aquí, en San Francisco.

—Oye, que tu vida no está jodida, tienes veinticuatro años, ¿cómo puedes pensar eso?

—Es que se me han quitado las ganas de todo. Estoy cansada. Quisiera..., quisiera que hubiera un límite. Me parece imposible vivir esta vida entera. Es como un juego que ha empezado mal. Quisiera empezar de nuevo, pero no se puede; entonces...

Los dos sabemos cómo acabaría su frase. Así que no decimos nada. Sin embargo, instintivamente le cojo una mano. Está fría. Me acerco a ella. Tiene los ojos vidriosos.

—Quisiera pararlo todo —me dice con un hilo de voz—, pero no se puede.

—Entonces, ¿por qué lo hiciste?

—¿Qué?

—¿Por qué intentaste...? Bueno, ya lo sabes.

—No intenté suicidarme, si es eso lo que piensas —contesta con un tono absolutamente tranquilo, que no encaja con su aclaración.

—Quería parar —continúa—, quería tomarme un descanso, quería dejar un rato mi vida, y sí, puede que también lo pensara, cuando cerré los ojos pensé que me habría gustado no despertar y acabar ahí.

Los ojos se le llenan de lágrimas. Se lleva una mano al rostro y sonríe.

—Soy una pringada —añade, disimulando las lágrimas con su sonrisa triste.

—No, no lo eres —digo y le estrecho la mano con fuerza, sintiendo el irrefrenable deseo de protegerla—. Además, mientras yo esté en la ciudad para salvarte, no corres peligro.

Dalila me mira con gratitud y ahora parece un poco más serena. Y en ese preciso instante se me ocurre una idea.

—Oye, voy a volver a Milán. ¿Por qué no vienes conmigo?

64

Alice

—Alice, ¡qué sorpresa! Bueno, cuéntame, ¿estás contenta?

Sentado a su escritorio, Giovanni me mira con una sonrisa que cualquiera juzgaría sincera. Cualquiera que no sepa lo que yo sé. Pero un ligero temblor en los ojos lo delata, y advierto que hay dos mujeres, sin duda colegas suyas, observándonos.

—Pues sí, estoy contentísima, contentísima de que hayas tergiversado lo que había escrito para sacar un artículo escandaloso en tu reportaje.

—No, espera, yo te había dicho que había que corregir alguna cosa —rebate con el tono de quien no tiene nada que temer—. Ya lo sabías, no puedes decir lo contrario.

Para entonces sus dos colegas están siguiendo la escena sin ningún disimulo.

—¿Quieres que comparemos lo escrito por mí con lo que has publicado?

—Francamente, no entiendo los motivos de este juicio. ¿Te he dado una oportunidad y me correspondes así? Mil gracias.

—¿Qué oportunidad me has dado? Primero publicaste mi artículo con tu nombre y ahora sacas mi nombre, pero cambias el artículo entero para que parezca que los jóvenes son una panda de drogadictos pervertidos y sedientos de fama. ¡Sabes perfectamente qué jugarreta de mierda me has hecho, así que no me tomes el pelo!

Giovanni mira alrededor como buscando el respaldo de sus compañeros. Pero lo único que obtiene es la mirada desconcertada de la mujer que está sentada en la mesa contigua a la suya.

—¿Todo bien, Giovanni? —le pregunta.

—Sí, sí —responde él con gesto enfadado.

—No está todo bien —intervengo—. No eres más que un jodido baboso frustrado. La tonta fui yo por creerte y también por ir a tu casa.

Tras esas palabras, su colega se quita las gafas y lo contempla incrédula.

—¿He oído bien? —le pregunta.

—Nos vimos por este dichoso artículo —rebate él, manteniendo el tono enfadado, con el que pretende protegerse de toda acusación.

—No tengo palabras —dice la mujer.

Así las cosas, creo que ya he hecho bastante. De modo que le lanzo el periódico a la cara y me marcho.

Ahora mis problemas son otros. ¿Qué dirán todos cuando hayan leído el artículo?

En cuanto salgo a la calle respiro profundamente. Tengo la sensación de haberme quitado un peso enorme de encima, me siento fuerte. Ahora solo tengo que ir corriendo a la reunión de la redacción de la revista y explicar qué ha pasado.

A punto de llegar al instituto, me suena el móvil. Es Mary.

—Alice, ¿qué has escrito? —me pregunta con un tono más decepcionado que alucinado.

—Mary, espera, que yo no he escrito nada de eso.

—Me ha llamado Martina, está cabreadísima.

—¡Te digo que esas no son mis palabras, han modificado el artículo!

—Pero ¿cómo es posible? ¿Qué significa? Ali, yo te apoyo siempre, pero, joder...

—Mary, por favor, créeme. Ahora no puedo hablar, luego te lo explico todo.

Llego al instituto media hora después de que haya empezado la reunión de la redacción de la revista. No bien entro en el aula, se hace el silencio. Roberta está de pie, junto a la mesa del profesor, con el periódico en la mano. Tengo la impresión de haber interrumpido la lectura.

—Ah, aquí la tenemos —dice, en efecto.

—Puedo explicarlo todo —replico, permaneciendo en vilo en la puerta.

—¿Puedes explicar —continúa Roberta sopesando lentamente cada palabra— por qué en este artículo se habla de Alice, la «líder de la revista del instituto Parini»?

—Esas palabras no son mías, el artículo ha sido modificado.

—Ah, pues mira tú por dónde la modificación atañe precisamente a tu papel en la revista.

—No, lo han modificado y exagerado todo, para que parezca... una especie de artículo escandaloso. Me han engañado.

—No, Alice, no te han engañado —me interrumpe Roberta, y por el silencio que reina en la clase presumo que los demás están de acuerdo con ella. Busco a Guido, con la esperanza de que al menos él me crea, pero precisamente hoy no ha venido.

—Para escribir en nombre de la revista tendrías que habernos avisado, pero lo has hecho todo sola.

—Pero yo no quería escribir en nombre de la revista, eso no tenía sentido, el artículo era mío.

—Ajá, ya está todo claro —prosigue Roberta, con tono abiertamente provocador.

Ya no sé qué decir, me siento derrotada, traicionada, burlada. Y me entran ganas de llorar cuando pienso que no quería traicionar a nadie y que lo que más me gustaba era escribir estos artículos de mierda y hacer entrevistas y... y estar con Guido. Oh, qué estará pensando él en este momento...

Salgo corriendo del aula. No serviría de nada insistir en justificarme.

En cuanto estoy fuera del instituto trato de llamar a Guido, pero no contesta. A cambio, recibo un mensaje de Martina. Solo una palabra: «Veámonos».

65

Luca

—Primero mandemos imprimir un cartel como es debido, este no vale.

—¿Por qué no vale nuestro cartel?

—Es una fotocopia, no se entiende nada.

La chica dark resopla y me mira con evidente preocupación. Las otras dos escuchan en silencio.

—Y después del concierto, celebraremos una fiesta aquí, una especie de *after show* con invitación, en el que tocaréis algunos temas tranquilos, estilo *unplugged*...

Esta vez las dos chicas sonríen, se diría, en señal de aprobación.

—Hay que limpiar bien el local de ensayo, y tenemos que dejar abiertas las ventanas al menos dos días para que se vaya el olor a marihuana.

—Okay, ¿y después? —pregunta la chica dark, que parece la más flipada—. No tenemos dinero para hacer todo eso.

—No hace falta dinero para hacer eso. A ver, se necesita poco. De todos modos, ¿queréis o no que sea vuestro mánager? Imprimiremos también invitaciones con una consumición gratuita. Así, el que venga al concierto tomará además una copa gratis.

—¿Y el tío del local está de acuerdo? —pregunta una de las chicas.

—Yo me encargo de hablar con el tío del local, no os preocupéis.

—¿Y a quiénes damos las invitaciones? —pregunta la chica dark.

—Tenemos que repartirlas por los locales de la zona, entre la gente. Pero también en los comercios, en todas partes, tenemos que invitar a todo el mundo.

Las Nirvana's Sister me miran con una mezcla de entusiasmo y escepticismo, con la expresión de quien piensa que sería estupendo que saliera bien, pero no se lo cree.

—¿Y tú qué ganas con esto? —me pregunta la chica dark en el preciso instante en que, muy oportunamente, la puerta se abre y Dalila entra en la habitación.

—¡Yo te diré qué gana! —exclama una de las dos chicas, y las tres rompen a reír.

—¿Qué pasa aquí? —pregunta Dalila.

—Tenemos un anuncio importante —responde la chica dark con fingido tono ceremonioso—. Luca es nuestro nuevo mánager.

Dalila sonríe y mueve la cabeza.

—Pues pobres de nosotras…

Las chicas ríen de nuevo. Luego le explican mi plan de acción para el concierto. Ella escucha atentamente, pero conteniendo su evidente escepticismo.

—¿Y después? —pregunta al final.

—Después, ¿qué?

—¿Para qué sirve todo eso? —sigue preguntando, al tiempo que su sonrisa se apaga de golpe.

—¿Cómo que para qué sirve? —inquieren al unísono las tres.

—¿Nos haremos famosas, daremos conciertos por todo el mundo, un gran productor se fijará en nosotras y querrá publicarnos un disco, y ganaremos un pastón?

—¿Qué pasa, es que te repugna la idea? —pregunta la dark, mientras puedo ver con claridad la contrariedad de las otras dos miembros del grupo.

—No, en absoluto. Pero eso es imposible, y lo sabéis tan bien como yo. Estamos aquí haciendo planes sobre el cartel, las invitaciones que hay que repartir por la calle. Pero ¿de verdad creéis en todo eso? ¿Creéis realmente que todo eso nos llevará a algún sitio?

Sus preguntas quedan sin respuesta. En el local se hace un silencio impregnado de rabia y dolor. Miro el escenario en el que están los instrumentos y luego, de una en una, a las chicas del grupo, sintiendo una extraña y repentina familiaridad. Como si de algún modo mi vida se hubiese unido inexorablemente a sus destinos. Recuerdo las palabras de la viejecita del Red Victorian, cuando me dijo que todos estamos relacionados y que la gente que nos rodea nos revela más de nosotros mismos de lo que podemos descubrir en nuestra mente.

¿Qué me están revelando las Nirvana's Sister?

¿Y qué me está revelando Dalila?

Aún no estoy seguro de las respuestas, pero por otra parte, si quiero creer en las palabras de la viejecita del Red Victorian, es menos importante encontrar las respuestas que atender a las preguntas.

Dalila se vuelve de golpe y entra en la cocina, las tres chicas y yo nos quedamos unos segundos mirándonos.

—Qué coñazo —masculla la dark, resoplando.

—Voy a hablar con ella —digo y me levanto del sofá.

Me acerco a la cocina y llamo a la puerta.

—Adelante —dice Dalila con un hilo de voz.

Se encuentra junto al antepecho de la ventana, de espaldas, en la misma postura en la que estaba el día en que hablamos, cuando la llamada de Alice interrumpió nuestra conversación.

—Parece casi un *déjà vu* —comento, arrepintiéndome enseguida de mi salida.

Dalila vuelve un poco la cabeza, luego mira otra vez por la ventana.

—Es que me gustan las coincidencias —prosigo—, hacen que todo me parezca perfecto, como si la vida fuese una especie de rompecabezas, aunque evidentemente no lo es.

Dalila no dice nada, pero vuelvo a reconocer un suspiro en el movimiento de sus hombros.

—Además, es como si tuviese una segunda oportunidad —añado mientras oigo un acorde desafinado que proviene de la sala— para hacer las cosas de forma distinta, para intentarlo de nuevo.

Entonces Dalila se da la vuelta, apoya el trasero en el antepecho y levanta la cabeza, secándose una lágrima con el dorso de la mano.

—Perdona —me dice.

—¿Por qué?

—Por todos los líos en los que te he metido.

—Las cosas han salido así.

—¿Lo crees de verdad?

Medito unos instantes antes de responder. Dalila sonríe, convencida de que mi respuesta es un inevitable «no».

—Solo creo que las cosas han salido como han salido, pero nosotros seguimos aquí, y estamos vivos. Y como tenemos un concierto entre manos, mejor será que lo demos, y ya que debemos darlo, más vale que lo demos bien.

Dalila sonríe y menea la cabeza.

—¿Esa sería la respuesta? —me pregunta—. ¿Así es como se vive? Ya que estamos…

—A lo mejor sí, a lo mejor también se vive así —contesto—. Estamos aquí, y no podemos evitarlo. No podemos retroceder en el tiempo y pedirles a nuestros padres que tomen mayores precauciones, ya estamos aquí. Y si debemos vivir, más vale que lo hagamos bien.

—Vaya respuesta de mierda —dice Dalila, mientras su pecho se agita en lo que no sé si es una carcajada o un sollozo. Sin embargo, luego sí que se echa a reír, suelta una risotada bañada en unas cuantas lágrimas—. Preferiría volver atrás en el tiempo —añade entre un sollozo y una sonrisa.

Entonces yo también río. Me acerco a ella, la agarro por los hombros y la miro a los ojos.

—Además, ahora soy vuestro mánager…

—Has encontrado tu camino —concluye, pero no sé si me está tomando el pelo o si está hablando en serio.

—No he encontrado mi camino. He comprendido que el camino por el que voy está lleno de gente.

66

Alice

Son las cinco de la tarde. Hace media hora que había quedado aquí con Martina. La calle que bordea el Naviglio está cubierta de nieve, y las luces navideñas se reflejan en el agua, que fluye serena.

En el agua hay un pez. Está quieto, apenas mueve la cola para defenderse de la corriente. De vez en cuando se deja llevar unos metros y luego regresa a la posición anterior con rápidos aleteos.

Pienso en los salmones, que remontan los ríos agitándose como locos, y que suelen ponerse como ejemplo de fuerza de voluntad. En cambio, este pez está inmóvil. No se mueve ni hacia atrás ni hacia delante. Puede que todos los peces del Naviglio se comporten igual. En eso, sin embargo, veo aparecer otro pez más pequeño, que se deja arrastrar por la corriente y que segundos después ya ha desaparecido de mi vista. Hace exactamente lo contrario que los salmones.

¿Cómo me comportaría si fuese un pez?, me pregunto.

¿Sería de los que se dejan arrastrar por la corriente, de los que tratan de remontarla o de los que se mueven solo lo indispensable para permanecer siempre en el mismo sitio?

Estoy sumida en estas reflexiones cuando alguien se apoya en el murete de contención, justo a mi lado. Me vuelvo. Es Martina.

Nos quedamos unos segundos en silencio.

—¿Quién empieza? —pregunta, con una improbable y fastidiosa tranquilidad en el tono de voz.

—Da lo mismo.

—Pues empieza tú. Creo que tienes más cosas que contar.

—Estás demasiado relajada, ¿no te parece?

—Yo no he hecho nada. No tengo motivos para estar nerviosa.

—Tu canción. Luca. San Francisco. ¿Eso no es nada?

Martina me mira con una expresión de falso estupor, a la que no doy el menor crédito.

—¿Qué pasó en San Francisco? —le pregunto a quemarropa.

—¿Qué tenía que pasar?

—¿Qué pasó entre Luca y tú?

—Ali, ¿estás tonta? Espero que hables en broma. ¿Por eso estás cabreada?

—Estoy hablando muy en serio.

—Oye, no sé en qué marrón te ha metido Luca ni lo que está pasando entre vosotros, pero a mí no me metas en medio, porque yo no tengo nada que ver.

—¿Y la canción?

—¿Qué pinta la canción?

—Todo aquello sobre el amor imposible, sobre el trío, eso de que él está más allá de los límites... Venga, Martina, no me tomes el pelo.

Entonces menea la cabeza y esboza una sonrisa. Seguimos apoyadas en el murete, una al lado de la otra, a un metro del agua del Naviglio. El pez de antes continúa inmóvil delante de nosotras.

—Explícate —digo.

Ella se aparta, retrocede unos pasos y me mira.

—¿Conque eso piensas? —pregunta.

—Pues sí. Desde que volviste de San Francisco, desde que me dijiste «oye, si estás con Guido, deja libre al pobre Luca», claro que pienso eso, ¿qué otra cosa puedo pensar? Y fíjate que me decía: «Ahora Martina va a verlo y le hablará, qué suerte tengo de contar con una amiga así». —Martina me mira y asiente rítmicamente, con el aire de quien cree que lo ha comprendido todo—. Hasta que un buen día sale tu canción, pero no me entero por ti, me entero por casualidad, en un bar, con Mary. Y ella también se queda hecha polvo. Porque el significado de la canción es claro. Y las dos decimos que no, que no es posible. Pero después tú no das señales de vida. Y yo me marcho a San Francisco, y resulta que aquel gilipollas está detenido...

Martina no dice nada. Escucha mis palabras y asiente. Luego se cierra el cuello del abrigo.

—Tengo frío, entremos en algún sitio —propone con un hilo de voz. Su seguridad, su arrogancia, han desaparecido.

Pocos minutos después estamos sentadas en un bar, delante de un té caliente. Ambas con la mirada gacha. Martina lee el reverso de un sobre de azúcar, mientras que yo jugueteo con la cucharilla en la taza.

—Verás —dice—, cuando escribí la letra de la canción no hacía más que preguntarme qué diríais cuando la escucharais. Pensaba en vosotros, en ti, en Luca, en Mary. Y también en el gilipollas de Daniele, no porque fuese mi novio, sino porque, qué quieres que te diga, vosotros sois mi familia. Me entusiasmaba la idea de daros esa sorpresa, y más porque era una novedad para mí. Las primeras palabras las escribí con el único propósito de que me saliera una chorradita pegadiza, pero según avanzaba le fui cogiendo el gusto y las palabras se fueron llenando de significado y, al final, al releerlas, me di cuenta de que hablaba de vosotros, de mis amigos, de mis mejores amigos.

Martina bebe un sorbo de té, se saca el móvil del bolsillo y lo deja en la mesa. Aprieta con el índice el botón rojo, hasta que lo apaga.

—Ahora comprendo lo tonta que he sido. No se puede cambiar así, de un día para otro, porque la gente no te cree. Uno es y sigue siendo siempre la misma persona, independientemente de lo que diga. Qué gran descubrimiento. ¿He escrito una canción sobre la amistad? Mis amigos creen que es una bomba atómica.

—Ya no te sigo —admito.

—Este es el final de nuestra amistad —prosigue Martina con una voz en la que se nota que está conteniendo el llanto—. Pero ahora tendrás que escucharme.

Tras decir eso, saca del bolso su iPod, lo enciende y me tiende un auricular.

—Escucha toda la canción —me dice— y esta vez trata de pensar que cada palabra es para ti, para Luca, para Mary, para Daniele, para las únicas personas que alguna vez han significado algo en mi vida.

Martina pulsa «Play». Empieza a sonar la música, a la que poco después siguen las palabras. Y una duda espantosa comienza a abrirse camino en mi cabeza.

Cuando la canción aún no ha terminado, Martina se quita el auricular, se levanta, recoge el bolso y el abrigo, y me mira.

—Cuídate, Alice.

67

Luca

A las seis de la tarde, después de haber pasado el día entero repartiendo octavillas e invitaciones, y pegando carteles por todas partes, regreso a casa seguro de haber hecho un buen trabajo. Y eso hace que sienta una satisfacción nueva. Porque no es como cuando sacas una buena nota ni tampoco se parece a cuando te pagan por un trabajo que has hecho. Aquí no me paga nadie, y la buena nota está todo menos asegurada. ¿Por qué, entonces, estoy tan contento?

Aplico la nueva regla que me ha enseñado la viejecita del Red Victorian, así que no busco una respuesta, sino que atiendo a mis preguntas. ¿Por qué estoy tan contento? ¿Cómo saldrá el concierto de esta noche? ¿Qué dirán las Nirvana's Sister cuando vean cientos de personas? Pero ¿de verdad habrá cientos de personas?

En ese instante alguien llama a la puerta. La cosa me parece rara, porque no es el típico sonido de un timbre. Es diferente, recuerda más al chillido de una gaviota, pero no cabe duda de que proviene de la entrada de mi piso.

Así que abro para averiguar de qué se trata.

En el rellano, con una sonrisa idiota pintada en el rostro y el pelo revuelto, está el dueño del piso. Lleva en la mano una cajita blanca con un botón rojo. Me la enseña, feliz. Luego aprieta el botón y de nuevo se oye lo que efectivamente aparenta ser la reproducción del chillido de una gaviota.

Con un gesto de la mano me señala el timbre y menea la cabeza, con el ceño fruncido.

—Que sí, que sí —digo, por seguirle la corriente—. El timbre suena fatal.

Él asiente y toca de nuevo su timbre portátil. A continuación entra en casa. El gato, inmóvil sobre la cama, lo mira con desprecio.

Tras echar un rápido vistazo al piso, pero sin mostrar verdadero interés por su estado (no tengo ni idea de lo que pueden ver sus ojos, pero supongo que se mantienen muy lejos de la realidad), el chico sale al balcón. Observa las macetas y sonríe contento.

—¿Qué pasa? Las he regado —digo, al tiempo que estiro las manos, pese a que él parece tranquilo.

De hecho, se arrodilla y mira de cerca las macetas, no entiendo por qué. Yo también me arrodillo y advierto que en la tierra hay un montón de brotes. Algunos son apenas visibles. Otros, en cambio, ya tienen dos o tres hojitas. Ni siquiera me había dado cuenta.

—Oye, ¿qué plantas son? —pregunto, justo antes de que me asalte una duda.

Él me mira y asiente con su sonrisa tonta, como si dijera: «Pues sí, justo eso».

—Tengo que largarme de aquí —digo tajante—. Mi avión sale dentro de tres días, encontraré un sitio donde dormir y, cuando (o siempre que…) vuelva a la ciudad, buscaré otro piso.

Saco la maleta de debajo de la cama y empiezo a guardar mi ropa. En otra situación quizá no habría reaccionado con tanta dureza, pero mis errores recientes me imponen una disciplina rigurosa en cuestión de sustancias alucinógenas (aunque, paradójicamente, siga sin ser consumidor).

El chico me mira sin comprender, mientras sigue cada uno de mis movimientos. Cinco minutos después, en la puerta, saco la cartera, le pago la última semana y me marcho.

Llego al Lilly Restaurant cuando son apenas las siete. El concierto empieza en dos horas, pero las chicas del grupo ya están aquí probando los instrumentos. Cuando les dije que había encontrado un nuevo local para el concierto, en un primer momento me mandaron a hacer puñetas, sobre todo Dalila. Pero al final conseguí convencerlas.

—Bueno, ¿qué tal todo? ¿Estáis listas?

—¿Tú qué haces con la maleta?

—Es una larga historia.

—Suelta —me dice la chica dark al tiempo que trata de poner un enchufe detrás de un altavoz.

—He dejado el piso. Ha vuelto el tío que me lo había alquilado y he descubierto que estaba cultivando marihuana en el balcón y, la verdad, prefiero evitar pasar la Navidad en la cárcel.

—¿Y eso sería una larga historia? —pregunta la chica dark—. Oye, ayúdame con esto.

Luego me pasa el enchufe.

—Aun así, es un local de mierda —dice, una vez que he logrado poner el enchufe—. No sé cómo has conseguido convencernos.

Más tarde, hacia las nueve, comienza a llegar gente. A las nueve y media habrá en el local unas cincuenta personas. No es exactamente la multitud de fans que me había imaginado, pero no deja de ser un público. Hay jóvenes, pero también mayores. Sentada a una mesa distingo a la viejecita del Red Victorian, quien al cruzarse con mi mirada me dirige una sonrisa radiante. Sentado en la barra está el dueño de mi piso, quien le enseña al camarero cómo funciona el timbre portátil, mientras este lo mira como a un idiota.

Decidimos que ya es hora de empezar el concierto. El primer tema que tocan es un clásico de su repertorio: «About a Girl».

La acústica no es muy buena, y lamentablemente en esta ocasión el bajo no se oye bien. La gente sigue la música de pie, delante del escenario, con un vaso en la mano.

El segundo tema es «Smells Like Teen Spirit», y es mejor acogido. Mientras tanto ha llegado más gente, y al pie del escenario se ha congregado una pequeña multitud.

El Lilly Restaurant está irreconocible. Hay gente de todas las edades, fundamentalmente cuarentones nostálgicos que se saben de memoria todos los temas de Nirvana.

A las once ya no cabe duda de que la velada es un éxito. Los dos camareros no paran, y el dueño del local ya me ha felicitado y de paso me ha pedido que le organice más fiestas.

La chica dark anuncia el último tema, pero antes de que pueda empezar a tocar, Dalila se le acerca y le susurra algo al oído.

—Buenas noches a todos —dice, y el micrófono rechina.

En la sala se hace un repentino silencio. Dalila vacila unos segundos y sin darse cuenta lanza un suspiro al micrófono, que lo amplifica.

—Este último tema se lo dedicamos a una persona —continúa, suscitando unos aplausos y otros tantos gritos de ánimo—. Se trata de la persona que ha hecho posible este concierto, sin la cual nosotras no estaríamos aquí, sobre todo yo.

En la sala se elevan algunos murmullos, las chicas del grupo se miran entre ellas, en señal de complicidad.

—Es una persona de la que creía que me había enamorado —añade Dalila.

—¡Queremos saber quién es! —grita alguien del público.

Dalila sonríe y toma aliento.

—Antes de que descubriera que su corazón estaba ocupado.

—¡Vaya gilipollas! —grita de nuevo una voz al pie del escenario, provocando una carcajada entre el público.

—Pues sí, es un poco gilipollas —prosigue Dalila—, pero gracias a él he comprendido muchas cosas. Y aunque sus metáforas son penosas y su filósofo preferido es un cantante pop italiano..., quiero darle las gracias, darle las gracias por todo.

Tras decir eso, Dalila deja el micrófono. El interés del público es evidente, pero pronto es acallado por el acorde que marca el principio del último tema.

En ese instante comprendo que ha llegado la hora de retirarse. Me abro camino entre la gente y salgo a la calle, hasta donde encontré a Dalila la primera vez. Allí donde todo comenzó. Me apoyo en el muro, me dejo caer al suelo y me siento, con las rodillas contra el pecho.

Pienso en las palabras de Dalila y siento que algo cálido se me extiende por el pecho, siento que algo se agita, mientras una nueva frase de mi filósofo pop va cobrando forma en mi cabeza. Puede que él tenga razón, tienes que dejar que circule tu amor, como se hace con las novedades, como haces cuando no te esperas nada, como cuando dices: ya se verá.

68

Alice

—Pero ¿qué película es?

—Es la historia de un triángulo amoroso.

—No, por favor. No es el mejor momento. ¿Cómo acaba?

—Eso no te lo puedo contar. Pero no quiero que la veas por eso.

—¿Por qué, entonces?

—¿Te fías de mí o no?

Guido ha decidido que tengo que ver una película. Dice que es la respuesta a todos mis problemas. Lo que me parece extraño. Es más, me pregunto cómo es que todavía no se ha hartado de mí, ya que en las últimas semanas le he contado un montón de problemas. En cualquier caso, si esa película sirve para que mi padre encuentre un trabajo, para que Martina y yo hagamos las paces y para matar al periodista que ha reescrito mi artículo y me ha dejado en el ridículo más absoluto, no veo motivos para no verla.

—¡Pero si es en blanco y negro! —exclamo con una sorpresa un poco exagerada, lo admito, cuando aparece la primera escena.

—¿Y eso es... escandaloso? —me pregunta divertido.

—No, no, está bien.

Guido ha girado el ordenador en la mesa, de manera que podemos ver la película sentados cómodamente en la cama. Por otra parte, la pantalla es tan grande y su casa tan silenciosa, que parece que estemos en el cine.

En la película hay un tío que está con una tía y que tiene un amigo que se lleva bien con la misma tía hasta que empiezan los líos, Primera Guerra Mundial incluida.

Vaya, me digo, al menos de esa me libré, pero ya empiezo a estar bastante harta del guión.

—¡Mira, aquí está! —exclama de repente Guido y sube un poco el volumen.

En la pantalla están los tres personajes, pero solo habla uno de ellos, con gesto abatido.

—Esa eres tú —me dice Guido—. Escucha bien. Está contando lo que le dijo un profesor suyo cuando era joven. Imagínate que Partis es quien te dice estas cosas.

—Oh, soy casi un fracasado. Lo poco que sé se lo debo a mi profesor, Albert Sorel.

«¿Qué quiere ser?», me preguntó.

«Diplomático.»

«¿Tiene una gran fortuna?»

«No.»

«¿Puede, con alguna apariencia de legitimidad, añadir a su apellido un nombre célebre?»

«No.»

«Pues renuncie a la diplomacia.»

«Entonces, ¿qué puedo ser?»

«Un curioso.»

«Eso no es una profesión.»

«Aún no es una profesión. Viaje, escriba, traduzca, aprenda a vivir en todas partes, y empiece ahora mismo. El porvenir es de los curiosos de profesión. Los franceses se han quedado encerrados en casa demasiado tiempo. Siempre encontrará un periódico que pague por sus aventuras.»

Cuando el personaje termina de hablar, Guido se levanta y para la película.

—Desde luego, tienes que reemplazar «franceses» por «italianos», pero todo lo demás es perfecto, ¿no? —me pregunta, con una sonrisa infantil.

—Sí, creo que sí.

—Tú eres así, curiosa e inteligente, por eso no puedes abandonar.

—No sé, Guido, ya no estoy segura de que ese sea mi camino y, además…, yo tampoco tengo un gran apellido del que presumir.

—Puedo darte el mío —dice, sin darse cuenta del equívoco que inevitablemente está creando.

—¿Es una propuesta de matrimonio? —le pregunto, por tomarle el pelo.

—Sí, Alice. ¿Quieres casarte conmigo? —contesta, riéndose.

—De todos modos, gracias —respondo, reconduciendo la conversación—. Te portas muy bien conmigo.

—Me lo pones fácil —dice, y enseguida levanta la cabeza, al darse cuenta del doble sentido—. Oye, sabes a qué me refiero, ¿no? —me pregunta.

—Bueno, sí.

—Alice, me gustas, aunque temo que tu corazón sigue ocupado. No sé qué piensas, no sé qué quieres, no sé cómo están ahora las cosas entre tú y… él. Pero acabo de decírtelo claramente. Piénsalo.

Me quedo sorprendida ante su declaración.

—Sí, lo que pasa es que… —balbuceo.

—Ahora no quiero una respuesta —me interrumpe—. Aunque, en cierto modo, la querría…

Terminamos de ver la película, que, dicho sea de paso, quedará grabada en mi videoteca mental como «la película que en ningún caso debe verse si se pasa por una crisis sentimental en la que hay involucrados dos chicos por los que te sientes atraída de forma diferente».

Más tarde, cuando nos estamos despidiendo en la puerta de su casa, su declaración me sigue zumbando en la cabeza. Me pregunto si ahora podría darle una respuesta. Lo cierto es que en mi interior se debaten dos respuestas, ambas correctas, pero contrarias entre sí.

—¿No debía haberte hecho ver *Jules y Jim*? —me pregunta, al notarme sumida en mis pensamientos.

Sonrío, aunque me gustaría decirle «¡no, pedazo de idiota!», después de saber cómo acaba.

—¿No ponéis árbol? —pregunto, en cambio.

Cuando estoy muy concentrada, a veces me salen preguntas sin ton ni son.

De hecho, Guido se echa a reír.

—No, ¿por qué?

—En la casa no hay siquiera un adorno navideño.

—Nosotros no celebramos la Navidad.

—¿Cómo?

—No somos creyentes, así que no celebramos la Navidad.

—Pero la Navidad de todas formas es… una fiesta, ¿no?

—Es el cumpleaños de Jesús, encima aplazado. Ya se sabe con certeza que no nació el veinticinco de diciembre. Si ni siquiera crees, es un poco absurdo celebrarla, ¿no?

—¿Qué hacéis, entonces?

—Mis padres suelen ir al cine, y yo… depende, a veces voy con ellos, si no, me quedo en casa.

—Uau.

69

Luca

En cuanto las ruedas del avión se despegan del suelo, siento que una repentina calma se extiende por todo mi cuerpo. Tengo por delante un viaje de unas dieciocho horas, incluida la escala en Ámsterdam. Es un tiempo en el que de antemano ya sé qué haré. Podré elegir entre varias películas, cada equis horas me servirán de comer, tendré que pasar bastante rato en el aeropuerto de Ámsterdam esperando el vuelo a Milán, luego me embarcaré en un avión que me llevará a Malpensa, allí cogeré un tren hasta la estación de Cadorna, desde donde iré en metro a mi casa. Y allí empezarán los problemas…

Pues sí, quisiera que mi vida se asemejara a este viaje. Una ruta de una duración predeterminada, con un número de variables fijas que se van eligiendo. Eso sí que sería cojonudo. Siempre que no te marees en el avión ni te dé miedo caer al mar. La vida, al menos la mía, no se parece en nada a un viaje en avión. No hay azafatas risueñas, no hay destinos fijos, probablemente el piloto esté borracho y habrá conseguido la licencia por correspondencia, y los aeropuertos están llenos de gente absurda que no tiene ni la más remota idea de adónde va.

—¿A qué hora llegamos a Ámsterdam? —me pregunta la chica que está sentada a mi lado.

—A las seis y media, hora local —respondo con seguridad. No soy un genio, está escrito en mi billete. Todo es tan sencillo. Sí, de verdad me gustaría que mi vida se pareciera a un viaje en avión.

La chica que está sentada a mi lado se llama Dalila. La conocí una noche en San Francisco, tras salvarla de la agresión de un tío borracho. Se dedica a bailar en un local, pero su auténtica pasión es la música. La he ayudado, a ella y a su grupo, a organizar un concierto, y ahora viaja conmigo a Milán, donde, por increíble que parezca, nunca ha estado.

Esta es la versión que daré a los desconocidos o a cualquier persona con la que no tenga suficiente confianza.

Pero lo cierto es que las cosas son bastante más complicadas.

Cuando atravesamos el manto compacto de nubes sobre la ciudad, el avión empieza a tambalearse. Dalila me coge la mano y me la aprieta con fuerza.

—Eh, ¿todo bien? —le pregunto.

—Me dan miedo los aviones.

—No te asustes. En el despegue es normal que haya algunas turbulencias.

El avión da tumbos, y el portaequipajes que está justo encima de nosotros se abre, y un trolley sale disparado y se estrella contra la cabeza de un pasajero. Una niña, unos asientos por delante de nosotros, se echa a llorar, mientras Dalila me tritura la mano.

Yo, en cambio, me siento increíblemente tranquilo. No solo porque sé que son turbulencias normales, sino porque además pienso que si algo sale mal y nos caemos al mar, nadie se salvaría. En otras palabras (sigo pensando en mi vida como un viaje en avión), no tenemos el control de la situación, y por eso no hay motivo para ponerse nervioso.

Así las cosas, la pregunta es: ¿quién pilota el avión?

La viejecita del Red Victorian tiene razón. Hay que ceñirse a las preguntas. Si me propusiera responder quién pilota el avión, sin duda acabaría formulando alguna majadería (¿el destino? ¿Dios? Psss...).

El avión deja de tambalearse, y en la pantalla luminosa que tenemos delante aparece la señal que avisa de que ya podemos desabrocharnos los cinturones de seguridad, otro elemento imperdonablemente ausente en la vida (¿oye, a ti qué te ha pasado? No, nada, le iba a poner los cuernos a mi chica, pero lo dejé, ¿sabes?, llevaba puesto el cinturón de seguridad).

—¿En qué piensas? —me pregunta Dalila, soltando mi mano.

—En tonterías. En que me gustaría que mi vida se pareciera a un viaje en avión.

—¿Y pasarte todo el día comiendo la bazofia que te dan en los aviones?

—Bueno, en los aviones también se ven buenas películas.

—Ah, en ese caso... —contesta Dalila y vuelve la cara para mirar por la ventanilla.

Estamos sobrevolando una blanca alfombra de nubes. A lo lejos, dentro de poco el sol anaranjado se pondrá, como en un enorme bizcocho.

—¿Estás seguro de que me puedo quedar en tu casa? —me pregunta Dalila.

—Claro, ya te he dicho que no hay problema. Pero tendrás que conformarte con el sofá-cama.

—¿Qué piensas hacer cuando llegues a Milán?

—Nada. Celebrar la Navidad, veré a mis amigos y luego regresaré a San Francisco.

—¿Cuándo sabrás si te han admitido en Berkeley?

—En febrero, o un poco más adelante, hay tiempo.

Dalila se vuelve entonces hacia mí y me mira con un leve estupor reflejado en los ojos.

—¿Cómo puedes estar tan tranquilo?

—No lo sé. Quizá me haya resignado al desbarajuste. ¿Te acuerdas de aquel cuadro, *El amor en el tiempo de la armonía*, que en realidad se titula *El amor en el tiempo de la anarquía*? He pensado que las cosas son más o menos así. La verdad es que la armonía y la anarquía no son tan diferentes.

Dalila no contesta. Me sonríe, pero como se sonríe a un niño que cree que ha dicho algo inteligente. Luego vuelve a mirar por la ventanilla.

Después de que traigan la comida, decidimos ver una película. No hay mucho donde elegir, y al final optamos por unos dibujos animados. La historia de un panda joven y gordo que quiere ser campeón de artes marciales, y cuyo padre, que es un ganso, quiere que siga sus pasos y sea cocinero.

Cuando la película termina advierto que Dalila tiene los ojos cerrados, mientras un pensamiento ha cobrado forma en mi cabeza, alterando ese estado de paz que había experimentado al marcharme.

Estoy regresando a Milán, me digo. Seguramente tendré que ver a Alice, y francamente no sé qué nos diremos. Tendré que hablar con Martina y averiguar por qué diantres ha escrito esa canción y, por último, también tendré que hablar con mi padre ganso, que ya habrá recibido la carta que le he escrito, y tratar de coser los flecos de nuestra relación.

70

Alice

Es un día cualquiera. Son las ocho menos veinte, y me dirijo al instituto. Como todas las mañanas, estoy en el metro con los cascos del iPod puestos.

Sin embargo, hoy hay algo diferente.

Esto es: hoy todo el mundo está con su media naranja.

Estoy rodeada de parejas. Parejas que se besan, se abrazan, se cogen de la mano. Me quito los cascos y observo este extraño fenómeno que tiene lugar a mi alrededor. Sí, todos están emparejados, sonrientes, bromean, se abrazan, intercambian gestos tiernos, quedan por la tarde.

Y yo estoy sola.

Siento una punzada en el corazón y evoco los momentos pasados con Luca. Todas la mañanas en las que también nosotros íbamos juntos en el metro. Todas las mañanas en las que yo también formaba parte de una pareja. Los que más llaman mi atención son un chico y una chica que, a mi lado, no dejan de besarse, haciendo un molesto ruidito de fondo que recuerda una lucha de caracoles. Oigo claramente el sonido de sus labios y siento el irrefrenable impulso de separarlos.

Hasta que llego a mi parada no me doy cuenta de que no solo hay parejas. Había dos o tres como mucho. Pero cuando salgo del vagón llevo conmigo esta nueva sensación, un dolor, una añoranza, que antes asfixiaba con la rabia. La verdad es que ya no controlo mis emociones. Hace dos días, por ejemplo, me conmoví viendo un anuncio de aspirina. Cuando vi a una chica con la nariz roja que finalmente conseguía respirar libremente, no pude más y rompí a llorar… Ayer por la tarde, en cambio, me puse como una hidra en clase de griego. El texto que leímos hablaba de la envidia de los dioses. Según parece, los dioses envidian a quien ven muy feliz y hacen de todo para destruir su felicidad.

Por todos esos motivos, cuando llego al instituto me faltan fuerzas para entrar, me faltan fuerzas para cruzar por enésima vez esa puerta, para hacer como si no pasara nada, para estudiar y procurar no pensar. Solo siento la necesidad de llorar y no quiero hacerlo en público.

Media hora más tarde estoy en el parque Sempione, sentada en un banco, frente al estanque de los patos. Los miro mientras nadan de un lado a otro, sin motivo aparente, sin rumbo, entre otras cosas porque su mundo termina en este estanque, donde no se puede hacer nada más que ir de un lado a otro. Creo que mi vida se parece ahora a este estanque, donde no puedes hacer nada más que moverte un poco y esperar que llegue alguien que te tire pan seco. Recuerdo las mil veces que Luca se ha sentado en este mismo banco y me asalta una melancolía incontenible. Siento que los ojos se me llenan de lágrimas y contengo a duras penas un sollozo.

Miro hacia otro lado y advierto que, sentado en otro banco a pocos metros de mí, hay un chico que se parece a mi hermano. Está solo, tiene las manos en los bolsillos y los brazos apretados contra los costados, como para protegerse del frío.

Me acerco unos pasos y descubro que no es otro que él.

—¡Fede! —exclamo alucinada—. ¿Qué haces aquí?

Me mira con el aire de quien ha sido sorprendido haciendo algo que no debía.

—No me apetecía ir al instituto —me dice—. Tampoco a ti, por lo que veo.

—Pues no.

—¿Puedes falsificarme la nota para mañana?

—¿No me digas que no sabes hacerla? La firma de mamá está chupada.

—Es la primera vez que hago pellas —admite, con voz abatida y triste.

—Eh, ¿qué pasa? —le pregunto un poco inquieta—. ¿Ha ocurrido algo con Clara?

—No, no, con Clara todo está bien...

—¿Qué pasa, entonces?

—¿Puedo preguntarte algo?

—¡Oh, por favor! ¡Pues claro que sí!, pero te advierto que me estás preocupando.

Federico sonríe y se embute más en la chupa. Por primera vez desde que lo conozco, lo que suena bien raro en referencia a un hermano, me parece ver a un hombre. Por primera vez sus expresiones ya no tienen esa definición clara y tranquilizadora que solo se ve en los niños: feliz, triste, cabreado, cansado. Tengo la impresión de presenciar en directo una metamorfosis y me pregunto si es así como uno se hace adulto. Cuando, en una palabra, los contornos de nuestras emociones, de nuestros sentimientos y de nuestros pensamientos se difuminan y todo se vuelve más complicado.

—¿Tú crees que papá hace mal ocupando la fábrica?

—No, claro que no. Pero ¿por qué me lo preguntas?

—Me he peleado —dice, y noto que la voz le tiembla.

—¿Cómo que te has peleado?, ¿y cuándo?

—Esta mañana. Dos tíos me tomaban el pelo, decían que a papá le gusta hacer cámping porque duerme en una tienda en la fábrica.

—Ya, dos graciosillos.

—Y yo les he dado una paliza.

Solo en ese momento me doy cuenta de que su chaqueta está manchada de tierra y rasgada en varios lados.

—Ay, Fede, ¿te han hecho daño? —le pregunto, mirándolo más de cerca, como haría una madre diligente.

—No, no me han hecho nada —responde, apartándose un poco.

—Así que ¿les has atizado bien?

No contesta, pero sonríe con orgullo mal disimulado.

—Pero ¿quiénes eran?

—Dos nazis, ahora hay un grupito en el instituto. Joden a todo el mundo. Van por ahí con la esvástica en la mochila, y un día le pegaron a Riccardo, porque es gay.

—Pero ¿qué Riccardo? ¿Tu amigo? ¿Es gay?

—Sí, creo que sí... O sea, en realidad él no lo sabe, pero todos los demás sí.

Sé que es una estupidez, pero jamás había pensado que Federico, mi hermanito, pudiera tener amigos gays.

—El caso es que habían empezado a burlarse de papá, así que esta mañana los he esperado en la puerta del instituto...

—Tú querías hablar con ellos, querías...

—No, no quería hablar con ellos. A uno le he dado enseguida un cabezazo, creo que le he roto la nariz, y he salido corriendo.

No tengo palabras. Me parece increíble y absurdo lo que me ha contado, y sobre todo —ya sé que estoy equivocada, pero aun así lo creo—, pienso en que Fede no va a un instituto del extrarradio, sino a uno del centro.

—Ali, esos tíos van a matarme —añade y se muerde un labio, como para contener las lágrimas.

Lo abrazo, porque no puedo hacer otra cosa. Él no se mueve, se deja abrazar, y en esos pocos segundos recuerdo lo que me dijo Luca antes de marcharse. Decía que se había hartado de los fulleros y los fachas, que había empezado a odiar a la gente. Entonces me parecieron palabras vacuas, únicamente una coartada para su huida. Sin embargo, ahora he cambiado de opinión. Hay cosas que crees que nunca te pasarán. No piensas que tu padre pueda quedarse sin trabajo, que tu madre se pueda deprimir, que a tu hermano le pueda dar una paliza un grupo de nazis. Hasta que esas cosas ocurren. Y cuando ocurren, quizá ya es demasiado tarde.

Siento una repentina añoranza de Luca, de la seguridad que sabía darme, de todas nuestras charlas, nuestras reflexiones, el tiempo que sabíamos pasar juntos, como si realmente el resto del mundo no existiera. Quiero largarme de aquí, quiero largarme de este país.

Un sollozo me sacude el pecho e instintivamente aprieto con más fuerza los brazos.

—Eh, ¿qué pasa? —me pregunta Fede.

—Nada, nada —digo, pero mi voz me delata.

—¿Tú qué has hecho?

Suelto a mi hermano y apoyo la espalda en el banco, miro fijamente el estanque, donde un grupo de patos avanza hacia nosotros.

—Estoy metida en mil follones —admito.

—¿Follones que puedan contarse?

—Solo si me prometes que te borrarás la memoria.

—Vale, lo prometo —dice sonriendo.

Luego empezamos a pasear y le cuento todo lo que ha pasado en las últimas semanas, omitiendo algún detalle, pero procurando reconstruir lo mejor posible la historia. Es la primera vez que trato de juntar las piezas del otoño que ahora termina.

En el camino hacia casa concluyo mi relato con el clásico «y ahora no sé qué hacer». Fede me mira como si fuera una idiota.

—Me parece que no te escuchas cuando hablas —declara, con una expresión casi perpleja.

—¿Por qué? ¿Qué he dicho?

—Llevas media hora hablando y habrás repetido diez veces que eres una mema y que por mucho que hayas perdido a tu chico no quieres perder a tu mejor amiga, ya que, si he comprendido bien, ella no ha hecho nada y tú no te has enterado de un carajo.

—Sí, ¿y qué?

—Pues que se lo digas.

71

Luca

—¿Qué significa que pasa la Navidad con nosotros?

—Lo que he dicho: pasa la Navidad con nosotros. En estas fechas somos todos más buenos, ¿no?

—Luca, ahora no te hagas el cretino. Ni siquiera la conocemos.

—Yo la conozco. Y ella no tiene con quién estar.

—¿Y sus padres? ¿Es que no tiene familia?

—Es una situación complicada.

De pie en la puerta de la cocina, mi madre me está diciendo abiertamente qué piensa de la idea de la Navidad ampliada. Mi padre ya está en el trabajo, y Dalila está jugando a las Barbies con Gloria.

—Pregúntale qué come —me dice mi madre, resignada a aceptar la novedad.

—Piensa, mamá. ¿Qué quieres que coma? Comerá lo que haya.

Mi madre pone los brazos en jarras y suspira.

—Mira que hacerme esto, y en el último minuto…

Tras decir eso vuelve a los fuegos, donde está preparando la comida. Sé que no tardará en pasársele y que se tranquilizará. Solo hay que darle tiempo para que lo digiera.

Entro en el salón, donde Dalila ha conseguido organizar un concierto dark grunge con las Barbies de mi hermana. El tejado de la casa de Barbie se ha convertido en un escenario, las habitaciones de abajo parecen camerinos, y tengo la impresión de que en la cocina entre bastidores Ken se está fumando un porro.

—¿Qué tiene Ken en la boca? —le pregunto a mi hermana, que juega entusiasmada.

—Una piruleta. La ha hecho Dalila.

—Bonita idea —digo sarcástico.

—Para relajarte después de cada canción —explica Dalila—, vas entre bastidores y te metes una piruleta.

Mi hermana sonríe satisfecha mientras peina muy concentrada una Barbie africana.

—Gloria, Dalila y yo tenemos que irnos —le digo a mi hermana.

—¿Volvéis a Estados Unidos?

—Sí, justamente. ¿Cómo te has dado cuenta?

—Dalila me ha dicho que después volveréis a Estados Unidos.

—Sí, pero después de Navidad.

—Ya, claro —comenta mi hermana con un improbable tono de viejecita.

Tengo la impresión de que durante mi ausencia ha pasado demasiado tiempo con los abuelos.

—Abrigaos bien —nos dice muy seria, confirmando mis dudas.

—Mamá, tu hija acaba de decirnos que nos abriguemos bien —le digo a mi madre, que nos está despidiendo en la puerta—. ¿A qué estamos jugando?

—Ha hecho bien, en la calle hace frío —responde, ignorando el sentido de mi pregunta.

—Sí, pero eres tú quien debe decirme que me abrigue bien, no mi hermana de seis años.

—¡Venga, venga, largaos! —dice, haciendo como que nos echa.

Media hora más tarde estamos delante del restaurante en el que trabaja mi padre. Son los últimos días para hacer las compras de Navidad, y Milán está lleno de gente cargada con enormes bolsas.

—Si quieres, puedes esperarme aquí —le digo.

—Daré una vuelta. ¿Cuánto tardarás?

—Hummm, creo que poco.

Dalila se encamina por el Naviglio mientras yo entro por la puerta principal del restaurante. Fabio, el *maître*, que me conoce desde hace años, me recibe sonriente.

—¡Aquí tenemos al emigrante! ¿Qué tal por San Francisco?

—Bien, bien, gracias, acabo de llegar, quería saludar a mi padre.

—Pasa, pasa, está en la cocina.

Cruzo la sala, donde dos camareros están atareados colocando las mesas, y abro la puerta de la cocina.

Mi padre está allí, en los fuegos, como lo dejé la noche antes de marcharme. Pero esta vez no me recibe con una sonrisa, sino con una mirada interrogante y preocupada.

—Hola, papá —lo saludo al tiempo que me acerco.

En el fuego hay una cazuela grande de aluminio llena de caldo. En la superficie en ebullición se han formado islitas de grasa que se dispone a quitar con una espumadera.

—Hola, Luca —dice, sin interrumpir lo que está haciendo.

No digo nada y me quedo observándolo, concentrado en su labor.

—No has respondido a mi correo —me dice, sin mirarme a los ojos.

—Te he mandado una carta.

—No ha llegado —contesta antes de que una gota hirviente le salpique la mano, lo que le hace esbozar una mueca de dolor—. ¿Desde cuándo escribes cartas? —me pregunta al tiempo que deja la espumadera en la mesa y pone la mano bajo el grifo de agua fría.

—¿Y tú desde cuándo escribes correos electrónicos? —replico.

Pero las dos preguntas se quedan sin respuesta.

—Sé que me he equivocado mucho contigo —continúa.

—Bueno, tampoco tanto. Un poco… ¿Quieres saber por qué quiero estudiar Economía?

—Me he dado cuenta de que nunca te lo he preguntado.

Su tono es frío y formal, pero se nota que está eligiendo detenidamente las palabras. Se nota que ahora sí se propone escucharme. Y a la vez que caigo en la cuenta de que eso es nuevo, descubro que ya no me apetece hablar con él, pues, para ser sincero, ya no sabría qué decirle. Y quizá, una vez más, lo importante no es tanto la respuesta como la pregunta.

Así que cojo la espumadera y empiezo a quitar la grasa del caldo que hierve en la cazuela. Él me mira asombrado.

—¿Sabes que en estos meses he trabajado de pinche?

—Me lo ha contado tu madre.

—No sé si volveré al mismo trabajo —añado—. En febrero me dicen si me han admitido en Berkeley.

—Bien —contesta. Luego cierra el grifo y se seca la mano en el delantal—. Entonces, ¿vas a quedarte allí?

—Sí, creo que sí.

—¿Y después? —me pregunta en voz baja, como si realmente no quisiera hacerme esa pregunta.

—Me he hecho mánager de un grupo.

—¿Un grupo de qué?

—Es un grupo de música, una banda, se llaman Nirvana's Sister. Son buenas.

Permanecemos en silencio unos segundos. Apaga el fuego de la cazuela y la coloca en la encimera, al lado del fregadero. Mirando su perfil a través del vaho que sale de la cazuela, adivino en su rostro media sonrisa.

—¿Has visto a Alice? —me pregunta.

—No, ¿por qué?

—Está en el comedor, ya tendría que haber llegado.

—Pero ¿qué hace aquí?

72

Alice

—¿Y tú que haces aquí?

—Trabajar.

Luca está de pie delante de mí, con los ojos como platos. Me mira de pies a cabeza para saber si lo que le acabo de decir se corresponde con la verdad. El delantal negro, la blusa blanca y el miniordenador de las comandas no dan lugar a equívocos.

—¿Desde cuándo?

—Más o menos desde que me traicionaste.

Me observa impasible. Luego se vuelve y da dos pasos hacia la cocina. Pero se detiene enseguida, no sé por qué, regresa y me mira refrenando las palabras en los labios. Fabio, el *maître*, observa la escena embelesado a unos metros de nosotros.

—No te debo ninguna explicación —le digo tajante—. Tú tomaste tu camino, y yo, el mío.

—Sal un segundo —contesta, y abandona a toda prisa el local.

Cuando estamos en la calle me mira y hace ademán de hablar, pero enseguida se detiene. Es evidente que está a punto de estallar, y yo estoy por descargar sobre él toda la cólera que he acumulado en estas semanas.

—¡No te debo ninguna explicación! —prorrumpo—. Yo he estado aquí esperándote, he estado aquí por ti. Nunca he dejado de pensar en ti, tú eres quien ha hecho lo que le ha dado la gana, desde el principio. Cuando fui a San Francisco creía que podríamos resolverlo todo. ¿Tienes idea de cómo me sentí cuando no te vi en el aeropuerto, cuando supe que estabas detenido, cuando tuve que ir a buscar a esa golfa? Tú siempre eres el bueno, el que razona, el que no se equivoca, te manejas muy bien con las palabras, pero la verdad es que lo que piensas y dices no coincide con lo que haces. No eres más que un mentiroso, sabes mentir muy bien, a ti mismo y a los demás. ¡Y ya estoy harta! Quiero un chico que piense en mí, que sepa anteponerme a todo… ¡y quería que ese chico fueras tú!

Luca me mira impávido, como si mis palabras ni siquiera lo hubieran rozado. Verlo así no hace más que aumentar mi ira. Me siento impotente. Hace ya demasiado tiempo que dejé de sentirme dueña de mi vida y de mis actos. Aprieto los puños, me clavo las uñas en las palmas de las manos, tanto que me hago daño. Y antes de que me dé cuenta, mi puño derecho se eleva por encima de mi hombro.

Durante una fracción de segundo capto una expresión asustada en sus ojos, pero ya es demasiado tarde. Le suelto y le asesto un puñetazo en la barriga. Noto un dolor intenso en los nudillos y un escozor repentino se me extiende en la mano. Aprieto los dientes para mitigar el dolor, mientras Luca sigue inmutable. No le he hecho nada.

—¡Y encima me he hecho daño! —digo, frotándome la mano.

Permanecemos quietos, frente a frente, mirándonos a los ojos, hasta que en sus labios se dibuja una media sonrisa contenida.

—¡De qué coño te ríes, idiota!

Menea la cabeza y me mira con una expresión en la que vuelvo a ver su habitual dulzura, esa dulzura que temía que no vería nunca más. Siento que algo se desata en mi corazón y durante un instante a mí también me da por reír.

—¿Te has hecho daño? —me pregunta y se acerca, pero yo retrocedo.

—Sí, y tú no.

—Alice, parémoslo todo —dice, mirándome con la misma mirada con la que me enamoró—. Yo ya no tengo ganas de discutir. Creo que podemos recuperar todo lo que hemos perdido. He liado bien las cosas, es verdad. Pero nunca he dejado de pensar en ti…

—Yo tampoco, pero…

Las palabras me salen de la boca sin darme cuenta. Dos pensamientos enfrentados se debaten en mi interior. Por un lado, quisiera abrazarlo, olvidarlo todo, comenzar de nuevo. Por otro, me parece muy difícil, imposible recuperar lo que hemos perdido.

—Eh, Luca, ¿podemos irnos?

Una voz, detrás de él. Una voz femenina que tardo pocos segundos en reconocer. Dalila aparece a su espalda.

—Ah… Oh, coño. Me marcho —dice en cuanto repara en mí.

—Quédate, quédate. Esta vez me marcho yo.

Tras decir eso, me desato el delantal y lo arrojo a la cara de Luca.

—¡Ya que te jode tanto que trabaje con tu padre, trabaja tú con él!

Salgo escopetada. Sin mirar hacia dónde voy, sin notar el frío, sin fijarme en la gente con la que me tropiezo por la calle. Y juro, me juro a mí misma, que no volveré a dejar que me engañen. La historia con Luca ha terminado, ha terminado para siempre. También las estrellas se apagan, también el deseo desaparece. De todas formas, ya no quiero escuchar mis deseos, porque solo me impulsan a hacer tonterías. Quiero estar únicamente con las personas que me reconfortan, con las personas que piensan de verdad en mí. Y sé dónde encontrarlas. Una de ellas está esperando mi respuesta, y a la otra puedo perderla si no me doy prisa.

Media hora más tarde estoy en el portal de la casa de Martina, con el índice pegado al telefonillo.

—¿Quién es?

—Martina, soy yo, Alice.

—¿Qué quieres?

—Quiero hablar contigo, quiero pedirte perdón, creo.

—¿Crees?

—No, no, estoy segura.

El telefonillo permanece mudo unos segundos, y me temo que en cualquier momento oiré el ruido del auricular al ser colgado.

—Sube, imbécil —dice, en cambio.

Diez minutos más tarde Martina y yo estamos sentadas en el sofá, enfrente de la chimenea apagada. Aclaramos las cosas. Nos decimos de todo. Luego volvemos a discutir, cuando me cuenta que en San Francisco Luca y ella se metieron juntos en la sauna, y después hacemos de nuevo las paces. Ella se molesta cuando le digo que Mary también creía que su canción era una declaración de amor a Luca, pero al final ese cabreo también se le pasa.

Ahora Martina está frente a mí, me mira, sonríe. Su sonrisa es de esas que dicen «mira que somos tontas», y yo creo que la amistad y el amor no pueden competir: la amistad gana diez a cero.

—Sin embargo, no te he contado toda la verdad —añade en ese momento.

—¿Qué más hay?

—Nada malo, no te preocupes. Bueno, depende... Pero en lo que me queda por contarte los hombres no pintan nada.

—¿Quién pinta, entonces?

Martina dobla una pierna sobre el sofá, la rodea con los brazos y apoya la barbilla en la rodilla.

—Mi canción era para ti.

Estoy convencida de que no he comprendido bien el sentido de sus palabras.

—¿Cómo que para mí? O sea, para mí, para los amigos. Me dijiste eso, ¿no?

—Sí, sí, también, es las dos cosas.

—No, espera, Martina, no te sigo.

—Lo sé. Siempre he estado con chicos, pero nunca me he enamorado. Incluso ahora, con Daniele, estoy bien, lo quiero, pero es diferente...

Martina hace una pausa y suspira.

—Contigo siempre ha sido diferente —prosigue—, siempre me he sentido bien. Tú nunca me has dado la razón, como hacen los chicos. Ellos me tienen miedo, tú no. Eres la única amiga que sabe callarme la boca, la única que se cabrea conmigo, la única con la que me siento realmente a gusto. Pero salías con Luca. Entonces oculté mis sentimientos en el fondo del corazón. Decidí dejarlos ahí para siempre. No me importaba, nunca he sido feliz y tampoco ansiaba serlo. Vosotros pensabais en vuestro futuro; yo pensaba en mí. Fue en ese momento cuando me puse a escribir la canción. Al principio era un poco distinta, un poco más… explícita. Pero después me dio miedo, pensé en el follón que podía montar. Así que la cambié. Los «ella» se convirtieron en «él», y el amor se transformó en amistad. Y al acabarla pensé que así también me gustaba. Sabía que nunca podría tenerte, pero también que no quería perderte como amiga…

Martina termina de hablar y se pone de pie. Se alisa los lados de la blusa, con el gesto cansado de quien acaba de concluir un arduo trabajo.

—Pues ya te lo he dicho.

—Marti, yo no me imaginaba… No me había dado cuenta de nada.

—Ya sé que no te lo imaginabas.

—Pero, entonces…

—¿Que si soy lesbiana? No lo sé, la verdad es que no lo sé. Las otras chicas no me gustan mucho. Me gustas tú…

—Y ahora, ¿qué hacemos? —suelto, pero enseguida me doy cuenta de la idiotez que he preguntado.

—Nada, Ali. No quiero perderte. Así que, ya que no puedes ser mi chica, al menos quiero estar segura de que puedes ser mi mejor amiga.

73

Luca

En vista del éxito del videojuego de la rata, he decidido elaborar una nueva versión.

En el «nuevo» videojuego hay muchas más trampas, muchos más niveles y nuevos enemigos tremendamente peligrosos. Por ejemplo, en el primer nivel la rata vuelve de San Francisco con la rata hembra que ha conocido allí y, en cuanto llega a Milán (el videojuego se desarrolla entre Milán y San Francisco), descubre que su ex trabaja en el restaurante de su padre. En el preciso instante en que va a hacer las paces con su ex, aparece la otra rata hembra. Así las cosas, la rata está confundida y se encuentra al final de un laberinto, frente a dos puertas (el laberinto alterna encrucijadas clásicas con problemas psicológicos más complejos). Detrás de una puerta está su vida anterior, pero nada indica que siga siendo la misma que ha dejado. Detrás de la otra puerta hay una vida nueva, en apariencia mucho más interesante, que atrae a la rata enormemente. ¿Qué hacer?

—¡Chicos, la cena ya está lista, todos a la mesa! —grita mi madre desde la cocina.

Dalila, mi hermana y yo estamos hundidos en el sofá, viendo una de las muchas películas navideñas que en estos días llenan las parrillas televisivas. Se trata de la historia de un monstruo verde y peludo que odia la Navidad y vive en una montaña sobre la aldea de Papá Noel. La historia es del todo inverosímil, y los personajes son exactamente iguales que los humanos, salvo por sus ridículos hocicos de rata.

—¿Por qué ese odia la Navidad? —pregunta mi hermana.

—Porque es una fiesta comercial, consumista e hipócrita, que fomenta la ideología burguesa, lavando la conciencia de los seres humanos.

—¡Mamá! ¡Luca está hablando difícil! —grita mi hermana.

—No hables difícil, Luca —me regaña mi madre.

—Tienes razón, Gloria. El monstruo odia la Navidad porque es feo y peludo…

—Ya, claro —dice mi hermana satisfecha, pero de nuevo con ese tono de abuela que ha adoptado este otoño.

Nos sentamos a la mesa. Dalila, mi hermana, mi madre, mi padre y yo.

De entrante hay el clásico salmón ahumado en lonchas muy finas sobre pan tostado y untado con mantequilla. Mi padre descorcha una botella de vino blanco, de modo que sin más comenzamos la cena con un brindis, al que sin embargo sigue un violento silencio.

—¿Eres de Milán? —le pregunta mi padre a Dalila, con la intención de empezar una conversación.

—No, mi padre nació en Milán, pero yo nunca había estado aquí —responde.

—Ah, ¿y de dónde es tu madre?

Entretanto, Dalila ha hincado el diente a un canapé de salmón, y mi hermana aprovecha para intervenir.

—¿Por qué no pasas la Navidad con tu mamá y tu papá?

Mi hermana solo es sincera. Ahí radica la diferencia entre un niño y un adulto. El niño no tiene pelos en la lengua, el adulto habla con rodeos.

—Porque son feos, verdes y peludos —le responde Dalila en voz baja.

—Ya, claro —comenta mi hermana, satisfecha.

—Pero a partir de ahora, Gloria, debes dejar de decir «ya, claro» —la reprendo en broma—. Debes decir algo como «¡ya, pero entonces están pasados de rosca!».

—¿Y eso qué significa? —me pregunta.

—Luca, no le enseñes a tu hermana esas cosas —me regaña mi madre, mientras la atmósfera de la mesa empieza a distenderse.

Después del entremés mi madre trae a la mesa una fuente con lasaña de alcachofas, una de sus especialidades y también nuestro plato tradicional de Nochebuena.

Dalila come con ganas y procura ser amable con mi madre, que le hace las preguntas de rigor sobre los estudios, los sitios donde pasa las vacaciones, el nombre de su grupo, cómo se encuentra en San Francisco, y así sucesivamente.

Cuando terminamos el primero, mi madre se levanta para retirar los platos y Dalila le echa una mano, contra sus protestas de «no, cielo, que no hace falta».

Entonces mi padre me mira perplejo.

—Oye, ¿es tu nueva novia? —me pregunta con una ligereza inusitada, distante de nuestras tradicionales charlas. Es como si la larga separación hubiese relajado nuestro trato y apagado la mecha de nuestras trifulcas.

—Ya veremos, me lo estoy pensando.

—¿Hablas en serio?

—Bueno, todavía no lo sé, quiero ver cómo se lleva con mamá para luego decidir entre todos.

—Anda, mira que eres tonto... ¿Y Alice?

Su última pregunta me pone en la situación de no poder continuar con el tono ligero e irónico. Pues sí, ¿y Alice? Por suerte, en ese instante mi móvil empieza a sonar. Me pregunto quién me puede llamar a esta hora, en Nochebuena.

Es Mary.

—¡Mary! —exclamo, un poco asombrado—. Feliz Navidad.

—Luca... —gimotea Mary.

Me levanto de la mesa y me alejo, justo cuando mi madre y Dalila están volviendo con el segundo plato.

—¿Qué pasa? —pregunto.

—Pasa que estoy en Milán, en la estación, sola como una mema, en Nochebuena. El avión no ha podido despegar por culpa de la nieve.

—Vaya, Mary, lo siento.

—¿Qué haces después de cenar? He llamado a Alice, pero no me responde.

—Yo... después de cenar, no lo sé. ¿Y tú ahora adónde vas?

—No lo sé, a casa.

—De eso ni hablar, Mary, vente a mi casa, te esperamos.

Cuando regreso al comedor, mi madre acaba de terminar de servir el segundo. Bacalao con tupinambo, la especie de patatas que le chiflan a mi padre.

—¿Quién era? —me pregunta.

—Mary. Viene para acá.

74

Alice

Abro la puerta de casa y noto un extraño silencio. El pasillo está a oscuras y solo hay una rendija de luz bajo la puerta de la habitación de Federico. No hay olor a comida ni el tranquilizante runrún de la tele al fondo.

Voy directamente a la habitación de mi hermano y abro la puerta. Fede está frente al ordenador.

—Eh, ¿qué pasa? —pregunto.

—Mamá tiene jaqueca, está en la cama.

—Pero ¿no iban a venir los abuelos y papá? ¿Papá no está ya en casa?

—Los abuelos no pueden venir por la nieve, su coche está sepultado, y papá se queda en la fábrica.

El rápido resumen de mi hermano me permite conocer la situación y me deja preocupada.

—¿Y tú qué haces? —le pregunto—. ¿Piensas seguir jugando con el ordenador?

—¿Y qué quieres que haga?

Salgo de la habitación de mi hermano y voy a la cocina, donde encuentro los signos de los preparativos dejados a medias. Una cacerola con salsa, un asado en una fuente metida en el horno apagado, huevos y azúcar en la mesa y dos rollos de hojaldre encima de la nevera.

Cojo el móvil y llamo a mi padre.

—Hola, Alice —responde con tono culpable tras un par de timbrazos.

—¿Por qué no vienes? —le pregunto, evitando inútiles preámbulos.

—Alice, no puedo. Tampoco nos podemos ir de aquí en Navidad. Lo siento, pero tratad de entenderlo. ¿Qué tal está mamá?

—Dice que tiene jaqueca, está en la cama, lo ha dejado todo a medias en la cocina.

No hago más que transmitirle la realidad de los hechos, pero sin duda a mi padre no se le ha escapado mi implícita acusación.

—Lo siento... —dice en voz baja, mientras detrás de él intuyo una vivaz conversación entre sus colegas.

Cuelgo y voy a la habitación de mi madre.

Llamo, nadie contesta.

—Mamá, ¿estás ahí? —pregunto, entornando la puerta.

—Oh, Alice, eres tú... Tengo un dolor de cabeza atroz. No he terminado de preparar la cena.

—No te preocupes. Pero ¿no vamos a celebrar la Nochebuena?

—Alice, perdóname, los abuelos no vienen, ¿lo sabes?

—Lo sé, pero estamos nosotros.

En eso, sin embargo, la perspectiva de pasar la Navidad con mi madre y mi hermano, los tres solos, me suscita una enorme tristeza. Entonces se me ocurre una idea. Cojo el móvil y veo que tengo una llamada perdida. De Mary. Me parece raro que llame a esta hora. Aun así, le devuelvo la llamada.

—¡Cariño! —chilla Mary—. Te he llamado antes, pero no contestabas.

—Lo sé, perdona, pero es que tengo un poco de lío en casa. ¿Qué pasa? ¿Por qué me has llamado?

—Mi avión no ha despegado por culpa de la nieve.

—Y ahora, ¿dónde estás?

—En Milán.

—Pues vente a mi casa. Mary, es perfecto, vente, pasaremos la Navidad juntas.

Mary vacila unos segundos antes de responder.

—Pero tú estás con tus padres —dice un poco titubeante.

—No, verás, mi padre está en la fábrica, y mi madre se encuentra mal, pero de todas formas celebraremos la fiesta.

—Ali, perdóname, pero me voy a la casa de Luca. Como antes no respondías, lo he llamado a él.

—Ah, vale…

—Lo siento, es que no lo sabía.

—No pasa nada, Mary, también eres amiga de él.

Cuelgo y decido posponer toda especulación sobre el tema «quién es amigo de quién» hasta después de Navidad. Ahora hay que atender una emergencia. Si paso la Nochebuena con mi hermano y mi madre deprimida, me pego un tiro, nos pegamos un tiro.

Cojo de nuevo el móvil y marco otro número.

—Ali, hola.

—Marti, qué suerte que hayas respondido.

—¿Por qué? ¿Qué pasa?

—¿Dónde estás? ¿Qué estás haciendo?

—Acabo de mandar a la mierda al nuevo novio de mi madre.

Oigo al fondo voces alteradas y a alguien que grita «vete tú a la mierda».

—Pero ¿está ahí, delante de ti?

—Sí, pero ahora me marcho.

—¿Y adónde vas?

—No lo sé; ¿por qué? ¿Tienes alguna propuesta?

—¡Claro que la tengo!

Así las cosas, ya solo tengo que ocuparme de la cena. Me lanzo a la cocina y trato de adivinar, por la colocación de los ingredientes y los cacharros diseminados por toda la cocina, cuáles eran las intenciones de mi madre. Enciendo el horno, vuelco el relleno de requesón y espinacas en una fuente sobre la base de hojaldre y la meto en el horno junto con el asado, confiando en que puedan hacerse a la vez. A continuación enciendo el fuego de la salsa, y por último reviso la nevera, en la que encuentro salmón ahumado y pan de molde. Problema resuelto.

—Oye, ¿te has puesto a cocinar? —me pregunta mi hermano, de pie en la puerta de la cocina.

—Quiero que cenemos en Nochebuena.

—¿Quiénes, tú y yo?

—También viene Martina. Invita a un amigo, si quieres.

—Creo que mis amigos están con sus familias —dice Fede, luego se va al salón y enciende la tele.

Y es el zumbido ignorante de la televisión, con las voces de los presentadores que dicen pijotadas sobre la Navidad, lo que me permite comprender que mi idea puede salir bien.

En ese preciso instante, sin embargo, mi madre aparece en la cocina, con la cara un poco descompuesta, el pelo revuelto, la expresión de estar buscando las palabras para expresar una idea repentina.

—Mamá, ¿qué pasa? —le pregunto, inquieta.

—Si tu padre no viene a casa, iremos nosotros a la fábrica —dice, y desaparece justo cuando mi móvil suena de nuevo.

Tengo las manos sucias, así que lo saco con dos dedos del bolsillo y lo dejo en la mesa. Miro la pantalla iluminada: Guido.

—¡Guido! —exclamo.

—Perdona, ¿te molesto?

—No, esto es una locura, pero no me molestas…

—Quería decirte algo, quería hablar contigo. Sé que no es el momento, quizá después de la cena…

—No, no, sí que es el momento. Nos vemos dentro de una hora en la fábrica de mi padre.

Cuelgo y le escribo un mensaje a Martina, para contarle el cambio de planes, pero cuando voy a mandarlo, cambio de idea y pulso «enviar a todos mis contactos».

75

Luca

—Luca, ¿qué haces tú aquí? —me pregunta Martina con expresión visiblemente asombrada.

—Alice nos ha enviado un mensaje a todos diciendo que vengamos —responde Mary, terciando.

Martina asiente poco convencida, mientras yo miro alrededor en busca, precisamente, de Alice.

—Todavía no ha llegado —dice Martina, adivinando el sentido de mi mirada indagadora.

—Llegará. —Mary se encoge de hombros—. ¿Qué hay que hacer?

En ese momento el padre de Alice repara en mis padres.

—¡Vosotros también habéis venido! —exclama tan desconcertado como feliz—. Alice me ha dado una auténtica sorpresa.

Nuestros padres se estrechan la mano, y Mary coge del brazo a mi madre.

—Venga, echemos una mano —dice, y se dirige seguida por Martina hacia una mesa larga en la que dos mujeres están preparando una especie de bufé.

Entretanto, Gloria y Dalila se han ido a un rincón, cerca de una estufa. Dalila le está haciendo una trenza mientras mi hermana sigue hablando como un loro.

Así, mientras los padres de familia se unen a un grupito de trabajadores que acaban de descorchar una botella de vino blanco, las mujeres preparan la comida y las niñas y las chicas dark hablan entre ellas, yo me quedo solo.

Miro alrededor.

En el gran vestíbulo de la fábrica apenas hay signos que recuerden la Navidad, salvo las lucecitas colocadas en la máquina de fichar. Hay dos largas mesas puestas contra una pared, con pan, salami, queso, patatas fritas, algunos pasteles y unas cuantas botellas de vino. Cada cual debe de haber aportado algo. En toda la sala no habrá más de treinta personas, pero reina un ambiente agradable.

—¿Necesitáis ayuda? —le pregunto a Mary, que está limpiando con una bayeta una mesa llena de polvo.

—No, será mejor que te prepares un buen discurso —me dice, a la vez que desenrolla un mantel de papel.

—¿Un buen discurso? ¿Y por qué?

—¡Cariño, despierta! —exclama—. ¿Por qué crees que Alice te ha enviado a ti también el mensaje?

—¿Porque se ha equivocado al pulsar la tecla del móvil? —contesto, aunque sé perfectamente a qué se refiere.

—Porque quiere hacer las paces, idiota.

—Creo que te equivocas. Después de nuestro último encuentro, francamente no creo que quiera hacer las paces.

—¿Y tú quieres hacerlas o no? —me pregunta Mary, parando un instante y mirándome a los ojos. Sin embargo, justo entonces llega una señora con una bandeja enorme y yo aprovecho la ocasión para escabullirme.

Cuando ya estoy cerca del grupo de los hombres reparo en otro chico que está solo en un rincón. Puede que sea hijo de uno de los trabajadores que ocupa la fábrica. Nuestras miradas se cruzan e, instintivamente, le hago un gesto de saludo con la cabeza.

—Hola —dice.

—Tú también eres… ¿tu padre trabaja aquí? —le pregunto.

—No, la verdad es que no, soy amigo de… ¿Tu padre trabaja aquí?

—No, el mío tampoco.

A los dos se nos escapa una sonrisa. Por simple lógica, la siguiente pregunta debería ser: «Entonces, ¿qué hacemos aquí?».

—El padre de una chica que conozco trabaja aquí —me explica entonces—. Por eso he venido.

—Bueno, es una forma diferente de pasar la Navidad —digo—. Oye, ¿nos conocemos?

—No lo sé, a lo mejor, ¿en qué instituto estudias?

—Ya he terminado, pero estaba en el Parini. ¿Y tú?

—Yo todavía estoy en el Parini.

Esa información efectivamente me asombra. Si estudia en el Parini, es probable que nos hayamos visto en el instituto.

—Perdona, ¿cómo se llama la chica a la que conoces? —le pregunto.

En ese momento noto una corriente de aire frío, la puerta de entrada se ha abierto y un grupito aterido entra, sacudiéndose la nieve de encima. Reconozco enseguida a Alice, luego a su madre y a Fede.

—Fíjate, aquí la tenemos —dice el chico.

Miro primero a Alice, luego al chico, a continuación otra vez a Alice, que aún no ha reparado en nosotros, y de tanto pasear de un lado a otro la vista me cruzo con la mirada alarmada de Mary, que deja lo que está haciendo y se me acerca a toda prisa.

—Mary, ¿qué pasa? —le pregunto.

—¡Ven! —dice, tirándome de un codo.

—Mary, estaba hablando con... Oye, ¿con quién estaba hablando?

—Con el enemigo —me informa, con un tono quedo de conspiradora internacional.

—¿Quieres decir que ese es el gilipollas al que ha conocido Alice?

No hace falta que Mary me responda, pues el chico ya ha ido a recibir a Alice y acaba de saludarla con dos besos en las mejillas. Observo las reacciones de los demás para averiguar qué relación tienen y afortunadamente veo que, pese a que Martina lo ha saludado con naturalidad, Fede le ha dirigido una mirada de fuego. La madre de Alice, en cambio, está abrazando a su marido y parece hallarse en otro planeta.

—Luca, no hagas tonterías —me pone en guardia Mary con un tono increíblemente serio.

—¿Qué tonterías podría hacer?

—Pues sí, tienes razón, me parece que ya has hecho todas las tonterías que podías hacer, incluida la de traer a Dalila a Milán y después aquí.

—¿Y eso qué tiene de malo, tal y como están las cosas?

—Cariño, las cosas están así porque tú las has puesto así. De todas formas, fíjate en nuestra Alice, está evidentemente borracha, así que es mejor que esta noche te hagas el tonto.

—¿Borracha? Anda ya… —digo, observando a Ali más atentamente.

Advierto que efectivamente está un poco achispada, tiene las mejillas coloradas y el pelo pegado a la frente. Está saludando a todo el mundo, hablando en voz alta y repartiendo besos y abrazos a diestro y siniestro.

Martina ve a Alice, se le acerca y luego vienen juntas hacia nosotros. Por la expresión de Alice intuyo que no está nada sorprendida de verme.

—Hola, Luca —me saluda con tranquilidad cuando estamos frente a frente.

Entretanto, Martina y Mary se esfuman.

—Hola —digo, mientras la observo con más atención.

No parece borracha, pero en sus ojos hay una luz extraña.

En ese preciso instante, Gloria, a pocos metros de nosotros, repara en Alice, suelta la mano de Dalila y se le acerca corriendo.

—¡Hola, Alice! —chilla mi hermana.

—Hola, encanto —dice Alice, dándole un beso en la mejilla y abrazándola.

Dalila permanece a una distancia prudencial, mientras Alice la mira por encima de los hombros de mi hermanita. Y no hay odio ni rechazo en su expresión. Tampoco cuando, tras desprenderse de los brazos de Gloria, se acerca a Dalila y también le da un abrazo.

Después de eso ya no entiendo nada.

76

Alice

—De modo que este año celebras la Navidad...

—Sí, es increíble, ¡qué dirán mis padres!

Guido me mira esbozando una sonrisa, aunque me parece un poco nervioso. El chico perfecto, que siempre sabe qué decir, por una vez no sabe cómo comportarse. En su descargo, hay que reconocer que la situación es realmente absurda.

Pero me da igual. Algo ha cambiado en las últimas horas. En mí. En mis pensamientos.

—Estás rara —me dice.

—Lo sé —contesto, sonriendo.

Me escruta, quiere saber por qué lo he admitido, pero me temo que aún no tengo palabras para explicar lo que me ha pasado.

—Quería hablar contigo —prosigue Guido—, aunque ya no sé si procede.

—¿Por qué?

—Pues, si me he enterado bien, Luca, tu ex, está aquí...

—Sí, y ha venido con una chica.

Guido observa a la gente que se amontona junto a la mesa de la comida, mientras yo advierto que Luca nos está mirando fijamente. Quién sabe qué se estará imaginando.

—Ven, hablemos en otro sitio —le digo a Guido a la vez que lo cojo de la mano.

Él se deja llevar como un niño, y yo me arrepiento un poco de esta intimidad. Lo cierto es que ahora no controlo totalmente mis gestos.

Abro la puerta que conduce, por un tramo de escaleras, a la azotea de la fábrica. Lo último que veo, antes de cerrar la puerta detrás de mí, es la mirada pasmada de Luca. A su lado está Dalila, que tiene una expresión de decepción mezclada con regocijo.

Salimos por una puerta de metal que da a la amplia azotea de la fábrica. El viento gélido y cortante me acomete, proporcionándome una inmediata sensación de alivio. Aspiro con fuerza y me da por sonreír. A lo mejor estoy loca, me digo, o a lo mejor he encontrado lo que buscaba. Mejor dicho, lo que nunca he buscado, pero sí a quien necesitaba.

Nos sentamos en el borde de la azotea. Abajo hay gente bebiendo y fumando. Arriba, sobre nuestras cabezas, está el cielo, moteado de estrellitas borrosas.

—De nuevo aquí —comenta Guido.

—Es verdad —digo, recordando aquella noche, recordando nuestro beso. Solo que esta vez es diferente, esta vez Luca no está en Estados Unidos, sino a pocos metros bajo nuestros pies, y es probable que en este momento se esté preguntando qué diablos estamos haciendo.

—Eres especial —añade Guido.

—Echaba de menos tus piropos.

—Pues, te diría más, depende de ti...

En sus palabras hay una indirecta muy clara. Y yo me estoy preguntando cómo hago ahora para responderle. Cómo hago para explicarle lo que pienso y cómo veo las cosas en este momento. Porque, además, no me siento nada segura de mis palabras, pues no son precisamente las palabras las que hacen que me sienta así. Es una especie de sentimiento, de emoción, que no puede explicarse.

Guido se acerca, me mira a los ojos, a pocos centímetros de distancia. Sus ojos brillan, sus labios, ligeramente entreabiertos, ocultan palabras y deseos.

—Me gusta estar a esta distancia de ti —dice Guido en voz baja.

—¿Por qué?

—Porque desde tan cerca las palabras parecen besos.

—Así que ¿ya nos estamos besando?

77

Luca

Hemos llegado al último nivel del videojuego de la rata. La verdad es que no creo que consiga completarlo. Es muy probable que en el momento crucial me pidan una clave que no tengo, o que haya una jugada especial que no sepa hacer. No, decididamente el último nivel está fuera de mi alcance.

La situación es más o menos la siguiente: la rata, tras volver a Milán, se encuentra en una fábrica ocupada en la que hay muchas puertas.

Una puerta lleva a Dalila, la rata hembra de San Francisco.

Otra lleva a Alice, la rata hembra de Milán.

Luego está la puerta comodín Martina, también llamada «puerta bomba atómica».

La rata, aunque lo oculta muy bien, está completamente paranoica. Es su costumbre, en efecto, disimular sus sentimientos y emociones haciéndose un poco la tonta, lo que sin embargo le provocará, en las próximas ediciones del juego, un grave estrés psicosomático.

—No me acostumbro a verte en tu hábitat —me dice Dalila, lo que me hace sospechar que ella también conoce el videojuego de la rata.

Lleva dos vasos de vino en la mano y una expresión extrañamente distendida en el rostro.

—¿Quieres? —me pregunta, ofreciéndome un vaso.

—Sí, gracias.

—En San Francisco estabas más relajado, ibas a lo tuyo, pese a los malos rollos. Pero aquí estás raro, nervioso.

—Bueno, la situación es especial —suelto.

—Sí, pero antes también había malos rollos —insiste—. Aquí es como si hubieras perdido tus superpoderes.

—¿Tengo superpoderes? —pregunto, un poco flipado con su afirmación.

—Desde luego que los tienes, aunque no te des cuenta. Para empezar, siempre salvas a las chicas en apuros, de las agresiones nocturnas y de los... accidentes domésticos.

Dicho lo cual, Dalila se detiene un instante y echa hacia atrás la cabeza. Veo así que a unos diez metros de nosotros, contra la pared, Alice está hablando con aquel chico, con ese al que «ha conocido». Él está serio, ella tiene una extraña sonrisa estampada en la cara. La misma extraña sonrisa que antes me ha hecho dudar de su lucidez.

—Sí, sí, yo también los he visto —dice Dalila—. Y Martina anda también por aquí.

Sus ojos recorren la sala, entre los obreros que brindan y charlan, hasta llegar a Martina, que se encuentra sentada a una mesa con Mary y Daniele.

Les hago un gesto con la mano. Daniele me sonríe y me saluda a su vez.

—¿Tú qué quieres? —me pregunta entonces Dalila.

—No lo sé.

—Pues tienes que saberlo —contesta con un tono seco y firme—. Sabes que este es el momento, sabes que debes tomar una decisión. ¿Por qué no quieres hacerlo? ¿Por qué finges que tu vida no depende de ti?

—No se trata de eso. Mi vida depende de mí, pero ahora hay demasiados caminos y no sé cuál elegir. Está Alice, y todo mi pasado; está Martina, aún no hemos hablado y no sé qué piensa. Y además...

Las palabras se me apagan en la boca, porque en mi interior hay demasiados sentimientos encontrados. Luchan entre sí, buscan asfixiarse mutuamente. Por momentos se impone alguno de ellos, hasta que de nuevo es vencido.

—¿Y además? —me pregunta Dalila.

—Y además estás tú.

Dalila me contempla. Le brillan los ojos. Los cierra, los reabre, luego sonríe ligeramente.

—¿Qué ha pasado entre nosotros? —pregunta.

—¿En qué sentido?

—¿Qué ha habido entre tú y yo? —aclara. Luego me mira con una pizca de impaciencia. No sé qué responder—. Venga, Luca, al menos me debes eso...

Tras decir eso se acerca a mí, y durante un instante vuelvo a experimentar el mismo deseo que me devuelve a San Francisco, a aquella noche, a su piso. Mis sentimientos comienzan a hablar y trato de escucharlos.

—Tú me gustas —digo entonces—. Me gustaste enseguida, desde el primer día. Además, en cierto modo eras como la persona que yo quería ser. Quería estar lejos de Italia, lejos de mi familia, quería vivir otra vida, imaginarme otro camino.

—Pero ahora tu camino está aquí.

—No sé si está aquí. Yo estoy aquí, y es diferente.

Un leve estallido atrae nuestra atención. Alguien ha descorchado una botella de champán. Los dos nos volvemos. Mi padre está llenando los vasos de mi madre y de Mary.

En ese instante tengo la impresión de haber comprendido algo.

—Mira, contigo no necesitaba pensar en el futuro. A ver, no me importaba. Todo ardía cuando estábamos juntos y, no sé cómo decirlo, era suficiente, hermoso, divertido y además...

—Y además, ¿qué?

—Y además me gustabas, o sea, eres mona, muy mona... Cuando te vi en el Lilly Restaurant ibas vestida de... Vale, perdí la cabeza, está claro.

Dalila baja la mirada y sonríe.

—Tú haces que me sienta de una forma que me gusta —continúo, buscando en el caos de mis pensamientos las palabras adecuadas—. Haces que me sienta lejos de aquí, haces que me sienta libre. Me imagino volviendo a San Francisco, contigo, me imagino viviendo allí, lejos de mi vida y de todo lo que hay aquí.

Dalila me escucha en silencio. Pero ha desaparecido la sonrisa cohibida que se le había pintado en el rostro.

—Sería muy bonito —dice con un hilo de voz—. Sería bonito que las cosas fuesen así. Y me alegra que hayas pensado en todo eso, a pesar de todo.

—¿Qué quieres decir?

—Quiero decir que veo tus imágenes, veo la vida de la que hablas, veo el deseo de estar lejos de todo y de todos... veo...

Dalila deja de hablar de repente, como si se hubiera quedado sin aliento. Se vuelve, está buscando una escapatoria, pero nos hallamos en el videojuego de la rata. Nunca hay salidas fáciles.

—¿Qué más ves?

—Veo que tú estás enamorado, y si trataras de atender mejor a tus sentimientos te darías cuenta de que delante de ti no hay tantas puertas. Solamente hay una, y no soy yo.

—¿Cómo puedes decir que solamente hay una? ¿Cómo puedes decir que no eres tú? ¿Qué diferencia hay entre tú y Alice? A ver, no me malinterpretes, yo estoy bien contigo, y si llegamos a conocernos mejor, si pasamos más tiempo juntos, yo… A lo mejor tenías razón. ¿Cómo puedes elegir a una persona si nunca has estado con otra?

—O a lo mejor la razón la tenías tú: el mundo es demasiado grande para vivir todas las experiencias antes de tomar una decisión. Tienes que elegir, tienes que confiar en ti mismo.

En ese instante Dalila mira por encima de mi hombro, impulsándome a volverme de golpe. Veo a Alice, de la mano de aquel chico. Camina delante de él, lo arrastra como si fuese un niño. Luego abre una puerta y desaparece con él.

Cuando vuelvo a mirar a Dalila, advierto que me está observando con una expresión extraña, mezcla de decepción y regocijo. La abrazo y escucho en su cuerpo el tiempo que he pasado en San Francisco.

—Podemos seguir siendo amigos —dice, tratando ahora de disimular su emoción.

Sonrío, pero no encuentro palabras para corresponderle todo lo que está haciendo por mí.

—Dalila… yo… —balbuceo.

—Recupera a tu novia, idiota.

78

Alice

Ocurrió antes de salir de casa. Federico y yo metíamos todas las bolsas con la comida en el ascensor, mientras mi madre cerraba la puerta de casa. En ese momento Federico soltó un sonoro eructo que reverberó en el hueco de la escalera y nos echamos a reír.

Pues sí, estoy segura de que a la gente bien se le ocurren las ideas en situaciones completamente distintas, como en la cumbre de una montaña, en la iglesia o después de haber leído un libro.

A la gente como yo las ideas se le ocurren en el ascensor.

Todas las preguntas que tenía en la cabeza se volatilizaron de repente, como una pompa de jabón.

¿Qué es el amor?

¿Qué es la felicidad?

¿De verdad es esta la etapa más hermosa de mi vida?

¿Luca me quiere todavía?

He recordado lo que me dijo la viejecita de San Francisco. Las preguntas son más importantes, hay que atenderlas. Pero he comprendido que había un motivo por el que la viejecita me dijo eso. Es probable que ella ya supiera lo que iba a pasar en algún momento. Ya conocía el efecto que sus palabras iban a tener en mí.

De pronto, en el ascensor de mi edificio, me di cuenta de que no tenía interés en conocer las respuestas, y de que todas las respuestas están siempre equivocadas.

Lo cual, bien pensado, resulta gracioso. O absurdo, según se mire.

Para mí la felicidad no es ahora igual que hace cinco años, y será otra cosa cuando tenga, qué se yo, treinta o cuarenta años.

Lo mismo ocurre con el amor. También cambiará, y yo me seguiré preguntando qué es, pero cada respuesta estará inevitablemente abocada a variar.

Porque todo cambia sin parar. Y uno puede amar, estar feliz o triste. Puede que la vida sea eso ahora para mí. Pero no es que mi felicidad me reconforte más que mi tristeza. Como me da igual que esta no sea la etapa más hermosa de la vida. Todo cambia, todo se transforma.

Solo hay una pregunta que, a pesar de todo, sigue buscando una respuesta en mi cabeza.

Pero no somos nosotros quienes debemos responder a ciertas preguntas.

—Hola —dice alguien detrás de mí.

No reconozco inmediatamente su voz. Guido sigue delante de mí, su rostro a pocos centímetros del mío. Sin embargo, su expresión ha cambiado tras nuestro beso de palabras.

La puerta de hierro que conduce a la planta de abajo chirría cuando la mano de la persona que me ha saludado la cierra despacio.

Luca.

Se acerca, da unos pasos y se detiene. Nos mira.

—Tengo que hablar contigo —dice con un tono de voz neutro, porque quiere ocultar sus auténticas emociones.

No digo nada.

—Tengo que hablar contigo —repite.

Guido me mira, luego mira a Luca, quiere saber qué tiene que hacer.

—¿Estás seguro de que debemos hablar ahora? —le pregunto.

Se le nota desconcertado. No está acostumbrado a mi calma. No está acostumbrado a una reacción así.

Ahora Luca se encuentra a escasos centímetros de mí, una distancia peligrosamente corta, dada la situación en la que nos hallamos. Mira un punto fijo entre Guido y yo.

Solo entonces me doy cuenta de que Guido y yo estamos cogidos de la mano. Y Guido, tras soltar mi mano, se levanta y me mira, dando la espalda a Luca. Me sonríe y se muerde un labio. Luego se vuelve hacia Luca, pero no puedo ver su expresión. Veo solo la de Luca, increíblemente seria, casi amenazante. Guido avanza y se detiene a un paso de él. Temo que la situación termine mal y que en cualquier momento se líen a golpes. Pero entonces Guido se dirige hacia la puerta, y se marcha sin volverse.

Cuando la puerta se cierra noto que algo se quiebra dentro de mí y que una repentina añoranza se extiende por todo mi cuerpo como un dulce veneno. Un escalofrío me recorre la espalda y siento que debajo del suéter se me pone la piel de gallina.

—De modo que has elegido —dice Luca, que permanece de pie delante de mí.

No digo nada. Ahora no me toca hablar a mí.

—¿Ese es… el chico? —me pregunta—. ¿El que has conocido?

Repite las palabras que le dije en San Francisco.

—Sí, es él —respondo sin más.

—Vale —dice. Luego se vuelve y se aleja apretando el paso.

—¡Espera!

Mira hacia atrás.

—¿No querías hablar conmigo? —le pregunto.

—Ya no hace falta.

—¿Conque no? —pregunto, y me echo a reír.

—Te veo muy relajada —dice. Me provoca, percibo su enfado, su cólera.

—¿Es que no puedo? ¿Tendría que gritar y tirarte de los pelos?

—Vale, me marcho —dice y se vuelve nuevamente.

Dejo que dé unos pasos, para cerciorarme de sus intenciones, antes de detenerlo.

—Quiero saber qué es lo que tienes que decirme —digo levantando la voz.

Para otra vez. Se le nota indeciso.

—¿Estás con él? —me pregunta sin volverse.

—¿Eso es lo que querías preguntarme?

—También. Eso, lo primero. Después te hubiera dicho más cosas, en función de tu respuesta.

—¿Y si respondo que sí?

Aprieta los puños. Veo que debajo del abrigo su cuerpo se pone tenso.

—Ya no tendríamos nada que decirnos.

—¿Y si respondo que no?

—¿A qué estás jugando?

—Si respondo que no, ¿tendrías algo que decirme?

—Sí, creo que sí.

—Así que ¿todo depende de mí? ¿Eso es lo que tratas de decir?

—Si estás con alguien, claro que depende de ti.

—¿Y qué pasa con Dalila? ¿Ella no cuenta en este… juego? No niego que estoy muy tranquila, porque resulta que en mi cabeza han cambiado varias cosas, aunque tú también me has sorprendido un poco. Has llegado con Dalila, la chica con la que te sorprendí…

—Pero ella no pinta nada… —dice.

Lo miro con gesto interrogante, dándole a entender claramente que no creo en sus palabras.

—Eso es completamente diferente —insiste—. Sí, vale, tienes razón, quieres explicaciones, pero resulta que no puedo dármelas ni a mí mismo. No he hecho nada con Dalila, ella era y es el otro mundo en el que he vivido, el que buscaba, pero no porque estuviera ella, sino porque, ahora lo sé, estaba huyendo, y todavía quiero huir, y puede que el problema sea ese, que no sé dónde ni cómo quiero vivir…

—Luca, ¿me sigues queriendo?

Las palabras me han salido de forma espontánea. Esa era la pregunta que faltaba, la pregunta que se empeñaba en buscar una respuesta. Una respuesta que yo no podía dar.

Me mira, desorientado por mi pregunta directa.

En eso suena un largo pitido, seguido de una explosión. El cielo se ilumina un instante. Me asomo por el parapeto y veo que dos hombres están encendiendo fuegos artificiales. Suenan más pitidos y explosiones, ni que fuese Fin de Año.

Luca calla unos segundos.

—¿Qué es lo que ha cambiado? —me pregunta luego, en vez de responder a mi pregunta.

—Han cambiado muchas cosas. Tú, yo. Es normal, creo. También han cambiado nuestros sentimientos..., pero te he hecho una pregunta.

—Ali, ya no entiendo nada —prosigue Luca, con un tono de voz que se superpone al estruendo de los fuegos artificiales—. Ya no sé qué quiero. A ti... sí te quiero, pero ahora, si pienso en nosotros dos, no veo sino obstáculos, laberintos, agujeros, tengo la sensación de haber acabado en un absurdo videojuego, y creo que, haga lo que haga, me equivocaré.

De nuevo se hace el silencio. Y la oscuridad, al tiempo que las estrellas reconquistan su lugar en el cielo.

—¿Sabes cuándo comprendí que te quería? —le pregunto.

Luca no responde. Mueve ligeramente la cabeza.

—«Me gustas así.» Por esas palabras me enamoré de ti. Cuando supe que me querías, simplemente por lo que era en ese momento. Y cuando comprendí que yo también te quería, tal y como eras, con tus rarezas y tus cambios de humor, para mí ya no podía haber otro.

—Ya, pero he cambiado, como tú también has cambiado. Han pasado demasiadas cosas.

—Desde luego, pero hay más: seguiremos cambiando, pasarán más cosas. Eso es normal, ¿no? No podemos ser siempre iguales. Tú ni siquiera sabes qué quieres hacer con tu fututo. Y yo pensaba que había encontrado mi camino y ahora lo único que quiero es huir a otro país; y te comprendo, ahora más que antes.

Luca suspira, eleva los ojos al cielo. Luego se sienta en el borde de la azotea, a mi lado. Veo en sus ojos que las ideas bullen en su mente. Me pregunto qué está pasando, me pregunto, una vez más, qué es el amor. Qué significa amar a alguien. Y me doy cuenta de que hoy quizá tenga una respuesta, aunque suene tan tonta a mis propios oídos que temo pronunciarla en voz alta.

Entonces veo, en sus labios, una pequeña sonrisa. Se vuelve hacia mí, los ojos le brillan, pero no parece emocionado.

—¿Te ríes? —le pregunto.

—Se me ha ocurrido una tontería —me dice con un tono completamente diferente al anterior. Como si su desahogo únicamente hubiese sido un breve paréntesis, como si no quedase rastro de sus pensamientos.

—A mí también se me ha ocurrido una tontería —admito—. O sea, no es tan tonta. Pero lo parece.

—Es culpa tuya, se me ha ocurrido por ti.

—A lo mejor se nos ha ocurrido lo mismo.

—Sería bonito —dice con un hilo de voz. Acto seguido alza la cabeza, como asaltado por un recuerdo repentino—. Oye, me lo tienes que decir de todas formas: ¿estás con ese tío?

—¡Luca! —estallo, aunque no realmente enfadada, pues creo intuir el sentido oculto de su pregunta.

—Me lo tienes que decir —insiste.

—Claro que no. No estoy con él, nunca he estado con él. O sea, no exactamente.

—¿Cómo que «no exactamente»? —me pregunta, alarmado.

—No más que como tú has estado con Dalila, supongo.

Desarmado, Luca baja la cabeza y esboza una sonrisa, pero ahora más tensa.

—Nos tendremos que contar todo, supongo —prosigo.

—¿Qué quieres decir con «tendremos»?

—Tendremos, si decidimos que…

—¿Esto está pasando? —me pregunta.

—¿Cuál es la tontería que se te ha ocurrido?

Luca suspira y se pone de pie. Alarga una mano hacia mí. La cojo, me levanto. Estamos de pie, frente a frene. Su rostro a pocos centímetros del mío.

—Me gustas así —dice, hablando muy cerca de mis labios.

Siento su respiración sobre mi piel, y su aroma, que me retrotrae en el tiempo, que me hace revivir mentalmente todos los días que hemos pasado juntos y a tantos recuerdos, hasta el día en que dijo aquellas palabras.

—Eso ya me lo has dicho.

Pocos centímetros nos separan, me demoro con la mirada en sus labios. Nuestras manos se buscan, pero no se encuentran.

—¿No te enamoré con esas palabras? —me pregunta mientras una de sus manos ha conseguido asir el borde de mi chupa.

Entretanto, la azotea de la fábrica se ha convertido en la cumbre de una montaña o en el borde de un barranco, y yo estoy allí, al filo del precipicio.

—No vale usarlas de nuevo —susurro. Una nubecilla de vaho me sale de la boca. Sus labios rozan los míos.

—Me sigues gustando así —dice, soltando una carcajada contenida.

—Pero yo no soy la misma de antes.

—Lo sé, pero sigues siendo la que quiero. Y no quiero a nadie diferente a ti.

—¿Y si mañana vuelvo a cambiar?

—Volveré a enamorarme de ti —dice, a la vez que sus labios tocan los míos.

Siento la intensidad de su beso, y rememoro el último que nos dimos, en el aeropuerto, antes de su marcha, cuando me dije que querría retener el mayor tiempo posible su sabor. Desde luego, entonces no me imaginaba que pasaría todo este tiempo.

—Nos enamoraremos cada día —susurro, sin poder despegarme de sus labios.

—Eso me parece cansado —replica, y en su frase vuelvo a encontrar a la persona a la que quiero, lo que demuestra que no todo ha cambiado.

—Pues entonces nos turnaremos, un día cada uno —digo, por seguirle el juego.

—Días festivos excluidos.

—No has cambiado del todo.

—¿No?

—Sigues siendo un idiota.

Sonríe, feliz. Su sonrisa se ha convertido en la estrella de mi deseo. De pronto me siento plena, tengo la impresión de haber salido de un laberinto. Como si los últimos meses hubiesen sido una broma pesada del destino, una broma orquestada por un dios envidioso de nuestra felicidad.

—¿Cuál era tu tontería? —me pregunta Luca, mientras sus manos me rodean la cara.

—No me acuerdo —miento.

—Vamos, no te creo, ¿qué era?

—Te juro que no me acuerdo. ¿Qué más da? Eso significa que no era importante.

Luca me mira. Sus manos cubren mis mejillas. Luego con los pulgares me estira las comisuras de los labios, transformando mi expresión en una sonrisa.

—¿A lo mejor querías decirme que me quieres y que no puedes vivir sin mí?

Sonrío, ahora sin su ayuda, pero no respondo. A veces las respuestas son sencillamente innecesarias.